# 榕下微言

李伟明 著

广东旅游出版社
中国·广州

## 图书在版编目（CIP）数据

榕下微言 / 李伟明著. — 广州：广东旅游出版社, 2024.4（2024.6重印）
ISBN 978-7-5570-3259-3

Ⅰ.①榕… Ⅱ.①李… Ⅲ.①随笔－作品集－中国－当代 Ⅳ.① I267.1

中国国家版本馆CIP数据核字（2024）第054953号

出 版 人：刘志松
策划编辑：彭　超
责任编辑：彭　超　杨　恬
封面设计：艾颖琛
内文设计：王燕梅
责任校对：李瑞苑
责任技编：冼志良

## 榕下微言
RONGXIA WEIYAN

### 广东旅游出版社出版发行

（广东省广州市荔湾区沙面北街71号首层、二层）
邮编：510130
电话：020-87347732（总编室）　020-87348887（销售热线）
投稿邮箱：2026542779@qq.com
印刷：广州市岭美文化科技有限公司
厂址：广州市荔湾区花地大道南海南工商贸易区A幢
开本：787毫米×1092毫米　16开
字数：260千字
印张：16.5
版次：2024年4月第1版
印刷：2024年6月第3次
定价：68.00元

［版权所有　侵权必究］
本书如有错页倒装等质量问题，请直接与印刷厂联系换书。

# "老生常谈"继续谈

## ——《榕下微言》自序

（一）

忙忙碌碌又一年。2023年即将过去之际，这部书稿总算完工了。为了与此前出版的同类集子《松间轻语》相呼应，我将这本新书取名《榕下微言》。

《松间轻语》是我在赣州市纪委工作时的相关随笔汇集，时间跨度近8年。《榕下微言》则是我在瑞金市纪委工作以来的相关随笔汇集，写了两年（2022—2023），其实主要是2023年写的（2022年的业余时间更多地用于完成长篇小说《风云宝石》，只是抽空写了一些小文章）。

很多人以为我的写作是"不务正业"（这种背后的议论，时有传到我耳朵里）。对此，我只能苦笑待之。想当然的事太多了，而"想当然"与"事实"之间，又总是隔着一道鸿沟。所以，"想当然"才不被视为一种良好的思维方法。

如果你有耐心看完这些小文章，就会知道，它们的主基调，还是与我的本职工作密切相关。这本书，我首先是把它当作一本干部读物来写的。尽管由于种种原因，未必能达到这个效果，但出发点是明确的（坦率地说，即使是《风云宝石》这样的小说，我也并非把它当作仅供消遣的文字，相信读过该书的朋友对作者的用意有所理解）。

全书主体共95篇文章，我把它们分为三辑：为人须智、为政须廉、为学须实。分别说的是做人、用权、读书等方面的事。这些，都是公职人员需要面对的现实问题。当然，公职人员不可能脱离社会环境孤立存在。这些相关的问题，与社会各界同样有着千丝万缕的联系。所以，这本书的读者，也不仅仅限于公职人员，还可拓展到与公职人员关联的所有群体。

其中最核心的，是"廉"的问题。我一向认为，关于廉洁教育，并不需要太高深的理论，只要发自内心把它当回事，一些浅显的道理足矣。它所需的不是讲得多深奥、多精彩，而是经常说，反复提醒。它还不能孤立地就廉说廉，而应适当拓展外延，从为人处世的方方面面说起。

我这些文章，自然谈不上什么深度、新意，它们充其量就是"老生常谈"而已，但我觉得确实很有必要继续谈谈。比如做人的问题，这是做任何事情的前提。一个人对待生活中遇到的各种情况，如果没有正常思维，便可能导致不合常理的行为。所以，理智分析、妥善处置问题，是现代人应当具备的基本素质。比如用权的问题，这是公职人员履职的关键。为什么反腐力度如此之大，还是有那么多人重蹈覆辙？与他们毫无纪法意识、毫无敬畏之心有关。如果讳疾忌医，不愿意面对这些问题，迟早会在这方面栽倒。又比如学习的问题，这是一个人素养提升的根源。我觉得，干部应该是读书人，否则，不可能把工作做到极致，不可能在事业上追求长远。古人说："宰相要用读书人。"以前在正常年代，不读书，基本没有做官的机会，因为无法参加科举考试，进入不了选人用人的"盘子"。科举考试是选拔人才的一个重大发明，它拼的就是学习能力。读书明智，读书明理，读书明志。今天的干部更需要读书，否则难以赶上瞬息万变的时代。可惜，当前的读书氛围还是有限，尽管有些学习是制度化安排，但在落实的过程中总是难免打折扣，甚至沦为形式主义。有感于此，我认为有必要呼吁干部回归书桌，亲近书籍，推崇文化，增添文气，以深邃的思考领悟人生真谛，以高度的自觉远离庸俗之气。这也是实现"不想腐"的题中应有之义。

## （二）

我也数次问过自己，为什么要像"苦行僧"一样，晚上只要没有工作，就躲进书房写这些东西？都这个年纪的人了，何必把宝贵的时间花在这种费时费力而且可能吃力不讨好的事情上？这种速朽的文字，对业余写作者来说，性价比实在是不高。

说得难听一点，也许是自作多情、自讨苦吃。说得"高尚"一点，其实还是缘于一份责任，一种情结。

我觉得，在地方党委班子当中，纪委书记大概是最难保持愉悦心情的了。有些人以为纪检监察干部最喜欢为难别人。其实不然。相反，我们最大的希望就是干部们不要出事，尤其不要出大事。人总是有同情心的。看到别人的人生成为负数，心情怎么可能好得起来？

可是，在现阶段，这种愿望显然很难实现。即使在我们这样的小地方，每年都有干部要被采取留置措施，清除出我们的队伍，成为可怜可悲的"阶下囚"。每一名留置对象，都让办案人员心情难以轻松；每一名干部被送进监狱，都让我们摇头叹息；每一个"落马"人员的故事，都足以让大家陷入沉思。

这些干部出事，原因各异，但在根源上，还是因为"三观"不正。同时我们还要看到，与这些人串在一起的，可能还有若干名老板，以及亲属、身边工作人员。他们相互作用，互伤互害。他们太需要纪法教育约束行为了，太需要廉洁文化滋养心灵了。

值得注意的是，时至今日，社会上对反腐败斗争还存在不少杂音。这些奇谈怪论，有些是认识上的误区，有些则是故意混淆视听。比如，有人认为反腐败让企业日子不好过了，影响了经济发展；有人认为反腐败是纪委的事，与自己毫无关系，看看热闹就行了；有人认为腐败问题越反越多，意义不大，不如维持现状，等等；他们却不想想，如果任由腐败横行，发展的成果全让个别人攫取了，哪里轮得到大家共享？腐败损害的是大家的利益，反腐败怎么会和你无关，又岂能靠某一家单打独斗？腐败问题多，恰恰说明存量大，形势严峻复杂，斗争刻不容缓，此时不迎难而上，更待何时？还有些媒体，在大是大非面前保持沉默，反腐题材的文章一概不发，生怕惹上"麻烦"，真是莫名其妙。

正是因为这种现状，我常想，怎样才能让公职人员尽可能避免堕入深渊的悲剧？怎么才能让反腐败获得最大的支持，汇聚成磅礴力量？怎样才能让更多的人从自身做起，真正把风清气正的环境营造好？我觉得，在加大查处力度、强化制度建设的同时，必须把教育做得充分，把道理说得明白。

教育的方式是多样的，"有效"当摆在首位。对基层干部来说，"大道理"的效果未必理想，从身边事说起，从小切口入手，从切身利益开导，也许更能从内心深处触动他们。重要的是，一定要有人去说，用他们能够接受的方式去说。

基于这个目的，只要有机会，我总是在不同场合苦口婆心多说说廉洁教育的话题。不管是对干部，还是对社会各界。我倡导廉洁教育立体化，不仅教育干部，同时教育干部家属和管理服务对象，让大家都认识到"送"与"收"都是害人害己，后患无穷；认识到收起不当得利的念想，让心思一直行进在正常的轨道上，才能让自己走得踏实稳健。每次讲廉政课，我更是患职业病般喋喋不休，恨不得把自己掌握的有教训意义的案例全用上。我不管别人愿不愿听下去，能不能听进去，只想尽自己最大的努力，把一些简单的道理传播给更多的人。我写下的这些"老生常谈"，也试图从这些方面做出努力，让更多的人接受，所以并不追求宏大的声音，也不追求高上的站位。

记得《松间轻语》出版时，某县纪委书记专门推荐给干部们阅读。他说："每个月抽空看其中一篇，就可以保你一个月不犯错误；五年时间把它看完，就可以保你在这一届不出事。"这话当然说得夸张，但情真意切，既是对干部的关心，也是对我的鼓励。他要表达的意思和我所想的一样,就是对涉"公"人员来说,警钟常鸣,多谈论这样的话题,就一定可以减少出事的概率。

遗憾的是,在干部当中,讳疾忌医者也不少。有的人,一听到"纪律"方面的话题就不愿接下去,一看到廉洁主题的图书就唯恐避之不及。某次,一位领导干部问我最近出了什么书,我告诉他有一本关于廉政与修身的集子(即《松间轻语》)。他连连摆手道:"我不看这种,我不看这种!"让人哭笑不得。以这种心态对待廉政教育,如果哪天出什么状况,也就毫不意外了。

## (三)

赣州多榕树。在江畔行走,常可遇见虬根暴起、冠幅广展的大榕树,是一道让人驻足流连的风景。城区的行道树,也常选榕树。这些榕树原本年轻,但长长的须垂下来,却显得少年老成。很多年前,女儿还在上幼儿园。放学接她回家,一路慢慢走去,她比着哪棵树的胡须更长,不知不觉便走完了数公里的路程。这样的时光,当时只作是寻常,现在回忆起来却感到温馨美好而难得。

榕树根系发达,生命力旺盛,适应环境的能力强。它们长得高大,而且长寿,很受市民欢迎,赣州人以之为"市树"。看到古榕茂盛苍劲的样子,就让人想起"有容乃大,无欲则刚"这句话。榕树能长到这个境界,说不定还真是因为具备这种"心态"呢。这,也可以说是榕树的真实写照。

同为赣南大地的城市,瑞金的榕树也不少。绵江之畔,便可见历经沧桑的老树,印象最深的是云龙桥附近那棵。到瑞金工作一晃两年多,一届时间已过去约一半。曾经幻想闲暇时江边漫步,累了时,静坐树下,好好放飞思绪。然而,一直没有找到这样的机会。整日总是不得闲,而且近年腰膝劳损,行走已成了一种奢侈。上班的公务大楼院内也种了一些榕树。从食堂到宿舍之间,便有一排,几乎每天都得路过。与同事吃过饭,少不了在榕荫下边走边聊些工作上或生活上的事。有时我便想，如果能像古时那样，工作悠着点，时常在某棵大榕树下与朋友们坐而论道，谈笑风生，岂不快哉？

以前农村人多，没有什么会议场所，人们便常在大树下聚会谈天说地。如今城市化了，多数人已进城，这种场景自然少见了。不妨想象，如果有这样的场所，人们依然三五成群小坐片刻，谈人生，谈理想，谈"三观"，让道理越说越明，让思想越说越正，让涓涓细流汇成滔滔江河，让崇廉拒腐、奉行正道成为时代强音，让遵纪守法、公平正义成为社会主流，那么，文明必将为此前进一大步。

行稳致远，也是一棵棵大榕树的生动实践。榕下，可以让我们深入探索，畅所欲言。

联想到这些，于是我牵强地把这些细微的声音，和魁梧的榕树结合起来，做成了这本《榕下微言》，希望有那么几句并不响亮的话语能够与读者的心弦引发几许共鸣，又因为大家的助力，让它们传得更悠远。

这是我第一部完全在瑞金写成的书稿。以前，从没想过自己会到这个声名不小的地方工作。如今，对这块土地感情日益深厚，以至总想着在字里行间镌刻"瑞金"这两个亲切的字眼。这也是我第一部还在写作中就正式签订出版合同的书稿：曾经有过两次合作的广东旅游出版社，得知我手上有这么一个选题，很感兴趣，大力支持，几个月前就早早把出版合同寄过来了，使我只好抓紧进度，不敢懈怠，生怕成了"失信人"，终于如期拿出了书稿。

2023 年 12 月 29 日之夜于瑞金

# 目录

序 /1

## 第一辑 为人须智 /001

| | |
|---|---|
| 容易的先做 | / 003 |
| 满嘴跑火车 | / 005 |
| 假装很忙 | / 007 |
| 青年当有"四气" | / 009 |
| 阅历让人增进理解 | / 011 |
| 半桶子水 | / 014 |
| 进取心与平常心 | / 017 |
| 不贬低别人 | / 020 |
| 马马虎虎为哪般 | / 022 |
| 路上难免野狗吠 | / 024 |
| 河东河西 | / 027 |
| 万般花招何如无招 | / 029 |
| 一头凉水从天落 | / 031 |
| 善于倾听，方得进步 | / 034 |
| 就怕"认真"遇上"不认真" | / 036 |
| 不可忽视的"例外" | / 038 |
| 不要以为一切都是理所当然 | / 041 |
| 走出"惯性思维" | / 044 |
| 热衷于"套路"是一种退步 | / 046 |
| 捷径 | / 049 |

| | |
|---|---|
| 吹毛求疵不足取 | / 051 |
| 目睫之利 | / 053 |
| 做人当"不欺暗室" | / 055 |
| 忘了为什么而出发 | / 058 |
| 识人的几个关键点 | / 060 |
| 红绿灯 | / 063 |
| 少年不识愁滋味 | / 065 |
| 君子不立于危墙之下 | / 068 |
| 你有文章他有命 | / 071 |
| "变"出来的东西吃不得 | / 073 |
| 强如大树 | / 076 |
| 再试几次 | / 078 |

## 第二辑 为政须廉 / 081

| | |
|---|---|
| 与其往后翻脸,不如今日红脸 | / 083 |
| 送钱送物,害人害己 | / 086 |
| 人争一口气 | / 089 |
| 别让金钱成枷锁 | / 091 |
| "漏网之鱼"不足羡 | / 093 |
| 当机立断"第一次" | / 095 |
| 盯紧人生的几个"变数" | / 097 |
| "腐败分子痛恨腐败分子"的警示 | / 099 |
| 面对诱惑,保持定力 | / 102 |
| "评时"与平时 | / 105 |
| 当心跟错"师父" | / 107 |
| 何以"固穷" | / 110 |

| | |
|---|---|
| 家庭"秘书长"不仅仅是个笑话 | / 113 |
| "偷工减料"终将"返工" | / 116 |
| 没有公平,好事更加轮不到你 | / 119 |
| 到底被什么迷了眼 | / 122 |
| 让干部告别"逆环境" | / 125 |
| 心无愧事何惧说 | / 127 |
| 时候一到,谁他难逃 | / 129 |
| 是谁和你过不去 | / 131 |
| 谁造就了"一霸手" | / 133 |
| 如果"满脑子就剩下了钱" | / 135 |
| 贪心是如何壮大的 | / 137 |
| 反腐是大家的事 | / 140 |
| 远离不良社交 | / 143 |
| 想起澹台灭明的"行不由径" | / 146 |
| 敢于说"不" | / 149 |
| 管好"一把手" | / 151 |
| 公权面前慎"帮忙" | / 153 |
| 用权当学"老司机" | / 156 |
| 端正荣誉观 | / 158 |
| 听其言观其行更要究其实 | / 161 |
| "无知"不是"无畏"的借口 | / 163 |
| 提防"心态失衡" | / 165 |
| 守住晚节 | / 168 |
| 不是才子莫吟诗 | / 170 |
| 口水粘贴的"感情" | / 172 |
| 知我者谓我心忧 | / 174 |
| 摒弃庸俗文化 | / 177 |

贪念一起，后患无穷　　　　　　/ 180

## 第三辑 为学须实　/ 183

果真没时间看书？　　　　　　　/ 185
写作是一种权利　　　　　　　　/ 188
钓鱼协会与钓鱼　　　　　　　　/ 191
点滴皆成读书氛围　　　　　　　/ 194
圈子化与粗鄙化　　　　　　　　/ 197
最是书香润家风　　　　　　　　/ 200
敝帚自珍，只因言为心声　　　　/ 203
与书何关　　　　　　　　　　　/ 206
旧书如老友　　　　　　　　　　/ 208
在阅读中实现自我升华　　　　　/ 211
究竟该读什么书　　　　　　　　/ 214
把书放在触手可及之处　　　　　/ 217
"帮我写篇文章"　　　　　　　/ 220
读书勿成"读书秀"　　　　　　/ 223
从头读到尾　　　　　　　　　　/ 225
圈里拼命喝彩，圈外无人理睬
　　——再谈文学的"圈子化"现象　/ 228
文艺批评忌极端　　　　　　　　/ 231
白首方悔读书少　　　　　　　　/ 234
读书好比吃东西　　　　　　　　/ 237
文字汇聚神奇力量　　　　　　　/ 240
诗书勤乃有　　　　　　　　　　/ 242
"学习"不是一句空话　　　　　/ 245
绝知此事要躬行　　　　　　　　/ 248

第一辑

为人须智

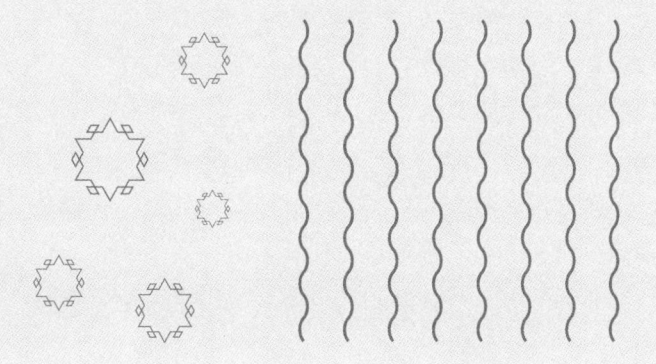

# 容易的先做

在乡下读中小学时，每逢考试，老师就常常教导我们："拿到试卷，容易的先做，难的放到后面来，能做多少算多少。"应该说，这套方法还是很切实管用的，拿不准的题目先跳过去，把预算内的分数先拿到手再说。否则，要是被几根难啃的硬骨头给拦住了，也许苦思冥想直到考试终止的铃声响了，你也没解决这个问题；而那些本来可以解答的题目，却因此白白地错过了。

现在回想老师当年这些话，虽然质朴直白，没什么深奥的道理，也不存在操作上的障碍，但其中却蕴含着纯真的智慧，体现的是一种脚踏实地、实事求是的作风。这种做法，不仅用来应对考试有效，在生活的其他方面，其实也同样适用。

出了校门，虽然不大考试了，但与面对试卷的情形差不多，我们常常同时面临大大小小一大堆的事情需要处理。在这个时候，我觉得也应该像考试答卷那样，容易解决的、可以马上完成的先做，做成一件算一件。特别是有些事情，并不是完全由我们一个人独立完成，我们所做的可能只是其中一个部分，在它后面还有若干个环节，其他人正等着这道流水作业"流"过去。这个时候，更应将条件比较成熟的或者费时不太多的做了，以免影响后面的同仁。

一心只想着自己的"大事"的人，往往对某些"小事"无所谓，对某些细节不当回事。却不知，"小事"也许不小，细节也许影响大局。好多年前，我在某机关从事文稿工作，由于任务繁重，经常下班了还需要延时奋战。有的人，习惯加班半个小时或一个小时之后，再去食堂吃饭。我却提倡准点吃饭，而且劝其他同事也先去吃饭，再回来加班。理由很简单，吃饭和加班的总时间是一样的，但二者顺序不同的话，结果就很不一样。我们先去吃饭，再回办公室加班，那么，食堂的工作人员就可以如期下班。而如果我们先在办公室加班，再去吃饭，食堂的工作人员就得为了我们而延时下班。所以，除非遇到二者顺序无法调换的情形，否则，何必因为我们的习惯而让别人受到连累？此事看起来虽然小得不能再小，但久而久之，给他人造成的麻烦只怕就不小了。

从这样的小事，往往也可以折射出一个人心里是否装着别人的利益，是否懂得换位思考。可惜，不重视小事，不注意细节，不关心他人疾苦的人和事，生活中还是常见。把这种关系处理好虽然不难，但并非每个人都会考虑到相关后果，都会选择这样的思维方式。面对此情此景，只能一声叹息。

也许，走着走着，我们自认为登过高山，自认为看过大海，眼界高了，心也大了，对于时时承载着我们脚步的土地，已经毫无感觉了。这就不难理解，职场上，总是不乏空喊口号，而不愿意干具体小事的人。他们的口号是高亢响亮的，志向是宏伟遥远的，一心想的是做大事，对于身边的小事，根本不放在心上，当然不愿意为之浪费时间。所以，他们可能永远在等待着扫天下的机会，哪管屋里床下脏乱得一塌糊涂。

还有的领导者，一天到晚描绘着富丽堂皇的蓝图，谋划着解放全人类的盛事，然而，手下的人、身边的人日子过得紧巴巴，有这个困难那个问题，他从不放在心里，更不着手解决。平时对下属除了作指示下任务，根本没有帮助之意、关怀之心。对于这种情况，我常常说，一个人是否愿意解放全人类，首先得看他对待下属、对待服务对象、对待父老乡亲的态度。如果一个人对下属、服务对象、父老乡亲都谈不上什么感情，你千万别指望他会真心解放全人类。

看不起小事、具体事而大谈特谈理想未来，不关心身边人却满嘴叨念全人类命运，这种人与事，你还是别当真为好，就当作他只是逗人玩玩而已吧。

对于大多数人来说，做不了大事或无大事可做时，还是踏踏实实做点小事，积小成大，力求不要让光阴虚度为好。当大事小事都要做时，还是先用最快的速度把简单的事做了，一则避免影响别人的事情，二则也方便自己集中精力攻克大事、难事。如此统筹考虑，岂不更讲实效？

"容易的先做"，它未必确保你得高分、拿满分，但它起码可以让你不至于交白卷，不至于损折了你的真实水平。高分、满分凭的是过硬的实力，考出自己的最高水平，靠的是恰当的方法，务实的态度。生活处处是考场，人生永远在赶考的路上，而答题的方法，其实是相通相融的。

2022 年 3 月 11 日之夜于瑞金

# 满嘴跑火车

过年回乡下老家，难免遇到几个熟人。虽然好久不见，他们还是知道我去年调整了工作岗位，从市直单位到县里去了。其中一位表情丰富地对我说："你真是官运亨通啊，这不，又高升了哇！"我平静地向他解释："没有的事，还是那个级别，一点也没提，只是正常的调整而已。"他当然不信，依然大声说道："哪里哪里，就是提拔了嘛，大家都知道你比以前当得大多了！"人家坚持这样认为，我只好一笑了之，这样的事，冷暖自知，心里有数就行了。对方继续保持高昂热情："我看哪，你这人运气确实不错，过了年还有高升，不信到时看！"我打个哈哈，告诉他："高升是不去想的，这个年纪了，好好干几年，就退二线休息休息了！"他当然更不相信了，一本正经地问我："你属什么的？"问过生肖之后，他沉思数秒钟，煞有介事地告诉我："你这个属相，今年一定还有高升——根据我的推算，你最大应该能当到副县长！"

我实在忍俊不禁，索性告诉他："副县长这个级别，我已干了快十年了！要是按排位的规矩，我现在这个岗位，比普通副县长还要靠前些呢！"末了，还不忘调侃他一句："没想到你以前把我看得那么'小'啊？看来以前那些好听的话都是信口开河的？"

这位熟人听了，不好意思地挠挠头，说道："呵呵，这也怪不得我，我一个乡下老表，哪搞得清楚你们的级别是怎么回事。"

不在"体制"内，不知道干部级别这样的琐事很正常，但对于不了解的事情敢于满嘴跑火车，就有点不大妥当了。

可惜，习惯满嘴跑火车的人，并不认为这样做有什么不对。他们忽悠一下算一下，实在没忽悠成也不要本钱，于是类似的事情便经常出现在我们的视线里。就不展开来说吧，还是就近聊点小事。

前年，我出版了一部通俗小说，纯粹业余闹着玩的，我给它的定位是"低端产品"。但读书这回事，也不能要求个个都像专业学者、资深教授那般只攀"最高峰"，追求"高精尖"，在现阶段，这种通俗读物也还有那么一部分读者，所以，这本书发行后，在本地居然也弄出了一点小动静。有一位见过数次面但并不是很熟悉的先生，大概也听说了这么一回事（更大的可能是从我的微信公号上偶然了解到我在写一本书），再次相逢时，便一个劲地夸我这个小说写得如何吸引人，如何有影响力，他又是如何一直深切地关注着，认真拜读着。正当我听得热泪盈眶，感动得不知所云时，那位先生突然提了一个"神"一般的问题："你这个小说，现在应该可以打印出来看了吧？什么时候方便的话打印一份给我？"我愣了数秒钟之后，恍然大悟，原来这老兄根本不知道它是已经出版了的书，而且印刷好几次了啊！要不是这一句话，我还真以为遇到了一位铁杆粉丝，正要引为知音呢！

　　事情还没完，这位先生虽见我满脸愕然，却不以为意，丝毫没察觉我的心情恰如经过了冰火两重天，瞬间发生了断崖式变化，继续说道："我给你一个建议：我老家有个很好的红色故事，你到时把它也加进小说里去，这样就更能吸引人了，说不定还可以引起领导重视呢！"——说明一下，我那本小说，是历史加武侠题材的，故事发生在七百多年前的宋末元初。这位老兄一番话，总算让我服得不能再服了。

　　去年出版的《谁是吴小丁》这本小说集也是，迎来了不少"热心"读者。其中一位告诉我，这本书如何耐看，他如何反复看了，最后请教一个小问题：吴小丁是哪个单位的呢？一句话，又把我彻底问倒了。

　　这就不禁让人想起一位一贯热情爽朗的老大哥的风范了。这位老大哥，如果你没见过，那么可以提醒你，他三秒钟之内一定可以和你一见如故、相见恨晚。我常常看到这一幕——每每与人初次相识，对方报上名来，这位老大哥一定是饱含深情地紧紧握着人家的手（当然可能还要用力摇上几摇）："哎呀呀，兄弟您就是吴小丁啊？久仰久仰！早就听很多朋友提起过您啊！您这人哪，那真是没得说啊……"寒暄之后，落座喝茶，这位老大哥先是海阔天空一顿狠聊，随后，他定然要习惯性地向这位刚刚"久仰"过的人进出一句："哦，这位朋友，怎么称呼您呀？"

2022年3月18日之夜于瑞金

# 假装很忙

经常，在微信上和别人对话，我敲了几行字，对方只回复一个简简单单的表情。有的时候，还是对方向我咨询这个事商量那个事，说得难听一点，就是有求于我。然而，我认认真真提供一大堆意见建议，想听听对方的看法时，竟然只得到一个微笑之类的符号。有一次，我不禁火了，直接问某君："我说了这么多，你到底什么意见，为什么不明示？如果不想谈这事，就别浪费我的时间了！"这时，对方才勉强回复道："太忙了，所以想省点事，就不打字了。"这还不算最糟糕的，起码有个表情表示看到了你的回复。更过分的一种，是得到你的答复之后直接没了下文。你看看，这种人，他找你的时候，就一点也不忙，而当他得到了所需的答案，要他给个回音时，他就立马很忙了，一个字也不愿意和你多说。

还有一种情况，有的人，动辄发一个文字材料给你，但也只是发一个文档而已，没一句其他的话。我估摸他的意思，无非是想请你"斧正斧正"，所以，起初，还是耐心地点开看看，提一点意见；后来，遇到这种情况太多，我对这种只发文档的就一概不理了。也有人过些时间会打个电话催问有没看他的材料，我便直言相告："本人领悟能力一向欠佳，根本不知道这个文档是让我学习的呢，还是让我修改的，或者是让我传播的；因为拿不准，怕出错，所以，就不点开看了。"对方说："当然是请你帮助修改修改呀。"我问："为什么没一句说明？"对方表示，太忙了，觉得你应该懂的，所以就不多说了。

抛开是否涉及礼貌问题不谈，我认为，类似这种情况，其实就是"假装很忙"。

是的，在我们身边，"大忙人"似乎不少，他们每天都是行色匆匆，能够和你说一句完整的话，都好像已经很给面子了。

这些"大忙人"，在微信交流时，固然不肯多敲一个字，而如果你想劳驾他帮忙办个事，他更可能在口头答应之后因为太忙而没顾上。

那些干大事的人，的确是很忙的，因为要操心的事太多，有时难免身不由己。但许多身份普通的人，怎么也会忙到这个程度？阶段性的忙碌，可以理解，谁都有可能遇上；但一年四季喊"忙"，就未必是真忙，这种"忙"，一般来说是可以避免的。

天天喊忙，首先得检验一下自己是不是办事效率太低。同样做这些事情，如果别人轻轻松松，而自己忙忙碌碌，就要看看自己的效率是否有问题了。做事不讲究方法，眉毛胡子一把抓，或者拖拖拉拉、颠三倒四，都将直接影响效率。如此，别人已把事情做完了，你还在那里瞎折腾，而且自认为很忙，真是说不过去。

天天喊忙，还要检验一下自己的责任心够不够强。我见过很多人，不管是手上的本职工作，还是上级或别人托付的事情，从来就不往心里记，既没给出执行的时间表，也没具体的操作思路，等到需要交账时，才手忙脚乱，病急乱投医，最终一年到头一件事也没办成。这样的"忙"，忙得太不靠谱。

天天喊忙，也有可能是虚荣心作怪。早年，我认识一位先生，自称是文化界知名人士，和我们小字辈在一起，口头禅便是"我最近很忙""我要写的东西太多，忙不过来"。那时我们乡下人初进城，不知城里套路，以为他真的是大忙人，便常常以景仰之心看他。然而，过了许多年之后，我们终于发现，其实，这位先生，他一没什么社会职务，二没什么写作成果，三也没干别的什么大事，换句话说，他从来就没怎么忙过，只是嘴上太忙而已。这等情况，就是以"忙"来挣面子、撑身份，纯属虚荣之一种。

其他情况的"忙"当然还有很多，就不一一列举了。我思维僵化，见识有限，面对世界的纷繁复杂，人心的扑朔迷离，也认识不了那么多种的"忙"。

以前，没有微信时，电话比较多，接通电话，常常有人以"最近很忙吧"来开头。对此，我一般回答："我们这种小人物，哪有资格说'忙'？大人物才忙呢！"至今想想，我觉得事实还是如此。按理说，我们不至于忙到连礼节性地回复人家一句话的时间都没有，忙到连向人家简单做个解释的时间都没有，忙到连听人家说完一句话的时间都没有。如果真的忙成这样，恐怕是有必要查找一下原因了。

2022 年 4 月 15 日之夜于瑞金

# 青年当有"四气"

网络时代,新词层出不穷,令人目不暇接。近年来,又冒出一个叫"躺平"的说法。从这个词的流行来看,很多人似乎都不大想拼搏了;甚至在公务员队伍,一些年轻干部面对工作压力,也早早萌生转到清闲的"二线岗位"休息休息的念头。年轻人如果确实怀着这种态度对待人生,那就注定了走不远,对自己当然绝无好处。在我看来,不管身处何时何地,年轻人起码应当具备以下"四气"。

要有志气。在这里,我想把"志气"表达为两层意思:一是进取的决心和勇气,也就是对待人生目标的态度;二是骨气、气节,也就是做人的风骨。用一个词来概括"志气",就是要"气高志大",即意气高昂,志向远大。要有理想信念,致力多做实事,而不是一心追求某些虚衔。要自尊、自立、自强,时刻让自己挺起胸膛站直腰杆,不可为了一时需要而放弃原则曲意逢迎。不管做什么事情,都要让它经受时间的检验,而不是当作敲门砖。尤其要注意的是,做人做事的格局要大,要立足长远着眼大局,不要目光如豆苟且偷安;要学会用大算盘计算人生的大账,不要纠结于鸡毛蒜皮一毛两毛的小账。比如,花功夫写一个稿子,是为了得到单位给的几百元奖金还是为了提升自己的素质,让自己有成就感?这样的道理,心里要有数。名利并非坏事,从积极的角度来说,人要有名利之心,否则可能不思进取,沦于虚无。但计利当计天下利,求名应求万世名。这样的"名利",才有利于社会进步。对于一时得失,不必斤斤计较。放在人生的旅途、历史的长河当中,这些一时得失都是过眼云烟,实在不算什么。

要有锐气。这是在人生旅途中应有的精神状态,总的基调当然是要积极向上,不可"躺平"。我年轻时在新闻单位就业,那时最希望被安排上晚班,或者接受最有挑战性的工作。如果单位没有安排任务较重、压力较大的工作,我就自我加压,每个阶段定一个目标,努力出一点成果。如今回首往事,这种主动找事做的姿态,着实让自己受益良多。作为一名"过来人",我觉得,年轻人随时要保持一股锐气,不惧风雨,不畏挑战,不怕困难。平时气冲志定,不可气充志骄（保持乐观平和的心态，勇于接受各种任务，但要避免自高自大咄咄逼人）；一帆风顺时气冲霄汉，不可气焰熏天（有些年轻人站在高起点，便忘乎所以，不可一世，却不知很有可能起点就是终点）；遭遇挫折时气定神闲，不可气急败坏（人生做好了自己即可，要相信"东方不亮西方亮"和"失之东隅，收之桑榆"的道理，只要通过努力终会有所收获，而不努力的话必将一无所获）。

要有正气。这是做人应有的品格。说到正气，人们很容易想起文天祥的《正气歌》。人如其文，言为心声，文天祥的一生，正气充盈，毫不作伪，他用实际行动书写的"忠诚、干净、担当"，在中华历史上熠熠生辉，也只有像他这样的伟大人格，才写得出这种雄浑磅礴的诗篇。千百年来，刚正不阿、大义凛然的高尚德行总是令人景仰。也用一个词来概括的话，一个人从年轻时开始，就要做到"气贯长虹"，做一个大写的"人"。身上有正气，自然就有人格魅力，自然就能抵御邪魔入侵。为什么很多官员未能行稳致远？就因为缺乏正气，丢了公道，少了良知，做事不对人民负责，不对社会负责，不对历史负责，最终被时代唾弃。

要有文气。一个人外貌如何，主要靠先天，后天除了实施整容手术，很难从实质上进行改变。但一个人的内在气质，则是可以通过后天不断修习文化来改变的。大抵来说，一个人如果常读书，能动笔，有思想，身处何地都能坦然处之，走到哪里都能受到欢迎。阅读可以使你气壮理直。书海浩瀚，你不仅能看到自己奔波的足迹，还可看到亿万人行进的历程；不仅能看到眼前的景象，还可看到千百年的风光，特别是从中看到兴衰成败，辨别是非曲直。所以，博览群书的人，见识广，逻辑强，底气足，定力长。写作可以让你的人生气象万千。你的所思所想所悟所感，包括现实中可能实现不了的东西，都可以通过奇思妙想付诸笔端，让你精骛八极，心游万仞。一个人不能同时踏进两条河流，但因为神奇的文字，一个人可以同步进行若干种人生，这就是写作的妙处，尝试了，你就领悟了。思想让一个人气宇轩昂。腹有诗书气自华，因为博采众长，思接千载，视通万里，自然而然有了自己的价值观，不为物喜，不为己悲，不为他人所左右。看透得失荣辱，笑对云卷云舒，人生达到这样的境界，还有什么身外之物看不开放不下，还有什么烦恼可以困惑你干扰你？

2022 年 4 月 28 日之夜于瑞金

# 阅历让人增进理解

我刚到纪委工作时，和一位年长的同事出差，一路上，他的手机只要收到信息，就叫我帮他看看是什么内容。我奇怪地调侃他："你自己不认得字吗？可不要被我看到了天大的秘密。"同事无奈地说："眼睛老花，看不清楚。"虽然他解释到位，但我还是不大相信，一个人老花眼了，会严重到连手机屏幕上的几个字也看不清楚？

大概过了四五年，我还没到那位同事当年的年纪，突然惊讶地发现，对于手机上的字，我也看不清楚了。更由于我是高度近视，老花眼加近视凑合到一起，变成了戴着眼镜看不了书报，摘了眼镜看不清电脑。这时才知道，传说中的老花眼，说来就来，不仅不打招呼，而且如此不好玩。

另一件事是，一位朋友，因为膝关节有问题，行动总是迟缓，走路慢吞吞的。有人便对此颇为不满，认为他是个慢性子，故意不着急，不怕耽误别人的时间。这倒也罢了，更让人纳闷的是，这位朋友从不参与登山之类的活动。有时一伙人去哪里走走，只要看到有坡度，或者路程稍远些，他便打退堂鼓，或者表示只在原地等候，让同行者甚是扫兴。那时，我正是健步如飞、登山如履平地的年纪，和其他人一样，无法理解这位朋友为什么不走快一些，为什么那么怕吃苦。直到最近，我自己双膝半月板、前交叉韧带损伤，双腿无力，举步维艰，更别说爬楼登山。我这才知道，有腿疾的人是多么无奈，人家不但行动不便利，还要放弃多少欣赏风景的机会，失去多少正常运动的快乐。

由此想到，人与人之间的理解，确实需要共情，需要同苦，需要相似的经历。阅历丰富者，世间什么事情都听过见过，人生什么滋味都尝过吃过，别人的难处，别人的苦楚，他可以一说就理解，一听就明白，不至于随便迁怒，动辄怪罪。

可惜具备丰富的阅历并不容易。更多的人，因为经历简单，缺乏换位思考的意识，经常不能理解他人的难处。

比如，没有在单位上过班的人，他不知道别人在单位是有纪律的。就拿打个电话被人摁掉这样的小事来说，他也可能会因此生闷气，责怪别人不尊重他，竟然不随时接听电话。而在单位上班的人就知道，很多时候，人在职场，身不由己，上班时间无法随意接听电话太正常了，因为人家可能在开会、在汇报、在接待，等等。可某些连这等经历都没有的人，他哪理会得了那么多？看看那些摁了他的电话还一直锲而不舍打过来的人就知道了。这种情况，你甚至解释也没用，只好由他说去。

还有的干部，参加工作以来一直在上级机关，天天坐着方便的地铁或公交上下班，出远门则飞机、高铁随意选，一日三餐可在食堂解决，居住的房子也是排队分配，工作上起草个文件送领导签了之后往下发就是，到了年底则收集材料形成总结报上去便行。所以，有的人因此以为，天下干部都一样，过着朝九晚五有规律的生活，过着出行方便吃住无忧的日子。在这种情况下，就很容易出现基层干部缓报一个材料，或者材料里出现一两个并非特别关键的错别字，就被机关干部毫不留情大批特批；基层干部发两句牢骚，便被机关干部认定"格局不大，境界不高"等情况。可他们根本不知道，基层的干部可能要自己开车行几十公里山路去干工作；有些小单位根本没有食堂，干部们下班了还得自己回家做饭；很多地方的干部拿着几千元的月薪，却要面对每平方米价格一两万元的商品房；工作上，基层更是"上面千条线，下面一根针"，千头万绪什么都要管。因为某些环节的阅历缺失，机关干部与基层干部便可能少了相互理解，机关干部认为基层干部懒惰无能，基层干部则认为机关干部毫无人情味。

因为一句"何不食肉糜"而"千古留名"的晋惠帝司马衷，是历史上有名的弱智皇帝。当时天下饥荒，晋惠帝听说许多百姓因为没饭吃而饿死，大吃一惊："这些百姓咋这么傻呢？没饭吃就吃肉粥呀，怎么也不至于饿死嘛！"其实，晋惠帝这惊人一问，不仅仅是因为他智商天生不足，更与他缺乏阅历有关。养在深宫的锦衣玉食之徒，只道个个都像他们那样吃腻了肉，有几个知道社会的真实状况呢？所以，中国古代的王朝，一代不如一代的总体趋势是不可逆转的。不管开国皇帝多么英明，想了再多的办法试图巩固他的私家天下，但最终都是事与愿违，播下"龙种"却收获"跳蚤"。

如果有了相应的阅历，人与人之间的很多误解便可以消除了。阅历丰富的人，往往更宽容，更懂得体谅他人，更能实事求是。所以，选拔干部也应当充分考虑这些因素，对干部多岗位历练是大有必要的，这样才能真正培养素质全面、善于解决问题的理智而踏实的人才。

  阅历让你增进对人与事的理解，让你不断走向深刻。没有阅历，看问题、想事情总是难免肤浅。很多时候，生活可能就不是你想象的那么回事。所以，一个人要主动丰富自己的阅历。有机会的话，只要没干过的活，都尝试着干干；没去过的地方，都可以去看看。这是直接增加阅历。如果难得有这种机会，那么，多听别人说说，多和不同行业的人接触，也可以增长不少见识，从而对别人多些适宜的包容，对社会多些客观的了解，对人生多些成熟的思考。做一个善解人意、"接地气"的人，其实不难，只要你有这个意识去努力，只要你愿意花点时间倾听。

2022 年 6 月 27 日之夜于瑞金

# 半桶子水

读小学时，老师常常批评某些同学，说他们是"半桶子水，叮叮吊吊"。那时还小，虽然知道这是说人家不上不下的意思，但并不理解"半桶子水"有什么不好，总觉得比桶里没有水还是要好些吧？

如今，经历的事情多了，越来越发现，这"半桶子水"，有时还真是给人添堵。

"半桶子水"倘若自娱自乐，不影响别人倒也罢了，偏偏他们还自以为是，往往好为人师。这种人，似懂非懂，凭所谓的经验指导旁人，乃至误导他人。一些完全不懂行的人，得到"半桶子水"的"指教"，难免先入为主，把他们当成"真师父"。这些人以后要纠正自己认识上的某些谬误就不容易了。

经常看到职场某些年轻人，得到所谓的前辈指点，成天想着给领导送这送那，指望凭这些伎俩打通"关系"，得到提拔晋升。却不知，并非所有的干部都这般无品，很多领导根本不喜欢拉拉扯扯这一套，对这种人反感得很。遇到这种情况，这些学"歪"了的年轻人，能在上司面前留下什么好印象？可怜他们失败了还不知道是怎么回事。

遥想当年，我从农村去城里读大学时，没见过世面。有"懂事"的人便教我，要学会抽烟，要学会喝酒，要学会给用得上的人送年送节，这样，参加工作后才有人脉、吃得开、跑得快，不然寸步难行。偏偏我十分讨厌抽烟，宁可成为孤家寡人也坚决不碰这东西，所以不为所动。至于其他交际，也因为不符合自己的性格，便没按人家指导的去做。参加工作以后，却觉得"后果"并不像那些"老师傅"说的那么严重。到后来经历多了，更发现，社会根本不是他们说的那么回事。一个人凭自己的本事，不搞请客送礼拉关系那一套，也是完全可以在职场立足的。想想那些出这种点子的人，其实是孤陋寡闻，以为自己的经历可代表一切，便将这点可怜的"经验"拿来传人。倘若所"传"的人同样没什么见识，那些小伎俩便要被他们奉为圭臬，代代相传了。所以，每每见到有人搞这一套时，我便想，为什么庸俗的人际关系总在延续？就是因为一批"半桶子水"在做"教师爷"，将一些无聊的"秘诀"传承下去，于是培养了新一代"半桶子水"。

我在纪检机关工作,经常处理一些信访举报件。其中有些举报信,一看就是反映问题的人请人代笔的。请人代笔当然不是问题,问题是这类"枪手",其实也就是粗通文墨而已,靠自己的想当然,把举报信的情节写得比小说还夸张,令人哑然失笑;而提起要求来,则高高在上,颐指气使,好像必须得按他说的办才行,让你啼笑皆非。我看这种人是古装戏看多了,把自己当成舞台上的帝王将相了。那些真正要反映问题的群众,被这种"半桶子水"的人一折腾,所反映的问题真实性、针对性、有效性反而大打折扣,有关部门要把事情弄清楚就得多费许多功夫了。

还有一些"半桶子水"文化程度稍高些,竟然开起了写作班,正儿八经教人写文章。他们自己都没发表过几篇文章,却自以为得道,肤浅地理解写作之事,甚至无聊地认为"天下文章一大抄",用一些低端的套路,指导中小学生如何投机取巧写作文。不用说,得到他们指导的人,根本无法真正理解写作是怎么回事,永远只能生搬硬套写些虚假空洞、毫无创意的平庸文字,而不可能有出彩的机会。倘若这些人成了主流,文化可就要倒退了。

"半桶子水"就这样散布在各个领域,各个角落。他们时不时以权威的面目出现,动不动取得劣币驱逐良币的"战绩",让你不得不"刮目相看"。

为什么有些人只能有"半桶子水"?因为他们容易满足现状,不思进取,不爱学习,水平因此原地踏步。同一起跑线出发,别人都在进步,而他不进则退。当年我们读中学时,升学率低,每一届都有几个让人印象深刻的老复读生。他们有一个特点,就是新学期伊始,他们的考试成绩往往不错,因为那时的题目相对简单,而他们已做过多遍,熟悉得很。就这样,他们总觉得老师讲的自己都懂,于是不认真听讲,遇到新的知识点也不知不觉忽略了,结果慢慢地又落后了。到了高考时,他的成绩便是"年年十八岁"。这就是典型的"半桶子水"。在参加工作的人当中,这种情况也不少。他们总以为某件事自己会做了,却不知道事物是发展的,知识是需要更新的,天天只知道老一套,便永远成不了真正的内行。读书时,浅尝辄止,只知其一不知其二,很多东西甚至理解错了。实践中,则抱残守缺,不知与时俱进,找不到正确的目标。如此,这种"前浪"怎么能跟得上时代的步伐,给"后浪"们带出一条阳光大道?

所以,年岁渐长,便慢慢理解了,"半桶子水"有时真不如一只空桶。

空桶知道自己是空的,渴望装满水;而"半桶子水"以为自己很满了,不再努力,于是永远只有半桶子。

2022年7月23日之夜于瑞金

# 进取心与平常心

进取心与平常心，似乎有点矛盾，其实可以兼容。

对待工作要有进取心。不管处于什么环境，积极向上都是一个人应有的态度。没有谁喜欢与消极应付的人共事。唯有进取，生活才有希望，生命才有意义，人生才有价值。《周易》有一句话掷地有声："天行健，君子以自强不息。"意思是说，天的运动刚强劲健，君子处事，也应当如此，以刚毅的精神状态，发愤图强，永不停息。《荀子·劝学》说："骐骥一跃，不能十步；驽马十驾，功在不舍。"言下之意，即使是自身条件差的"驽马"，只要不主动"躺平"，也一样可以像骏马们那样干成事，以此告诉人们要自我进取。唐代诗人骆宾王在《萤火赋》中写道："终徇己以效能，靡因人而成事。"强调要靠自己的努力去做事，不要老想着依靠别人。屈原老先生更是留下名言："路漫漫其修远兮，吾将上下而求索。"寥寥数语，表达了自己哪怕身处逆境也要不遗余力积极进取的决心。正是因为一代一代的人都看重进取心、肯定进取心，人类文明才延绵数千年而精彩不断。

社会发展到今天，人们的生活条件虽然好了，烦心事、窝心事却似乎不见减少。物质上的丰富与精神上的强大未必成正比。物质上，毫无疑问，我们远超以往的任何一个时代；但在精神上，有些人却反而软弱无力了。吃苦精神大不如前，乐观精神逐渐消减，务实精神有所弱化……总而言之，精神"缺钙"现象显得常见。何至于如此？实在没理由。如果只因为生活条件有所改善，精神就这般松懈，放弃了艰苦奋斗的传统，那么，也许哪一天，便可能遭遇难以化解的困苦。

"躺平"不应该成为人生的选择。社会分工越来越细，我们不能保证随时干上自己满意的工作，但我们可以保证随时以积极的心态对待工作中的任何困难。若干年前，我也曾经被安排干自己很不喜欢的工作，但面对现实，我对同事说的是"两个一秒钟"的"理论"：只要在职在岗，哪怕连一秒钟都不想多干，也应该努力干好最后一秒钟。我相信，时间是最好的治愈剂，坚持下去，一定能挺过难关。事后回想那段岁月，虽然当时特别辛苦，但迈过那道坎之后，这段经历却也值得回味，甚至可以视为一份财富。所以，进取，总是会有收获；躺平，则必将一无所获。

对待名位要有平常心。诸葛亮有一句广为流传的名言："非淡泊无以明志，非宁静无以致远。"不为眼前得失所干扰，一个人才可能走得远。面对名利，就应有这种清醒冷静的态度。一个人对名位太热衷，则难免心猿意马，不仅不能安心干实事，甚至铤而走险，为求名位而不择手段，以至落入陷阱，坠下深渊。看看那些一路快跑、最终一头栽倒的官员，不就是这种类型吗？欲速则不达，想法多了、野心大了，在名位面前，反而可能事与愿违。

尤其对公职人员来说，名位未必能由自己掌控，就更应以坦然泰然之心对待。见贤思齐，对待名位，还真得选准楷模找对榜样，不要跟错了人走岔了路。有好几个熟悉的干部，多年来一路钻营，"进步"迅速，曾经让多少人羡慕。可是，最近几年，却陆续看到他们接受纪委监委审查调查的信息。而另一位朋友，也是少年得志，年纪轻轻就走上了副处级领导岗位，但没想到一干就是二十多年。很多人以为，像他这种情况，定然意志消沉，得过且过，工作不在状态。但恰恰相反，这么多年来，此君无论在县里还是市直单位，一直对工作保持高度热情，和新担任领导职务的年轻人没什么两样，着实让人佩服。

在职场，退出领导岗位的情况大家还比较容易理解，像这位朋友那样多年"原地踏步"的情况则往往被人另眼相看。也正因为如此，总是得不到晋升的人，心态容易出问题。所以，我时常提醒同事，工作到了一定阶段，长期没法"进步"，就得防止心理失衡问题。谁都不例外，包括我自己。就以我本人为例，在同一个级别转了逾十年，也可谓是典型的"不进则退"型，如果想不通，看到别人三两年一个台阶，一个个"后浪"从身边擦过赶到了前头，一不小心也可能心理失衡了。时间越长，我越觉得有必要时时提醒自己，要理性对待岗位与进步这些事，务必保持一颗平常心。人生哪能"万事如意，心想事成"，知足常乐也是一种有益的生活方式。实在觉得不如意时，多想想一些贤达，便知道这点得失放在历史长河当中根本不算个什么事。就说当前被人炒得火热的王阳明吧，号称"五百年出一个"的牛人，按能力与影响力计算，人家的仕途其实也不算成功呢，竟然连个大明王朝的"班子"都没进成。然而，阳明先生从不"躺平"，凭借他的"三不朽"，最终"秒杀"

多少帝王级的人物？想深远些就明白，人不应该为了当官而活，当官应该是为了多干实事，否则立马就将从人们的视线中消失。干好每一份工作、不虚度每一天才是人间正道。

什么时候该保持进取心，什么时候该保持平常心，要分得清楚，想得明白。千万不要一时用错了心，影响了自己的大好人生。

2022年11月4日之夜于瑞金

# 不贬低别人

一位年轻的朋友告诉我，他们单位每到年底考评时，有一项内容是同事之间互相打分。他因为人缘不太好，经常被人打低分，为此非常苦恼。马上又要迎来新一轮考评了，这一次，他想给所有同事都打低分，而给自己留一个高分。

我听了之后，劝他千万不要这样做。一个人的处境越尴尬，越要保持清醒大度，坚持对别人客观评价，让那些故意与自己过不去的人看看自己的胸襟。别人要怎么评说自己，那是别人的事，我们不能也不必强求。但努力做好自己，却是完全可以把握的。这种事，不妨想开些：只要自己没有那么差，人家故意给一个差评，那又有什么关系？无非是影响评先评优这等"身外事"而已，并没有太大的损失。而真正的明白人，一眼就看得出这个分数是怎么回事。更何况，这种考评方式本来就未必科学，其结果用来做做参考，提醒自己"有则改之，无则加勉"就行了，根本没必要太放在心上。

苏东坡与佛印的一个故事，想必很多人都听过。故事说的是，有一天，苏东坡与好友佛印禅师边品茶边谈论人生、研讨佛法。聊得正开心，苏东坡突然问佛印："你看我现在像什么？"佛印说："我看你像一尊佛！"苏东坡哈哈大笑，对佛印说道："我看你却像一坨牛粪。"佛印也哈哈大笑，并未对此不逊之言进行"反击"。苏东坡心里得意，认为自己在佛印面前赢了一把。事后，却有明智的人告诉他："佛教最讲究心境，境随心变，相由心生。佛印禅师说你像一尊佛，是因为他心中有佛；而你说佛印禅师像牛粪，是因为你心中只有牛粪！"苏东坡这才知道，原来自己赢了个傻不拉叽，以笑声回报自己的佛印才是真正的赢家。

这个故事，和这位年轻朋友遭遇的年度考评，颇有几分相通之处。聪明的人是不会拿别人的错误惩罚自己的，对别人耍的那些上不得台面的小伎俩，一笑了之便是了，何必耿耿于怀，甚至以牙还牙？

评价他人的同时，旁人也在悄然评价着你。很多年前，我认识了某单位的两名业务骨干。他们成就相当，堪称一时瑜亮。但是，大家都知道，他们相互之间心存芥蒂，关系极其微妙，基本不会同时出现在同一个场合。朋友们对此心里有数，私下小聚，邀了甲就肯定不邀乙，请了乙则自然不请甲。二人的工作能力各有所长，难分轩轾，但在为人处世方面，却有着明显的区别。甲与大家聊起乙，总是一副不屑的神情，而且喜欢揭人之短，故意放大乙的缺点。而乙提到甲，却总是先肯定他的优点，然后才中肯地说起他的短板。二人的格局，高下立判。不管乙出于什么考虑，他能客观地评价自己的"对头"，这就是境界，就是风格，就很值得肯定。而甲一个劲地贬低他人，虽然图了一时口舌之快，但无形中却为自己减分了。

人家怎么看你不重要，自己怎么做才是关键。做人要有原则，要有定力，要有平常心，不贬低别人的同时，也不必抬高自己。我曾经参与过对县级领导班子的年度考核工作。有一年考核时，增加了一项由被考核人自我测评的内容。在某县，几十名县领导当场填表，绝大多数人对自己的测评分都在95分以上，唯有县委书记只给自己打了80分。看到这个数字，我不禁对这名县委书记添了几分好感。此后经过多年接触，发现这名县委书记一直保持着低调谦逊的风格，哪怕是走上厅级领导岗位已数年，也没什么变化。一个小小的举动，往往折射内心的波动。很多人善于掩饰自己的性格，但不管怎么样，重要场合、关键时刻，某些细节还是会还原一个人的真实面貌。这名县委书记显然是睿智的，他知道自我评价意味着什么。有一种观点说，把自己放低一点，别人就会高看你一眼。从这件事看来，这个说法倒是不无道理。

高分未必高尚，低分未必低能。面对各种考核、评价，我们不必唯分唯票。一个人的一贯表现才是最重要的。对个体来说，即使遭受不公平待遇，也要相信阴雨天虽然影响人的心情，但它们并非生活的主流，从更大的范围、更长的时间来说，晴朗才是天气的主基调。

不管身处何境，评价他人都应客观、公正、厚道，不要去动那么多心思，想那么多歪招。为了突出自己而故意贬低别人，其实一点也不高明。只要人家自身没硬伤，不管你怎么说，时间都将还他一个公道。旁观者的眼光并不如你想象的那般混沌。任何时候，不要低估别人的智商，否则变成傻瓜的一定是自己。

2022年11月14日之夜于瑞金

# 马马虎虎为哪般

经常遇到这样的人，写人家名字时，随便弄个同音字，表示这就是你。这种人，手机上存的通讯录，名字常常错得一塌糊涂；给人发信息，称呼对方时，当然少不了把人家的名字写错。更要命的是，你要是跟他指出这个问题，他还不以为然，以为你太计较，太认真，太死板。

我对于名字是比较敏感的。曾经有人发信息给我，问"你是某某吗"——其中，有一个字与我的本名对不上。对此，我直接告诉他："不是。"我并没有说谎，严格来说，错一个字，那就根本不是你所要说的那个人。试想，你去银行取钱，名字若是相差一个字，人家能把钱给你吗？如果你要对哪个人执行逮捕或者什么处罚，名字都弄错了，那不就出大事了？所以，名字虽然说是用来给人叫的，但还真不能随便写错。

何止名字，对时间、地点之类的细节，我也很敏感，容不得自己或别人出错。这些要素，在工作、生活中都是很重要的，弄错了，常常误事。对这些要素不在乎的人，可以说，基本是做事不怎么靠谱的，没准哪天就要被他给坑了。

为什么有些人不把人名、地名、时间等细节当回事？最直接的原因，就是做事不认真，对什么都是一副马马虎虎的态度。当然，你要是说他不认真，他还未必服气，觉得是你小题大做，气量有限。

对待事情要不要这么认真？当然得看什么事。情况特殊或纯属娱乐的，要求低一点无所谓。比如吃饭遇到急事，时间来不及的话，随便吃点什么对付一下也是可以的，未必讲究那么多。比如去哪里玩，不巧的是"寻隐者不遇"，则不妨"乘兴而来，兴尽而归"，反正休闲时光在哪里打发都差不多。但是，对有些事情，就一点也马虎不得，特别是可能会导致工作失误，造成不良影响甚至重大损失的。比如，因为错一个字，通知错了人，而真正要找的人没找到；搞错了时间，让别人迟到或错过了某个机会；弄错了地点，让别人白跑一趟；等等。这样的事，如果是由自己的粗心所致，便该有愧疚之心，要坚决杜绝"下一次"。

如果说到这个份上,还是不把各种细节当回事,那么,说明这个人的责任心够呛。只有做事不负责任,不把他人利益放在心上的人,才会如此行事。细节决定成败,这个观点在很多时候是成立的。历史上,有很多这样的事例,因为一字之差、一个疏忽,导致巨大变故乃至无与伦比的遗憾。发生在民国时期的"中原之战"就是这样。1930年5月,阎锡山和冯玉祥结成反蒋联盟,讨伐蒋介石。阎冯决定双方各派一支精锐部队,在河南沁阳会师,集中兵力消灭蒋介石驻扎在河南的部队。不料,冯玉祥的作战参谋拟定命令时,粗心大意,竟然将"沁阳"写成了"泌阳"。偏偏河南既有沁阳,也有泌阳,二者相距甚远,而且泌阳还是蒋介石重兵把守之地。于是,冯玉祥部因为一字之差,不仅没能和友军会合,还投入蒋介石的重兵包围圈,战争的结果可想而知。这就是办事马虎付出的惨痛代价。还有,20世纪末,西北某市有个企业,在包装袋上印错了一字,导致包装全部作废,造成巨大的经济损失,也被时人视为教训。

最近在网上看到一则离谱的新闻,说的是广西南宁一老人"死而复生"的奇事。为了省事,直接引用报道内容:

当事人尹婆婆亲属陈女士表示,"尹婆婆"在被医院确认死亡后3天,其家人又接到医院电话称尹婆婆还在院中住院,而他们下葬的"尹婆婆"则是医院另一名去世的病人。南宁北际医院工作人员回应称,此事确为医院将二人信息弄错,当地卫健委也到医院调查取证,但尹婆婆5名子女曾到医院签字并确认遗体,并且还有3天的丧葬过程,为何其家人都未发现问题?

要说这件事,但凡有一个环节做到了"认真"二字,读者就看不到这样的"奇闻"了。

种种新闻旧事,说明马马虎虎的人什么时候都不缺少。有这种毛病的人,没伤到痛处时,往往很难改正,因为他们不会把这些"小事"当回事。这么多年来,我遇到过不少无视细节的人,实在看不下时,难免忍不住啰唆一顿,但收效甚微。我想,对这种粗枝大叶的人来说,可能只有触及自己的切身利益时,他们才知道责任心是何等重要。

2023年2月10日之夜于瑞金

# 路上难免野狗吠

在乡间行走，常有一条或几条野狗突然冲出来向你狂吠的遭遇。它们吠得莫名其妙，吠得理直气壮，吠得咄咄逼人，分明是一副你不惹它，它偏要惹你的模样。若是山野空旷，其吠声尤显响亮，甚而把附近村庄的家狗也带引过来朝你一起开吠。

野狗为何而吠？习惯使然。它以为但凡路过之人，都想侵入它的领地（其实这分明是公共空间），都想与它争夺利益（其实它眼中的所谓"利益"，可能就是一块腐肉或一根烂骨头而已），当然，也有可能只是为了显示自己的存在、引起他人的注意而耀武扬威，虚张声势。

对于这种野狗，通常情况下，你不理它，由它吠得几声，它多半自讨无趣而悄然离去。但有时也可能遇上势利一点的，见你不回应它，得寸进尺，没完没了，不断试探底线，气焰越发嚣张。这时，你不妨大喝一声或做个捡石头之类的动作，它见势不妙，也就迅速转身，逃之夭夭。要这些野狗明目张胆与人作真正的斗争，它们其实是不敢的。

野狗遇人而吠，那只是人们在户外活动时遇到的一种小插曲。虽然可能破坏行人的兴致，但太大的危害倒也没有。动物嘛，再凶猛，多个心眼，还是提防得住，对付得了。

其实，在人群当中，也可能遇上不明就里被"狂吠"的情形。这个时候，你并没有什么过错，根本没损害过他人利益，也没有招惹过谁，但有人就是无缘无故看你不惯，以种种方式恶心你一顿，让你无可奈何，不知所措。

印象中，很多有"身份"的成功人士，就在这种情况下被人无端攻击过。比如，多年前，网络还不怎么发达时，一位写文化散文的名家，不知怎的引起"公愤"，很多人对他口诛笔伐，直将他批得体无完肤。作品怎么样，可以见仁见智，问题是其人品也被人说得一塌糊涂。这些事，听得多了，就难免让人半信半疑。有一次，该作家回到故乡，有的乡亲也借他人之口说他唯利是图，是个掉进钱眼里的人，而且说得有鼻子有眼。直到某天，我向其中被"借"之人求证此事真伪，其人大呼"瞎扯"，我才知道根本没那么回事，而且事实恰恰相反。谁也不知这个说法是怎么冒出来的，自然，谁也无须为此负责，那位名人被"黑"了就是被"黑"了，好在他早就习惯了。

还有一件事，也发生在很多年前。某地一对党政主官，一直被人传"水火不相容"，让人几乎就要信以为真。若干年后，我偶然听得当事人中间的"二号"对已经退休的"一号"高度评价，称其亦师亦友，这才知道，他们之间根本不存在传说的那些矛盾，人家的关系和谐得很。现在想来，那些热衷于炮制这些说法的人，无非是为了抹黑其中的一人或者将二人一起抹黑而已，其内心实在有些阴暗了。

就算是没有"身份"、只有"身份证"的寻常人士，也可能遇到这种躺着中枪的烦恼。我早年在报社上班，因为喜欢写作，完成工作任务之余还不断弄些"自选动作"，写了好几个系列。办报之人多写文章，这本来是很单纯的事，却也听到一些不三不四的流言，有些说得还挺难听。那时年轻，对此颇感苦恼与迷茫，便向单位一位领导请教。领导安慰我："他们越说，你越要坚持写下去，否则，人家不想让你出成绩，就用这招对付你。而人家越说，你干得越有劲，他们就会发现这一招不管用，只好老老实实闭嘴。"我茅塞顿开，觉得这话太有道理了，于是懒得理会那些闲话，放心写下去。直到现在，我早就不干这一行，依然没停下写作，也不知当年那些猜测我有这个目的那个企图的人，还有没有冒出什么新的想法。

无独有偶，前不久，一位外地文友对我说，他因为写作，被同事视为异类，甚至受到嘲讽，心下甚是惶然，不知该当如何。我当即开导他，路上难免野狗吠，遇到这种情况，继续走自己的路，让它瞎吠就是。

进入网络时代，有一种叫"网络暴力"的东西更让人觉得可怕。稍有不慎，便可能惹到了某些原本不相关的人，被骂得几乎不敢上网甚至不敢出门，严重影响正常生活。遭遇这种烦恼的人不在少数，不管你有无知名度，只要被人盯上了，就可能噩梦缠身。

最近看到一则消息：浙江师范大学2022届本科毕业生、被保送华东师范大学读研究生的郑灵华，因为染了一次粉红色的头发，陡然遭遇大规模的网络暴力，最后竟被逼出了抑郁症，于今年春节期间自杀。这则消息，令人惊愕、惋惜、愤怒！这些网暴者，何止是野狗，比疯狗还可恶。对这种施暴者，恐怕还不能不理不睬，听之任之，否则，受害者何止是一个无辜的女青年？率先发难者固然是首恶，盲从跟风者同样是凶手。那些瞎起哄者，不要以"不明真相"为自己开脱，至少应受到舆论的谴责，良心的惩罚。

那些喜欢"野吠"的人，别以为受伤的永远不是你，须知：今天你用这种卑劣手段对付别人，哪天别人就会用同样的手段对付你！

2023年2月19日之夜于瑞金

# 河东河西

因为业余写点小文章，认得几位成绩不俗的写手。大概20年前，其中一位辞去公职专事写作，稿费是我等工薪阶层的数倍，令人艳羡。另一位，用一年的稿费在市中心区买了一套四居室的大房子（当然，那时房价才数百元每平方米）。还有一位更厉害，纯粹业余写作，作品质量高，同时在几家报纸开专栏，稿费远远超出工资，早早地买房买车还动辄四处休假旅游，日子过得相当滋润，简直是万事不求人，逍遥自在胜神仙。

一晃多年过去，受网络的冲击，传统的报刊每况愈下，关门者不在少数。我等菜鸟级的写作者，明显感到发稿无法与当年比，稿费更是可以忽略不计，不知当年跑火的这几位写手，是否还维持着那般业绩？最近一打听，原来，大家的情况都差不多，与过去相比，简直天上地下，完全不是那么回事了。连他们这些曾经的"风云人物"，也只剩下感叹了。靠稿费买房的那位，现在年纪大了，因为发稿艰难，已经基本停笔。业余写作的那位，虽然还没放弃，但一年发稿量不到先前的十分之一，好在工作稳定，没有后顾之忧。而那位辞职专事写作的同仁，一个月稿费大概也就几百元，生活已经陷入窘境。

常言道："三十年河东，三十年河西。"如今社会发展快、变化大，已经不需要那么长的时间，三五年就河东河西大变样。当年写作的"达人"，一下没跟上形势就掉队了，换在当初，谁想得到呢？

人们择业时，都喜欢又稳又吃香的工作。但是什么职业才算"稳"而且有地位？也是一言难尽，谁都算不准。若干年前，有一个叫"计生委"的部门，那是政府重要组成部门，自然是符合这个条件了。对基层干部来说，该部门的地位高得很，拥有"一票否决"权，谁都不敢轻视，来个小科员，也得把他当作重要领导接待。那些大学毕业分配到这个部门的，都很让人羡慕。现在呢，这个单位突然就没了。更让人想不到的是，鉴于人口形势，当前恐怕需要想办法鼓励生育了。

连行政部门都变化这么大，企事业单位就更不用说了。20世纪90年代，我在报社刚参加工作时，老记者向我们回忆：想当年下县里采访，那才叫受重视呢，都是县委书记动用专车亲自陪同……言下之意，我们"来晚了"。再过得若干年，网络一普及，"人人都是通讯社，个个都有麦克风"的时代来临，记者完全平民化了，那些退休的前辈们，不知能否理解当今传媒竞争之激烈？还有，20世纪末，寻呼机流行，这个行业比运营手机的企业吃香得多。可没过多久，手机突然普及了，寻呼机成了历史，不知年轻人有谁知道寻呼企业的风光？再早些年，计划经济时代，供销社、食品站、百货商店等也是热门单位，没有经历过这段岁月的年轻人，恐怕怎么也想不明白那是咋回事了。

想起学生时代高考填报志愿的事。咱们乡下人见识有限，面对大学的各种专业，有人认为当老师最稳，什么时候都不能缺老师；有人认为税务部门最稳，什么时候都要收税；有人认为医生最稳，什么时候都难免有人生病……现在回过头来看，大家真是纯真得可爱。智能机器人的出现，连写文章都可以由它们代笔了（但这一点我还是有点怀疑，毕竟思想的个体化差异够大，哪怕机器人真能思考，也是各人思考各人的，所以，个性化的文字，并不是别人能替代的），多少职业都可能发生革命性的变化。再说，即使永远需要老师、需要医生、需要税官，但如果你自己不努力、能力不达标的话，也未必需要的就是你呀！

社会是不断进步的，世上之事，根本没有一劳永逸的。秦始皇奢望他家的江山万代传，所以给自己取个"始皇帝"的称号，结果闹了个笑话。朱元璋想办法让天下永远在朱家的后代手上流转，没想到他的儿子就把他的计划打乱了。他们把权力抓在手上时，哪曾想到历史的发展不以人的意志为转移。时至今日，某些贪官指望利用职权一举捞够几代人享用的财富，其实也是可笑的。别说天网恢恢，终究让你白忙一场，就算你真有能耐积累那么多财富，又如何确保儿孙有这个能耐守住？说不定几天工夫就给你挥霍完了，还附带惹出一身后遗症。所以，还是林则徐看得清楚，留下名言："子孙若如我，留钱做什么，贤而多财，则损其志；子孙不如我，留钱做什么，愚而多财，益增其过。"真正的"稳"，靠自身的努力实现。一个人只有紧跟形势，不断行走，与时俱进，才是硬道理，才可以免了那些后顾之忧，才不用担心"河东河西"的变幻。

2023年2月21日之夜于瑞金

# 万般花招何如无招

　　曾经有个同事，手机收到别人的短信或微信时，明明闲着，他却故意不及时回复，非得过一段时间再说。办公桌上的电话响了，也不及时接听，宁愿静静地看着话机，等到对方快要挂断时，才慢悠悠地接起。

　　我好奇地问他，为什么要这样做呢？按照我这急性子，当时能做的事就巴不得立马做完，哪有耐心让人家老等着。同事神秘地一笑，告诉我，不及时回复信息或接听电话，是为了让别人觉得他挺忙——如果秒回了信息，或者电话一响就接通了，人家就会认为他比较清闲。而"闲"意味着什么，你懂的。

　　我还真不懂。原来，接个电话、回个信息也有这么多讲究，也有这等花招可玩，难怪人们要说"城市套路深，我要回农村"——可惜如今农村也不是那么好回的了。

　　林子大了，什么鸟都有。人多了，自然也是什么性格的都遇得上。直爽宽厚者固然不少，刁钻奸猾者也挺多；心思简单的有之，心机重重的也常见。一些机关干部，平时也看书，但无非是《办公室三十六计》《厚黑学》《职场宝典》之类的"实用工具书"，真正的思想文化读物则视为"毒草"，生怕耽误宝贵时间影响自己的"前途"。这种人，满肚子都是各种算计，什么时候该做什么事，见到什么人该说什么话，如何察言观色，如何运用"办公室谋略"，如何表现自己的能耐掩饰自己的不足，如何精准地开发利用各种关系，如何将手中小小的权力发挥到极致，等等。在这些方面，可谓万般花招使尽，而且长江后浪推前浪，一浪更比一浪高，令人眼花缭乱，叹为观止。看他们这个样子，我觉得纳闷的倒是，他们怎么就不怕累？长期和这种人相处，就难免让人将这些"机关人"与"机关重重""机关算尽"之类的说法联想起来，对"机关"一词多了些解读。

　　因为用起了各式花招，有的人便或故作深沉，或故弄玄虚；有的人喜欢说话说一半，留一半让你自己发挥想象；有的人则虚张声势，无中生有，假戏真做。不管什么方式，无非就是要让人产生错觉，看不透"庐山真面目"，从而对他另眼相看。

想起先前有个小年轻在网上弄出的一件引人注目的事。小年轻整日就想着炫耀，为了让大家觉得其人了不起，其家族更了不起，什么好事都往自己头上套，没想到猛地"炫"出大事，一下让自己举世闻名，引发许多猜测。其实，依我分析，小年轻也就出身于一个普通家庭，远没有他自己所说的那么大牌，之所以一天到晚显摆这个嘚瑟那个，说到底是虚荣心作怪，生怕人家看不起而已。这就是典型的"缺什么补什么"的心理，其实在很多人身上都存在，只不过别人没那么出格。这种人内心空虚，越没什么越在乎什么，时时刻刻生怕别人看穿他的短板，所以不择手段自我包装，也不怕弄巧成拙，现出原形。想想就知道了，真正的大富豪定然不会动辄与人谈钱，而整天把金钱挂在嘴边的，往往是那些欠了一屁股债，口袋里好不容易装进了几张钞票的人，他们才会有事没事把这几张钞票拿出来数给别人看看。

有些人玩花招搞"人设"是为了面子，也有的玩得更深些，图谋的是实实在在的利益。好多年前，认得某驻市单位一个员工，开口闭口就对大家说某个市领导请他吃饭、唱歌，显得自己在地方上人脉极广，很有面子。一些对他不了解的，因此对他肃然起敬，甚至言听计从。后来才知道，这人与那些领导的关系，无非是他认得领导、领导不认得他而已。而这个人利用这个"人设"，到处借钱，借而不还，终于还是穿帮了，一时名声臭大街。还有不同时期活跃在人群中的某些"江湖骗子"，其实用的也是这些花招。上当的人，要么浅薄无知，要么庸俗势利，令人哀其不幸，怒其不争。

不过，我们还是得相信，时间才是最强大的，不管多高明的花招，在时间面前都将败下阵来。一个人可以在某个时段欺骗某些人，但无法长时间欺骗所有人。为了一点并无价值的"大忙人""大能人"形象而玩花招，固然毫无意义；指望以欺骗手法获取不当利益，也未必能永久得逞。在大势上，吃了不该吃的，终究要吐出来；拿了不该拿的，迟早要还回去。所以，从长远计，做人还是实在些好，路遥知马力，日久见人心，人们最终认可的，其实还是"人品"二字。艳妆浓抹不见得强过素面朝天，玩再多花招，不如原原本本，实实在在，无招胜有招。坦坦荡荡，以诚服人，轻轻松松，无羁无绊，这才是为人处世的最高境界。

2023年3月7日之夜于瑞金

# 一头凉水从天落

住宾馆,在卫生间洗浴。取下挂在墙上的喷头,扭开开关,蓦地一头凉水从天而降,浇得我一身直打抖。原来,除了这个可活动的喷头,头上还高悬着一个固定的淋浴喷头,而服务人员给你设定的首选,正是用头顶那个喷头。事先没留意它,站在下面,这突如其来的一头凉水不把你浇蒙了才怪。

宾馆凭什么认为旅客的首选是头顶那个固定的喷头?我不知道他们有没做过心理调查之类。按他们的服务水平,理论上不至于把工作做得这么细致到位。在我看来,可活动的与不可活动的两个喷头,说不定选择前者的人群还会更大一些,毕竟它用起来更灵便,何况并非每个人都要每天从头洗到脚,也并非每个人都喜欢那种满头湿淋淋连眼睛都睁不开的感觉。

在宾馆酒店,让人想不通的事远不止这一点。比如,廊道两边同时排列几台电梯,设计得花里胡哨,让你永远搞不清楚哪台电梯先到,它们到底是上还是下,只好傻傻地东张西望,生怕与到达的电梯擦肩而过。其实,一个数字一个箭头就能解决的问题,但人家不这样干,就怕你觉得太简单。又如,楼道墙壁的装修,有的人喜欢整得黑漆漆的,偏偏又没什么灯光,也不担心别人心里可能极感压抑。进了客房,满眼都是灯,到处都是开关,但他们也许居然没考虑设一个总开关,让你折腾半天找不到方向。而且,灯虽多,却都是昏暗的,没一盏亮堂。有时出差在外,晚上想看看书,实在是费劲得很。大概现在看书的人太少,宾馆直接忽略这种小众顾客了?

我还见过一个酒店,招牌是一个黑底框框,店名是几个白字,到了晚上,店招里面的白色灯光一亮,让人更觉阴森森。我曾向经营者建议,这种情况最好用暖色调,设计得喜庆些,照顾一下顾客的情绪。经营者报之一笑,此后似乎也没见做出调整。

营业场所如此,在单位办公也同样存在类似问题。我曾经遇过一个单位,办公室的桌子是棱角分明的,椅子是棱角分明的,门窗也是棱角分明的。偏偏办公室面积小,稍微甩甩手,便可能碰到哪个棱角上去,于是常常为此受伤流血。把桌椅做得如此锋利，这样的商家，让人彻底无语；而采购者能看上这样的产品，同样让人无语。

相比之下，家里的情况当然好多了，但装修过房子的人家往往有这样的经历：房子装修好了之后，才发现这个地方感觉上不如意，那个地方用起来不顺手。对业主来说，因为装修房子的事一辈子遇不到几次，缺乏经验，难免考虑不周全，不能及时发现问题。可装修人员是专业干这个事的，如果他心里稍微多为业主考虑一下，便会总结以往教训，尽量避免种种瑕疵。然而，很多人并没有这样想。更普遍的是，人们只是把它当作一个饭碗，早早把事情做完，结算到了工钱就万事大吉。至于事后业主用起来方便不方便，他才不管呢，反正也许一辈子不再打交道。

这些都是生活中的细节问题。细节虽细，却非小事，其重要性无须赘言。细节关系大局。细节不牢靠，大局就未必稳固。所以人们说，注重细节不一定能成功，但不注重细节必将导致失败。细节虽然是基础，但它可以影响高度。心里没有细节的人，也未必会有全局。即使他自认为有，他所掌握的全局也是千疮百孔，经不起推敲的。

为什么不注意细节？除了能力不足的问题，说穿了，就是做事不用心，不负责任，不为别人着想，只知利己，不知利他。没有把事情当作自己的事情，只想着事情是为别人做的，当然不可能把事情做到极致。这就不难理解，为什么酒店装修常常出现这样那样的让人不爽之处。因为酒店并非住店的人装修的，而装修者并不充分了解顾客心理，也没有耐心去深入了解。所以，即使顾客有意见，也反馈不到他们那里；即使反馈到了他们那里，他们也未必放在心上，除非业主有专门的要求。但凡会换位思考，会多角度思考，会深层次思考，把别人的事切实当作自己的事，把别人的感受当成自己的感受，很多低级的问题便可迎刃而解。

曾经看到一个故事说，德国有一家服装厂，每年生产许多手套，销量一直平稳。有一年，该厂附近新建了一家专门生产手套的小厂。小厂起初业务量不大，没有引起这家服装厂的注意。可后来，那个小厂生产的手套占据的市场份额越来越大，高达八成。原来，他们生产的手套，即使同一双，大小都是不一样的：右手通常比左手大4%，因为他们注意到，大多数人是右撇子，这种大小不一的手套，戴起来感觉更舒适。就这么一个向来被人忽略的4%，使小厂异军突起,迅速占领了市场。

看看这则故事,想想那一头从天而降的凉水,不禁让人感叹:人与人之间,差别咋就那么大。还好,成功总是青睐懂得"利他"者,而那些只知"利己"的人,则往往继续庸常,直至终老。

2023年4月3日之夜于瑞金

# 善于倾听，方得进步

洗耳恭听，充耳不闻。两个带"耳"的成语，都是形容"听话"的态度，当然二者分处事情的两端。

历史上有这么两个大人物，可以分别对应上述两个成语。先说第一个。此人出身卑微，首创从平民到帝王的奇迹。这老兄有什么超强的本事？从他的经历看下来，似乎能力平平，乏善可陈。论武力，打不过几个人；比文才，更不是他的强项；说到带兵，还不如自己的下属；至于理想追求，50多岁才有了远大的奋斗目标。这人有一个口头禅，那就是一碰到麻烦事，就动不动问身边人："为之奈何？"一个遇事不拿主意，只管问手下"该怎么办啊"的人，却最终成就了一代帝业，你说奇怪不奇怪？

没错，你应该猜到了，这个人叫刘邦，大汉开国皇帝，一个书写了传奇、颠覆了出身论的人物。

刘邦这人缺点不少，但他有个最大的优点，就是对别人的话能够做到"洗耳恭听"。不仅认真听，而且诚心采纳，不打折扣。正是因为善于发扬民主作风，集思广益，博采众长，所以他从弱到强，从小到大，反败为胜，成了最后的赢家。

再说另一个历史人物。这人贵族出身，年轻有为，20多岁就有了宏伟的理想。他的神勇更是"千古无二"，打仗时总是冲锋在前，对部下也算比较关心，按理说是个标准的好领导。然而，他"自矜功伐，奋其私智而不师古"（司马迁语），由于一意孤行，对谋士的高见充耳不闻，最终败给了自己不怎么看得起的对手。他就是与刘邦竞争天下失败的项羽。

一个善于倾听，一个不愿倾听，后果截然相反。

两种不同的情况，甚至还可以发生在同一个人身上。最典型者，当数唐玄宗李隆基。李隆基是唐朝在位时间最久的皇帝，掌权40多年，前期特别能听进不同意见，用了姚崇、宋璟、张九龄等几位相当敢说的宰相，因此创造了大唐最鼎盛的辉煌"开元盛世"。随后，唐玄宗慢慢变了，耳朵只喜欢听甜言蜜语，于是罢免耿直的张九龄，先后任用极其奸诈的李林甫、杨国忠为宰相，还宠信野心勃勃的"两面人"安禄山，终于导致"安史之乱"。唐朝很快由盛转衰，李隆基被儿子赶下台，晚景凄凉，忧郁而终。

诸多的事实反反复复告诉我们，一个人原始能力强不强并不重要，如果善于倾听，便将从弱到强，从强到更强，走向成功，走向辉煌。没有谁天生就无所不能。能力的强大，都是后天不断吸收营养成分的结果，其中，通过耳朵吸取的东西，占了很大的比重。

事实同样告诉我们，能力差的人，如果不善于倾听，将会变得更差，长期毫无长进，甚至不进则退，越来越跟不上时代的步伐。生活中，我们可能经常遇到不愿意听取别人意见的人，这种人往往自我感觉良好却又平庸得很。他们的耳朵功能有限，决定了他们必然平庸。

事实还告诉我们，能力强的人，如果不善于倾听，也将逐渐退步，最终退出强者行列。唐玄宗这样的原本具备雄才伟略的人，尚且前后冰火两重天，其他等闲人物如果不重视耳朵的功能，结果又能好到哪里去？常见一些领导干部，虽然起步比别人早，但职务越当越大，地位越来越高，水平却没有"水涨船高"。为什么会这样？我认为，其中一个极其重要的原因，就是他们没有"空杯心态"，从来没有耐心听别人讲完一句话，于是一年到头未能增加新的知识点，只能年年吃"老本"，靠屁股下的位子发号施令，维系权威。一旦离开位子，他就会发现自己其实啥也不是，根本不比别人高明，根本没能力指挥别人。

问题是，自以为是的人，什么时候都不少见。有些人不仅没耐心听别人的意见，还很固执地认为"我有我的想法，凭什么要按你的去做"，却不反思自己的想法也许连方向都错了。"南辕北辙"的故事不就是这样吗？不管路人怎么劝，当事人都以为自己马跑得快、带的路费多、车夫技术好，不会有任何问题，非得一条道走到黑不可，真是不撞南墙不转弯，不到绝境不后悔。

善于倾听，方得进步。不管你水平多厉害，也不管你职务有多高，如果还想继续前行，再创佳绩，就好好把耳朵用起来，多听听别人怎么说吧。"三人行，必有我师。"从善如流，虚怀若谷，你就会知道，天地之大，原来远超自己的想象，故步自封，是何等的荒唐可笑。

2023年4月24日之夜于瑞金

# 就怕"认真"遇上"不认真"

生活中常见随便承诺的人。比如说，熟人见面，有人挂在嘴上的一句话是"哪天咱们聚聚"，其实他只是信口说说，并没有安排聚的意思。这种事，他随便说，你随便听就对了；如果你要认真，那就可能尴尬了。

偏偏我是个比较认真的人，所以尴尬的事常常难免。

对于别人说过的话，特别是需要我干什么具体事情的，我常常记在心上。比如，常有外地的朋友说："这个周末不外出吧？我过来找你聊聊。"那么，只要当时说好了，我便哪里也不去，专心等待这个人。但有时候等了半天，人也没到。打电话一问，才知道人家另有安排，根本不来的。他依然过得逍遥自在，却可能害得你的其他计划因此耽搁了。又比如，有一年，某人告诉我："你那位张同学家的脐橙口感不错，叫他给我留下几树，到时我们公司过去采购。" 我于是郑重其事转告种脐橙的张同学并叮着他不让卖给别人。遗憾的是，后来此人不但没有去要人家的果子，还不承认有这回事。好在脐橙保质期长，好果品不愁买家。

我的一部小说改编成电影时，有几位朋友再三叮嘱开拍时一定要告诉他们，最好让导演安排几个群演的角色让他们一起体验体验。我当然认真对待此事。事先和导演沟通了，留了几个适合他们的角色出来。可是，电影开机后，兴冲冲通知这几位朋友时，他们只是淡淡地说一句"没空"而已。原来，人家当初纯粹是说着玩的，就你还真把它当回事了。这一回，遭遇尴尬事小，差点影响导演的拍摄计划才是麻烦事。

很多年前在农村时，曾经有一个同学，家里种了很多荸荠。那时农村种经济作物的少，大家少有机会饱口福，该同学在荸荠刚种下时，豪爽地对小伙伴们说："等到挖荸荠的时候，请大家去我家好好吃一顿！"小伙伴们都很激动，眼巴巴盼着田里的荸荠快快成熟。然而，一年复一年，也没听他再提这事。后来，事隔多年，有关当事人说到这个同学，还会忆起这件极其微不足道的往事，尽管该同学的事业据说做得比较成功。

你看，不管是要求别人做什么，还是邀请别人干什么，如果说话太随性，结果都可能让人不太愉快。别以为这些只是说着玩的，问题是别人没把你说的话理解成开玩笑，还认真准备响应了。只要有人当真了，这种事情对人家总有点小小的影响吧。

如果大家说话都是认真的，那当然皆大欢喜，天下太平，人间无事。怕就怕"认真"遇上"不认真"，"认真者"可能当场吃亏，"不认真者"久而久之也可能吃亏。

"认真者"吃亏很好理解。你把别人的戏言当真了，最后期望变成失望，便觉得自己被人忽悠了，心情自然好不到哪里去。更有甚者，你按别人所说的去做了相应的安排，结果不仅实现不了，甚至还错过了其他机会，导致实实在在的损失。在一定程度上来说，遇上这种"猪队友"，当然是吃了人家的亏。

"不认真者"为何也会吃亏？一个人长期不把自己说的话当回事，终将被人从心里看扁，从而不把你说的任何话当回事。也就是说，这个人已经轻轻松松地为自己树立起了一个典型的言而无信者形象。这种形象能给自己带来什么好处？再弱智的人也能想明白这个道理吧。

对待"不认真"，太认真当然不行，那是牛头不对马嘴，鸡同鸭讲，自讨没趣。最好的办法，恐怕还是以"不认真"对待"不认真"。他说他的，你听你的，最后各干各的，结果反而相安无事。问题是，如果大家都因此养成了"不认真"的习惯，谁的话都信不得也不必信了，人们的生活也许就乱了套，长此以往，大家都将成为受害者。

由此看来，要让生活有秩序，该认真时还是得认真。说话负责任是一种应有的品德。对别人负责，别人才可能对你负责。尤其是所说之事与他人有直接关系，涉及他人利益时，更不能张嘴瞎说，随便忽悠。这个时候，就应该言必行，行必果。做不到的事就别乱说，不想做的事更别去提起，以免误导他人，坑害他人。

当然，对待那些实在认真不起来的人，倒也不妨"以其人之道还治其人之身"，让他尝尝"狼来了"的教训。对这种人来说，或许只有因为某次"不认真"（不管是别人的还是自己的）而使自己受到伤害时，才可能有所触动，有所反思，进而考虑改变自己，尊重他人。

2023年6月20日之夜于瑞金

# 不可忽视的"例外"

　　城市斑马线上，一群行人正在有序穿过道路。忽然，一辆小车发疯般冲过来，瞬间截断人流，数名不幸者直接被撞飞，有的在空中打了几个转才掉落在地。

　　这个惨绝人寰的镜头，若非在视频上真实呈现，简直让人难以置信。在网上查了一下，类似的惨剧居然在多个城市上演过。我不知道自己看到的视频是哪个城市的——这也不是我关注的重点。我愤怒的是地球上竟有这等恶毒之人。对于肇事者，人们如何谴责他都不为过，但也无济于事了，消失的生命不可重回人间。

　　斑马线是原始意义的安全通道。在城市道路，行人走在斑马线上，按理说是有安全感的。但这只是通常情况下。若是遇到不按套路出牌的司机，不管是技术问题，还是情绪问题或其他问题，他们在斑马线给行人带来的危险，便反而可能要超过其他地方。因为，在斑马线上，很多人也许是放松状态的，比在别处横穿马路往往更大意些。

　　如果大家都守规矩，斑马线当然是安全的。但只要冒出一个不正常的驾车人，斑马线就谈不上绝对安全了。因为这种"例外"的存在，所以，不管什么时候过马路，行人都要靠自己提高警惕，千万不要以为有了相应的设施和制度就万事大吉，自己不用操什么心了。世界这么大，什么人都有。车来车往之处，"马路杀手"随时可能出现，须知真正的安全恰恰需要人们随时保持安全意识。这样的教训太多了。如果不反复提醒行人，类似的悲剧难免重演。

　　何止是过马路的问题，世间万事，都有必要考虑到"例外"因素。推行某个措施或者出台某项政策，如果想搞"一刀切"，一定要考虑到某些特殊情况，并视情开出一道口子。比如经济活动中，收款方为求高效便捷，取消现金交易，要求付款方扫码支付，这个时候就要思量，虽然当前微信使用者众，但也许并没有达到百分之百的程度，有些人（特别是农村老年人）可能是不用微信的，取消现金交易的形式后,他的生活或将受到影响。此外,还有突然遭遇停电、设备出现故障等情形,都是不容忽略的问题,当有应急之策。又比如有些地方为了环境美观,要求农村拆除土坯房,房子墙体统一装饰成某种风格。这时就要探讨,有些土坯房可能有保留的价值,保护比拆除更重要,如果简单粗暴地把它们消灭干净,便可能导致不良后果。诸如此类,要是无视例外因素,政策便可能存在漏洞,法律便可能成为恶法,最终可能异化为瞎折腾。

"例外"是一种客观存在。金庸的武侠小说《天龙八部》中有个情节:黄眉僧被少年慕容博一指戳中左胸,按理说应当毙命当场,慕容博也以为大功告成。没想到,黄眉僧的心脏偏右而不偏左,他因此侥幸死里逃生。这种事情倒不是作者瞎编,据说,医学上确实有内脏反位的情况,还不仅仅是心脏的问题。这等例外,孤陋寡闻之人如何得知?至于有的人天生就多一个手指头或少一个脚趾头之类的事就更多了。所以,在设计生活用具时,便要充分考虑到这些。现在很多公共场所开辟了残疾人通道,一些服务行业专门针对某种特例推出个性化服务,这就是一个进步。

不考虑"例外"因素的人,很容易进入认识误区而不自知。哪怕是博学如苏东坡,也犯过这种小错误。有则典故说,有一天,苏东坡去拜访王安石,见他的书桌上有一首尚未写完的咏菊诗:"西风昨夜过园林,吹落黄花满地金。"苏东坡看了,心里发笑,认为菊花耐寒,不可能被吹得满地都是,反正他没见过这样的场景,于是续了两句:"秋花不比春花落,说与诗人仔细吟。"王安石看到后,知道苏东坡自以为是,便找借口把他贬为黄州团练副使。苏东坡在黄州住到秋天,某日看到菊花纷纷落地的情景,这才醒悟自己错了。在人们的印象中,什么花在什么季节开放、什么季节凋谢,这已是个固定模式。事实未必全然如此。我有一年冬季去登山,偶见杜鹃在高山盛开,甚觉惊奇。后来,再登了几座高山,发现这种情况还不少见。如果没有这个经历,看到谁写文章说冬天在山上看到杜鹃花,难免认为他是在胡说。

再渊博的人也不可能无所不知。每个人都在认知上存在一定的盲区,包括自己熟知的领域,而在这方面更容易因为先入为主而导致经验主义。阴沟里翻船,老师傅翻车,很多时候,问题恰恰就出在这里,因为人们做梦都想不到自己闭着眼睛都清楚的事情,竟然还会出现例外。多些生活阅历,打破惯性思维,举一反三,触类旁通,就可能自觉防止中了"经验主义"的招。

人生有限，世事无常。简单看问题，难免有疏漏。把事情做周全，需要我们拥有全局视野、系统思维，随时注意到种种"例外"。只有这样，才能最大限度避免一次次"意外"。

2023年6月26日之夜于瑞金

# 不要以为一切都是理所当然

我的一部小说改编成电影，拍摄结束时正是星期天。剧组准备了一些原著放在现场，赠送给参与拍摄的人员（包括群众演员），并邀我给受赠者签名。

需要签名的持书者有序排队。其间，有几名路人见状，也过来取书。虽然他们并非赠送对象，但活动组织者因为高兴，便没阻拦，让他们取了去。现如今，能读书就是不错的，换了我，有谁问我要书，我也乐意奉送，只要他是真心喜欢阅读。

不知签了多少本了，突然，一个大概读小学的小朋友挤到我身边，拿着书对我嚷道："你能不能动作快一点？我可不想等太久！"

我诧异地抬起头，看了看他，问道："你是在催我吗？"

小朋友大声说道："当然是说你啊！"

这几年，在很多场合签了不少的书，还真是第一次遇上如此这般给我下"命令"的。我哑然失笑，对他说道："你好像和这个剧组没什么关系吧？既然很忙，你直接离开就是了，并没有谁要你来这里签名的。"

小朋友气嘟嘟地问："你不签吗？那为什么给别人都签了？"

我认真地告诉他："你这本书真不用签。在这里排队的都是自愿来的，这种事可勉强不得。我们还是互相尊重好不好？"看着他扭头而去，我不知道他有没有听清楚"互相尊重"几个字。

虽然说小朋友不懂事也许可以谅解，但我还是想通过这次"不迁就"，让他碰一次壁，使他有所触动，能慢慢明白一些事情。

旁人告诉我，小朋友是家长带过来看热闹的。他或者他的家长可能没想过，剧组本来没有义务送书给他（因为他们没有参与剧组的任何工作），我也本来没有义务在书上签名（因为我没有和谁有过这样的协议，这个活动也不是我组织的）。所以，他没有任何理由对我的速度不耐烦（更何况，我的写字速度其实不算慢，并没有任何懈怠），更没有任何理由不尊重他人（不管是年纪大还是年纪小，都不是不尊重别人的理由）。

这本来是很简单的道理，但为什么有人会忽略，认为自己不需要理由就可以随便要求别人、指责别人？因为有些人浑身都是自我中心意识，一切从自己的需要出发，不管不顾他人的感受，更无视他人的正当权利。

对儿童来说，存在自我中心意识很正常，这也是自然现象。但这并不意味着这种意识不受干预，任其滋长。恰恰相反，我认为，正是在这个成长期，应当以恰当的方式打破他的这种自我中心意识，让他正确认识外部世界，逐渐懂得理性思考，学会从客观的角度、他人的角度去看问题、想问题、解决问题。

不能让人从小就觉得一切对自己的利好都是理所当然，一切都得无条件按照自己的意志运行。如果无原则地姑息他，这个人的成长就会面临严重的问题，即使成年了，也可能因为思维的缺陷而变成一个"巨婴"。过于自我的人，往往自以为是，不懂团结协作，不懂尊重他人、关心他人，甚至自私自利，损人利己，只知有权利不知有义务，没法和他人正常相处，最终成为一个孤独的人、浅陋的人、远离幸福的人。

看看很多"熊孩子"制造的新闻，就知道这种情况并不鲜见。比如前不久网上报道，成都一高铁上，一个"熊孩子"反复踢椅背，引发家长与乘客之间的争吵；又如前几天网上一个视频显示，在杭州一商场，"熊孩子"对人偶白熊工作人员扇脸踢打，工作人员忍无可忍还手，结果导致一场纠纷。再看看一些"为老不尊"的报道，就知道这些事并非偶然，其中甚至有某些内在关联。好在这样的人不是多数，否则，社会秩序将乱成什么样子？但是，即使他们不是多数，有那么几个，也足够消耗正常人许多精力了。

一个人性格的形成，先天因素固然有，后天环境更重要。为了孩子健康成长，成年人有责任帮他们克服这种"一切唯我独尊"的倾向。事实上，对于孩子的重大性格缺陷，家长往往有绕不开的责任。家长们应当反思，孩子蛮不讲理时，自己有没有耐心细致地教育说服？孩子在外面太"熊"的时候，自己有没有客观理性地评判是非？须知一味溺爱、护短，终将让你付出相应的代价。它未必立马兑现，也许将来连本带息偿还。纵使某些不识大体的家长坚持纵容，社会也不应跟着放任。不管认识与不认识，我们没必要惯着他人的陋习，让他们以为自己所做的一切都是可以不受约束的，认为整个地球都得围绕他来转，认为别人为他付出的一切都是天经地义，因而从不理解别人，从不体谅别人,甚至毫无敬畏,从不懂得规矩规则为何物。俗话说:"三岁看大,七岁看老。"很多小问题,如果不从小纠正,待得成年后,要改起来就麻烦多了。

2023 年 6 月 29 日之夜于瑞金

# 走出"惯性思维"

十多年前，我写了一批读史随笔，结集出版后产生了一些影响，不仅被外地多家单位推荐为干部职工读物，还被《解放日报》连载。有一个熟人知道了，不以为然地对别人说："这又不是他个人的本事，还不是因为他在报社工作！"当时我就纳闷了，这本小书确实没有什么过人之处，但它的出版及其产生的影响，与我供职的区区一家地市报社有何关系？别说出版机构和读者未必听过我供职的这家单位，即使听过，也没有肃然起敬的理由呀（因为当时本人自知水平有限，作品羞于示人，在本地未做任何宣传，所以该书的读者其实主要是外地的）。

若干年后，我出版了一个长篇小说，先后印刷了七次，被广东一家电台录制了普通话和白话两个版本的有声书，还被人改编成微电影、院线电影（已在国家电影局备案，目前正在筹拍中），在本地算是引起了一点小小的反响。还是那个熟人，听到别人提起这件事，满脸不屑地发表"高见"："这又不是他个人的本事，还不是因为他在纪委工作！"这话传到我耳朵里，我更感到困惑了：纪委的工作与写小说完全是风马牛不相及，这本小说不管图书发行还是录制有声书、改编电影，都是市场化行为，对方甚至根本不知道我的职业是什么，这与我的工作单位有什么关系？

想来想去，倒是想起这熟人以前也是写东西的，当然，他写的是单位的宣传稿。那时，他总是频频出入于新闻单位，今天请这个部门的人吃饭，明天请那个部门的人喝酒，稿件采用率倒也高得惊人，甚至连几个同事出去游玩的合影都可以当作新闻照片在报纸上刊登出来。另外，他还有个特点是喜欢向人炫耀自己的人脉，讲述自己如何从"新闻民工"到端起"铁饭碗"再到提拔担任某个领导职务的光辉历程——当然，这些都是得益于他走到哪里都"吃得开"。答案也许就在这里。这个熟人因为一路走来，靠的都是跑关系走后门，所以，在他的头脑中，形成了一种"惯性思维"，认为这世上，一切事情都是靠关系解决的，也唯有靠关系才能解决。

一辈子靠关系的人，他也就只认关系，从来不信真本事。这种"惯性思维"一旦形成，便将固化成路径依赖，使这个人从此只知拉关系，只信拉关系，哪天没有依靠关系而做成了某件事，连他自己都不会相信，总觉得又是哪位贵人在背后悄悄助了他一臂之力。

阴暗的人不相信阳光，卑鄙的人不相信高尚，野蛮的人不相信文明，凡此种种，都是因为"惯性思维"所致。人们常说有些人"以小人之心度君子之腹"，也是这个道理。因为自己没达到这个境界，你要他相信公心、正义、热情、真诚，确实很难。井蛙不可语海，夏虫不可语冰。没有经历过，没有想象过，没有向往过，他们怎么可能相信世界是如此多彩多样，天地是如此无穷无尽。

不禁又想起一件旧事。有一年，我在当地报纸发表了一篇杂文。时任市委书记看到后，觉得文章针对性比较强，有一定的借鉴意义，特地作出批示，要求全市干部学习。此事在本地一时间受到不少人的关注，本人的知名度也因此提高了不少。报社的一个基层作者知道后，专门跑来问我："你是怎么让书记给你作出批示的？指点一下，我也来找人试试。"你看看，就连这种事情，人家的第一反应也是"找人"，我不禁哑然失笑。看来，把"找路子、跑关系"奉为圭臬的人还不少呢。

对那些全靠"借势"取得成功的人，你要是说你的成绩是凭真才实学获得的，他不认定你是个大忽悠才怪，即使嘴上奉承你，心里也是绝对不信的。因了这种"惯性思维"，庸俗的人便将一直庸俗，无能的人便将永远无能，"跪舔"的人便将持续"跪舔"。他们的路径依赖决定了他们总是喜欢爬行的姿态，而不敢挺起腰杆，直立行走。他们甚至还好为人师，将这些"秘诀"传授给自己的亲信之人，让他们继续按这一套"法门"沾沾自喜混迹江湖。

用"惯性思维"支撑了大半辈子的人，你要改变他的思维模式，殊不容易。但对于"惯性思维"尚未到根深蒂固程度的人，有机会的话，还是应当设法帮他打破这个桎梏，让他知道世界有多大，道路有多少，人和人之间的差别有多大，值得我们学习的事情有多少。走出"惯性思维"，就会认识到，"关系"只能让一个人偷几步懒，取一点小巧。真想畅行天下成就大业，确实得靠真本事。所以，抛却瓜葛，甩开藤蔓，努力让自己立起来、强起来才是硬道理。

2023年7月9日之夜于瑞金

# 热衷于"套路"是一种退步

"你要写××,就不能只写××……"最近一段时间,各地自媒体甚至传统媒体一窝蜂般地冒出这种标题。看了两三次之后,见到这种题目就觉得腻腻的,当然也就不想点开其内容。可一些文稿制作者却对此沾沾自喜,乐此不疲,以为蹭到了网络热度,学到了良方妙法,创造了宣传佳绩。

某些自媒体的行文风格常常令人摇头,这当然不是什么新话题。此前,网上流行的是"定了!……""重磅!……""就在刚刚,官宣……"之类的样式,还有"吓尿体""震惊体""哭晕体"之类故弄玄虚的体例。看着满屏雷同的标题,什么胃口都被败坏了,不禁感叹:现在的人咋就这么懒呢,动动脑子玩点新招、换点新词有那么难吗?

凡事贵创新,模仿只适合小朋友。在知识产权方面,模仿更不是那么任性的事,搞过头了便可能涉及侵权。写文章方面的模仿侵权,有些虽然未必有人较真,但作为一个有文化素养的人,应当高度自律,有意识地避免这种拾人牙慧的现象,以免惹人笑话。直白的"拿来主义"不适合用于这个领域。如果总想着偷懒,"拿"惯了,就和抄袭这种行径差不多了。

为何这么多人热衷于使用现成的"套路"而自得其乐?这是一种认识上的退步,也是原创精神的退步。

还是个中学生的时候,我就知道,模仿人家写作文,老师是不认同的。而在学习借鉴时,囫囵吞枣的做法也是被人耻笑的。重复别人、重复自己,历来都被真正的写作者看不起。古人说:"毋剿说,毋雷同。""必出于己,不袭蹈前人一言一句。"有些名人为了避免自己的文章与他人雷同,甚至毫不犹豫毁了自己辛苦磨出的作品。这种独创精神,着实令人佩服。

早年在报社工作时,常见通讯员使用《花儿为什么这样红》《风景这边独好》《斩断伸向××的黑手》之类的标题。我对这些作者戏称,题目要改为《千问花儿为什么这样红》《风景何止这边独好》《N次斩断伸向××的黑手》。相关作者一笑之后,多少感到些许惭愧。而现在,那些堂而皇之照搬照抄的行为，有时居然还能赢得满堂喝彩，获得那么多点赞，这岂非咄咄怪事？热衷于"套路"，显然是一种退步。我想，那些点赞者，要么未必出于真心，要么同样对"原创"精神毫无感觉。无论出于哪种情况，都足以让人叹息。

追求原创，首先要有原创的意识。很多人可能根本就没想过"原创"这回事，不知道做文章是需要讲究原创的，"不创前未有，焉传后无穷"，小到一则文案，也应体现一定的原创性。创新是推动社会进步的巨大动力。没有创新，社会就没有进步。文化领域不讲原创，那就是死水一潭，只剩一大堆陈词滥调，受众的视觉疲劳、审美疲劳便无法解决。金代文学家王若虚说："文章自得方为贵，衣钵相传岂是真。"简单拿到别人的东西搬来搬去，很快便将黔驴技穷，无计可施。

追求原创，需要具备创造的能力。有准备、有想法的人，才可能拥有某种能力。能力需要事上练，它的提升，主要来自学习和实践。袁枚说："人闲居时，不可一刻无古人；落笔时，不可一刻有古人。"一语道出借鉴与创新的关系。真正的智者都是学习型的人物。超强的学习能力，给他们带来超常的实操能力。学习不是轻松的事，当然还少不了吃苦耐劳的精神。但学习总是有收获的，付出了，总会有超值的回报。能力就在这种点滴积累中形成。拥有了这种能力，创新创特便是水到渠成之事。

追求原创，还要有勇于自我否定的毅力。创新无止境，满足于现状就意味着停滞不前甚至开倒车。如何"日日新，又日新"？需要不断质疑自己，大胆推翻自己。正是这种"贪心不足"，充分激发了一个人的创造力，让你不断超越自我，不断挑战极限，不断攀登新的高峰，进入全新的境界。

随着时间不断往前推移，天下文章越来越多，寻常的写法难以引起人们关注，这是很正常的。正是受众的要求越来越高，所以从事文字工作的人更需要自我加压，追求更高标准，让那些司空见惯的文字不断绽放出新鲜气息。如果看到某一个新颖的说法，便不假思索，一哄而上，捡起来就用，看似时尚，其实俗套。再好的东西，连吃几遍都会腻了胃口。没有人愿意重重复复看相似的标题，同样的格式。明智之人，要点赞的话，也只会点赞首创者。对后面的跟风者，只会觉得不值一哂。

不禁又想起机器人写作的问题。虽然现在推出的机器人确实很厉害，能力越来越全面，但我一直不相信它真能代替人类写作。我认为，个性化的写作，必须由其人自身完成，别人是无法代劳的，这样的写作才有其意义。但如果"套路"跟风者与受众都对原创无动于衷，满足于简单复制，长此以往，机器人完全代替人类写作还真有可能成为事实。到那时，大家对精神产品也就别挑剔那么多了，机器人供给什么，你就享用什么吧。

2023年7月18日之夜于瑞金

# 捷径

阿洪从家里到单位需要经过几条大路。其中两条大道之间，有一条小路，知道的人少。小路弯弯曲曲，大多数路段基本只能单向行驶。那时有车的人还不太多，阿洪每天习惯开车从这里穿过，与以同样的速度走大路相比，差不多可以节约十分钟。

这条小路成了上班的捷径。阿洪很为自己有一条捷径而高兴。因为这样一来，自己就可以推迟十分钟出门。对于习惯了晚睡晚起的人来说，也就意味着可以多睡十分钟。十分钟的睡眠可不是小事，它或许可以还你一个精神焕发的状态。

这种生活延续了好几年，阿洪也惬意了好几年。但不知什么时候开始，阿洪感觉从这条小路经过的车多起来了。以前，走十次难得一次遇到对面有车过来。可现在，时不时遇到对面来车。因为路面窄，每逢这种情况，只好根据双方所处的环境，由某一方找地方退让。如此一来，不管是哪一方退让，都难免要耽误几分钟时间。

再后来，小路上的车越来越多，找地方让车已成了家常便饭。有的时候，连续遇上需要让车的情形，进进退退的，三番五次折腾起来，让车的时间便超过十分钟，人的心情也因此大受影响。

最近的一次更是糟糕。那天，相向而行的车辆太多了，在小路的两端挤成一团。最初的时候，每个方向也就各一辆车。对面那辆车后面不远处刚好有一个空档，如果驾驶员愿意退后几步，便可以保证道路畅通。但那辆车偏偏不肯后退，还指望着别人让他。这边的车主根本就没想过要自己倒车，一直在那里耐心等着对方的谦让。待得几分钟之后，对面那辆车的后面又跟上了几辆车，即使排在最前面的那个人想退，也退不成了。而阿洪这边，车辆也越跟越长。于是，大家互不相让，不断地摁喇叭，希望对方能够退几步，让自己通过。然后，不管怎么摁喇叭，双方的车都没有退让的意思。因为谁都知道，让了一辆，就得让一路，对面的车那么多，而且源源不断，一旦开了这个口子，后果不堪设想。更何况，即使想退，也无处可退，因为自己的后面跟了一条长龙，要退就得一起退，而这靠自觉的话，显然难以操作。结果，在狭窄的小路堵了半天，大家都骂骂咧咧，但两边的车都动弹不得，谁也走不了。最后，有人只好无奈报警。在警察的指挥下，费了好长一段时间，车辆才慢慢地挤出了小路。

阿洪为此第一次旷工半天。心情沮丧之余，阿洪突然发觉，这条路虽然距离短，但没人管理，秩序混乱。以前车少时倒也罢了，确实更方便快捷，几分钟便可通过。但现在经过的车辆一多，根本就不能保证通行时间了。即使最终能穿过它，所费的时间也不少于从大道绕行。也就是说，自从走的人多了，在这种无序状态下，它早已不再是捷径。自己因为先入为主，一直把它当捷径，在一定程度上形成了"路径依赖"，不想改变现状，这才没有及时发现这些问题。若是不吸取教训，继续沿用老思路，按这个路径模式走下去，难保下次还会耽误时间。

这次艰难的通行，总算让阿洪明白，如果要确保上班不迟到的话，还是走大道才保险。按当前的车流量，小路虽然看起来路程更短，但由于不确定因素太多，在时间上却未必更快。大道虽然路程远些，但道路宽敞，秩序井然，红灯停绿灯行，规则对大家都公正，机会对大家都均等，根本不用担心遇上不按规矩行事的人导致大家都走不成的情况。

其实，世间的所谓捷径，都是少数人心目中的捷径。因为走的人少，它的便利才体现出来。然而，一旦反复走、吸引越来越多的人走，捷径的"优势"便可能成了劣势，反而让喜欢走捷径的人吃了亏，欲速则不达。"偷懒"的办法要看用在什么场合，总是幻想走捷径，说不定哪天就事与愿违、前功尽弃，甚至在关键时刻让你付出沉重的代价。这样的事例司空见惯，体现在很多方面，何止行车这种情况。为什么更多的人需要行大道？因为唯有大道才能承受芸芸众生，才能消解诸多问题。人生苦短，宝贵的时间哪经得起随意折腾？如果是十分重要的事情、不容疏忽的事情，最佳选择还是老老实实遵循客观规律，踏踏实实按光明正大的可靠路径往前走，才不会导致遗憾。

2023年7月23日之夜于瑞金

# 吹毛求疵不足取

网络时代，"新闻"的标准似乎降低了不少，事无巨细，都可能成为全网关注点。这不，前几天，河南省封丘县一名副局长在县委书记主持的会议上"打瞌睡"，也成了一个热点话题。当然，官方事后解释，该副局长并未打瞌睡，只是因为颈椎问题，活动了一下脖子。

歪一下脖子，眯一下眼睛，的确容易被图片显示成打瞌睡的样子。更何况，就算给一个活蹦乱跳的人拍照，也有可能抓拍到他恰好眨眼的那个瞬间。所以，有图未必有真相，如今这个时代，光看图片甚至视频，是不能轻易下结论的，它们完全有可能有意或无意制造出一些假象。

退一步说，即使这名干部确实在会上打了一下瞌睡，我看也不至于引起这么大的公愤，弄到全网声讨的地步。开会打瞌睡固然不对，但由会议组织者对其进行批评教育就够了；如果耽误了工作，则还可以视情进行相应的处理。把一个县里的干部打瞌睡的事闹得全国皆知，全网关注，这做法显然过头了。不知始作俑者是否换位思考，想想这样做将对当事人的心理造成多大的压力？

公职人员当然要接受各种监督，但这并不等于应该让他们动辄因为某个失误而受到"超额"的惩罚。凡事都要适度。如果脱离人性去提要求，很多事情终究是不可长久的。就好比，根据法律，一个人开车闯了红灯，本来罚款二百元就是了，但你为了显示自己管得严，加大力度给他判了几年刑，那显然处置不当了。

要求过于苛刻，就成了吹毛求疵。这种情况好像还不少见。更早一段时间，网上炒过某地一名领导的坐姿问题。这名地方领导接待另一名级别相当的高校领导，照片显示接待者坐得过于随意，被接待者则坐得比较端正，于是一些网民直把这名地方领导"喷"得不成人样。其实，我觉得，这种小范围的会谈，放松一点也未必是多大的事，即使有所不妥，也无须如此大做文章，上纲上线，尤其是扯到其他方面。

我在报社工作时，有一次接到一个读者的电话，该读者发现某个记者的一篇稿件有一个错别字，特意指出来。这个错别字，我们在报纸出版当天也发现了，并在编前会上记录在案。当然，我还是客气地向这位读者道谢，欢迎他继续关注我们的报纸，多提宝贵意见。没想到，该读者继而严厉地质问："对这个记者该当如何处理，你们不要给个说法吗？"我向他解释，这只是个普通差错，对整份报纸而言，尚在容许的差错率之内，也就是按照报社内部规定扣几块钱而已，谈不上特别的处理。该读者不依不饶，非得要求对这个记者做出其他处罚。我那时年轻气盛，修养不够，当即怼他："你到底想怎么样？一个错别字，还想抓他坐牢不成？"双方闹了个不愉快。事隔多年，如今回想起来，我仍觉得自己除了脾气不好，其他方面并无不妥。对这种苛求的行为，我是不赞成迁就的。

说得不好听，有些找碴之举，未必是为了纠正失误和改进工作，简直是为了找碴而找碴，走向了挑刺的极端。受这种心态驱使，不仅找出的"碴"不近人情，无质量可言，谈不上什么价值，还可能带偏了某些习惯跟风的网友，导致舆论场乱象丛生，混淆是非。不管是舆论监督还是其他监督，都应避免这种倾向。在准备"说事"之前，一定得掂量掂量这事是不是这样说，有没必要这样说，说了之后将达到怎样的效果或造成什么样的后果，等等。

人非圣贤，谁身上都可能有这样的缺陷、那样的失误。只要不是原则性的问题，能纠正的就及时纠正，该宽容的则不妨宽容。不要理想化地把谁设想成一个完人，这是非常不现实的。水至清则无鱼，人至察则无徒，求全责备往往会让自己失望，甚至使自己孤独。对于生活中的某些琐事，应当客观理性地看待，完全没有必要用放大镜去深究，放大了反而没什么意思。

吹毛求疵更大的后果是，如果形成了这么一种思维模式，让人无休无止地在一些细枝末节上"挖呀挖"，最终将搞得人人自危，大家互不信任，时刻想着把自己包裹得严严实实，不让别人有任何缝隙可钻。如此，不仅使人束手束脚，什么事都不敢干，导致社会越来越缺乏活力，而且模糊了监督的边界，放过了一些真正值得关注的重要问题，端的是后患无穷。

2023 年 7 月 26 日之夜于瑞金

# 目睫之利

有朋自邻县来，闲聊中说到该县某村的黄桃今年大丰收，但果农们因"多收了三五斗"而为销路发愁。当地一位在沿海大城市高就的乡贤知道后，主动联系了一家大企业采购乡亲们的黄桃。乡下的果农很高兴，想到黄桃有主，而且路径可靠，于是在发货时，将一些原本要淘汰的次品也塞进纸箱滥竽充数。正当果农们窃喜之际，沿海大城市的乡贤传话回来了：收货的企业看到果品之后，大失所望，已向该乡贤表示，看在他的面子上，已经发过来的货且勉强收下，后面的就别再发过来了。

朋友感叹，这些自作聪明的果农，就因为仗着有乡贤牵线，企图以次充优多赚几个小钱，结果断了自己的后路。黄桃的保质期不长，可以想象，今年他们虽然侥幸卖出了几个次品桃，但换来的损失何止百倍。

似这般目光短浅的人，可谓比比皆是。好多年前，一位在外地工作的老乡说过一件事。老家几个粮商通过这位老乡的介绍，成了当地一所高校的大米供应商。不料，后来该高校发现他们竟然在大米当中故意掺沙子，于是果断中止了其业务，还对介绍人颇有怨言，弄得这位热心的老乡很是尴尬。

前不久，一位电影导演告诉我，他们剧组在某小镇的一条老街拍摄有关镜头，一时给原本冷清的老街引来大量的人流。与剧组驻地相邻的一家杂货店，因此生意异常火爆，每天的矿泉水、冷饮、面包之类供不应求，由以前几天进一次货变成了每天要进几次货。老板赚得眉开眼笑之际，导演向他提了个小小的请求：上他家二楼的阳台看一下景，如果合适，考虑放一个机位在他家阳台拍摄。老板想也没想，答复导演：上楼得给钱，不给钱不能上；架机位更得给钱，不给钱想也别想。

导演大吃一惊，上个阳台还收起门票来了？忍了忍，对老板说："我们关照了你这么多生意，光是剧组就上百号人，天天在你这里买这买那。还有，那些观众也是我们吸引过来的。大家在你这里消费了那么多，怎么这点情谊也没有？"老板面无表情："少提什么情谊，没钱就免谈。"

导演终于生气了。于是，阳台不上了，机位另找地方安置了。与此同时，剧组所有人宁愿走几百步到更远的一个小卖部买东西，也不进那家杂货店了。很快，杂货店恢复了门可罗雀的状态。

两千多年前，孔子的学生子夏做上了莒父的地方官，特地向孔子请教行政管理方面的问题。孔子说："无欲速，无见小利。欲速则不达，见小利则大事不成。"在孔子看来，干正事者，一定不能心急，要把目光放长远，不可急于求成、贪图小利。贪小利则办不成大事。孔子他老人家两千多年前就懂得的道理，现在仍有许多人不明白。这就是圣人与凡夫俗子的区别吧。

从很多人的思维方式与言谈举止来看，贫穷与落后未必是天生的。农村有句话说："老天爷不会穷错人。"言下之意，在正常情况下，一个人短时困顿，或许是由客观因素导致的，但长期贫穷，问题便可能出在他自己身上。上述这种贪图眼前小利之人，如果思维方式还不改变，那就注定了只能侥幸得一点点小便宜，他们的生活再怎么变也难以发生本质的变化。

著名的"战国四公子"之一孟尝君，因为门客众多，留下了不少故事。其中一个著名的门客叫冯谖。有一次，孟尝君派冯谖替他去自己的封地讨债。临行前，冯谖问他是否需要带什么东西回来。孟尝君说，你看我缺什么就带什么吧。于是，冯谖到了孟尝君的封地之后，将所收到的契据都烧毁了，还假托孟尝君之命，将债款赏赐给了百姓。孟尝君得知冯谖的所作所为，颇为"肉痛"，很不高兴。冯谖向孟尝君解释，自己此举是给他买"义"，因为他觉得孟尝君不缺钱，缺的就是这个。孟尝君当时不以为然。到后来，他因得罪国君被贬回封地，大老远便看到百姓前来相迎，这才明白，冯谖果然有眼光，其当初买下的这份"义"，比之"利"重了百倍。

风物长宜放眼量。揪住一毛两毛的小利不放，就可能失去源源不绝的大利。成大事者，视线一定要长远，思路一定要开阔，胸怀一定要宽广。明代学者庄元臣说："好目睫之利者，利在害中而不弃；好终身之利者，利在目睫而不为；好子孙数十世之利者，利在终身而不取。"（《叔苴子·外篇》卷二）对于这"目睫之利"，该取什么态度，看看古往今来这些大大小小的事例，只要不是很糊涂，就应当心里有数了。

2023 年 8 月 3 日之夜于瑞金

# 做人当"不欺暗室"

因为定了个目标，明年要出版一本新的集子，今年只好抽空努力写作。一个朋友知道后，给我出了个点子："你以前不是写过很多类似的短文吗？找一些这样的旧稿塞进去，就不用写那么多了，反正别人也发现不了。"我认真地告诉他，此事万万不可。因为，我出书有自己的原则，除了特殊情况的"作品选"，新书就是新书，绝不能将以前收进过自己其他集子里的文章重复放进去。尽管这事根本没人管，也管不了，但这是我自己的原则，靠的是自律。

为了多出几本书，将已经出版的作品反反复复折腾，改头换面组合，这事当然容易，可是没有必要。虽然我也出过一些篇目有所重复的集子，但那是事出有因的，要么约稿者事先说明了征集的是某个阶段某种题材的作品，要么由于一时的需求专门针对某个读者群而出（我把它们称为"选辑"，以区别于原创）。至于我自己有意识要出的新书，则不希望搞得太乱，导致连自己都统计不清楚。

写作这种"私事"，并无统一的原则与标准。但实事求是还是要遵行的。同行当中，也有一些喜欢夸张的人，吹嘘自己写了多少篇、总计多少字。这样的数据，除了自己明白，别人根本无从考证，所以当然是你说多少就是多少。但我偏偏对此很有些"洁癖"，从来不肯把数字往上"抛"，在拿不准的情况下，宁愿往下压一压。因为，这种瞎夸乱吹之事，我一直认为是自欺欺人，毫无意义。这样做了，一定会让自己觉得心里不踏实，而且感到脸红。不仅仅这种事情，放在工作上，不管什么时候报成绩，我都觉得添加水分是让人于心有愧之事。瞧这心理素质，果然不像干大事的吧？

还是说写东西的事。写手当中，投机取巧者也不少。最可耻者当数文抄公，直接搞"拿来主义"，我辈一天写一篇觉得辛苦，人家一天"写"十篇八篇也不在话下。还有一种是"文改公"，按别人的套路改词换句，写得也轻松惬意。很多年前没有电脑时，我就看过一个基层通讯员在报纸上直接改别人的新闻稿，无非是把时间、地点、作者等要素换一换就是。另一种则是请"枪手"，利用职务便利或友情之类，让别人代笔。这种文章，不仅得来全不费工夫，而且没有被人揭发的后顾之忧。这些办法，会很难想到吗？一点也不难，谁都想得到。包括让人代笔，很多人也有这种条件，特别是担任了一定领导职务的。然而，我觉得，但凡是自己想写的文章，就应该一字一句都源于自己的内心，出自本人的笔下。如果变相"写作"，纵然天知地知你知我知，难以被人发现，我也觉得如此掩耳盗铃骗人骗己，实在是没什么意思。

想起一个成语"不欺暗室"。成语源于西汉时期刘向《列女传·卫灵夫人》所记的一则故事。春秋时期，卫灵公手下有个大夫叫蘧瑗（字伯玉），德行高尚，受人敬重。一次，卫灵公与夫人南子在宫中夜坐，听到辚辚的车声从远而来，但到了宫门时，声音却消失了。不久，辚辚的车声又响起来。卫灵公问南子刚才过去的人是谁。南子说，应该是蘧伯玉。卫灵公问她如何得知。南子说："礼下公门式路马，所以广敬也。夫忠臣与孝子，不为昭昭信节，不为冥冥堕行。蘧伯玉，卫之贤大夫也。仁而有智，敬于事上。此其人必不以暗昧废礼，是以知之。"南子猜测，车走到宫门口时没了声音，是车的主人让车夫下车，用手扶着车辕慢行，以免声音打扰国君。也只有蘧瑗这等品行端正之人，才不会因为在黑夜之中没人看见，就忘记礼节。卫灵公派人去查看，过路者果然是蘧瑗。

唐代诗人骆宾王的《萤火赋》写道："类君子之有道，入暗室而不欺。"真正的君子就像蘧瑗这样，对自己的要求是一以贯之的，即使在没有人看见的地方，也能像在明处一样，不做见不得人的事。

"不欺暗室"是修为的高境界，已经达到了"无招胜有招"的地步。到了这个程度的人，心如明镜，不存杂质，无论身处何时何地，都"仰不愧于天，俯不怍于人"，以浩然正气立于天地之间。这种境界虽然不是每个人都能实现的，但只要做到"虽不能至，然心乡往之"，一个人的修为便会渐渐提升，进入一个新的高度。

做到"不欺暗室"，要有坚定的立场、刚硬的原则。做人有立场，做事有原则，这样的人才是可靠的。随时改变立场、放弃原则的人，那就真叫不靠谱。对这种人，能远离则远离，不能远离则尽量不要合作共事，起码不能把重要的事寄托在他身上，否则，最终失望的是你自己。

更重要的是，要以高度的自律来捍卫立场、维护原则。这种自律，是完全发自内心的，需要自己彻彻底底地认同，不需要借助任何外力的作用。只有这样，才能做到"穷当益坚，老当益壮"，不管山崩地裂，我自岿然不动。

见贤思齐。心中有方向，行动有力量。增添几分"不欺暗室"的自觉，从生活中的点点滴滴做起，假以时日，总会有相应的收获，让自己的品格日渐光亮起来。

2023 年 8 月 4 日之夜于瑞金

# 忘了为什么而出发

形式主义又出新闻。前不久，辽宁省锦州市古塔区的一个视频成了网民关注的热点。视频中，一位女性领导正在指导下属扫地。她说："都要顺着这个缝，所有的缝都扫到，确保缝里面没有任何的尘土和沙粒，每一块砖都要这样。先洒水，大扫帚扫面上再用小扫帚扣缝……反正咱们最终就是要求没有沙子没有尘土，干净到无以复加。"扫地时需要保证地面所有的缝隙里都没有尘土和沙粒，这个要求直接把网民们雷倒了。于是，一波汹涌的舆情因此而起。据有关媒体追踪报道，当天是古塔区机关干部组织的一场公益性活动，"机关工委组织利用周末时间去帮助区里的一些老旧小区清扫路面"。而视频正是在古塔区宝安街道天安社区一个老旧小区内。

关于"高标准"扫地之事，相信并非个案。我也曾经有过被某部门要求如何如何搞卫生的经历。上门检查的人员，为了显示自己的高明，不嫌麻烦不怕脏，特地把手伸向一般人的身体难以抵达的某个旮旯或桌椅底下，不抹出灰尘绝不罢休，其敬业精神令人叹为观止。讲究卫生当然是生活中的基本要求，但我就没弄明白，旮旯或桌椅底下有灰尘，也不见得碍了什么大事呀？如果大家成天把精力全用来对付这事了，那还要不要干正经活？

媒体把锦州这名女干部的言论归为形式主义的表现。这个定位大致没错。本末倒置，过于追求外在而忽略了内涵，这当然是形式主义。别说这个要求未必做得到，就算能做到，砖缝间或地上一尘不染，又能说明什么问题，体现什么价值？更何况，为了达到这个境界，花费的人力物力是否值得，这笔账，恐怕也得算一算吧？

做事追求极致，这种精神没有错。但我们在为之努力的时候，一定得想清楚：我们出发是为了什么？价值取向有没有出现偏差？

很多时候，有些人还真容易忘了自己是为什么而出发。每一次出发，也许有不同的情况，但总归是有一个目标的。如果这事没整明白，就可能走着走着迷失了方向，让人越走越茫然，越走越远离目的，拼命奔跑还不如原地不动。

为什么有些人喜欢捣鼓一些令人生厌的形式主义？不管是有意还是无意，我觉得，都是因为他们把出发的目的弄丢了或搞混了。仍以打扫卫生为例，其目的不就是为了让人们生活得更健康更舒心吗？如果设定的是这个目标，那么，地面干净整洁就行了，何必用显微镜寻找尘土，把扫地的人折腾得那么辛苦？换言之，如果什么时候用显微镜来检测户外地板砖了，我想，那定然不是为了干净整洁的环境而来，应当是另有研究方面的意义。如果方法、路径与目标不一致，那么，就得反思是不是某个环节出现了错位。

不管做什么事情，形式都应服务于内容。当形式喧宾夺主、妨碍内容时，我们便应警惕是否进入了形式主义的误区。避免这种情况最好的办法，就是常想想这样做的价值何在，对广大群众是否有益；多听听别人的意见，看看多数人对此持什么态度。如果对群众谈不上什么好处，多数人坚决反对，行事就得审慎，防止一时意气用事而导致严重后果。

现实中，形式主义的表现常见常新，而人们又似乎颇感无奈，其中最重要的原因，就是这些令人无语的花招背后，往往有官僚主义在撑腰，也就是某些滥权行为在兴风作浪。倘若有人为了保持厕所的清洁，要求人们不得使用厕所，大家是不是觉得很荒唐？按这个做法，厕所还有存在的必要吗？如果提此要求者是清洁工，如厕者多半是不买账的，甚至还要直言批评他的形式主义；但如果下达命令者是掌握了权力的人，人们就可能没辙了，顶多在心里嘀咕几句而已。道理就这么简单，因为清洁工说了不算，所以他即使想搞形式主义，也未必搞得起来。而一旦权力介入其中，情况就大不一样了。由此可见，防止形式主义，还得警惕官僚主义作怪。否则，就可能治标不治本。

对行使公权力的机关来说，无论何时何地，"出发"的目的都是为了让人们生活得更美好。如果"出发"是为了让大家越过越辛苦，那么，这就是劳民伤财的形式主义、政绩工程，不要也罢。别小看了形式主义，它正是发展路上一块巨大的绊脚石，由此造成的内耗，甚至不亚于贪腐问题。很多时候，工作质效上不去，大家怎么干都是白搭，就是因为某些掌握了一定话语权的人热衷于此道，忘了为什么而出发，于是冠冕堂皇地在路上耽误大家的宝贵时间，浪费社会的宝贵财富。

2023 年 9 月 7 日之夜于瑞金

# 识人的几个关键点

识人历来是一件难事。古往今来，看错人的事例不胜枚举，不管是智者还是贤人，都不敢肯定自己的眼光百分之百准确。诸葛亮在《兵法二十四篇·将苑·知人性》说道："夫知人性，莫难察焉。善恶既殊，情貌不一，有温良而为诈者，有外恭而内欺者，有外勇而内怯者，有尽力而不忠者。"他在文中还提出了"识人七法"。然而，饶是如此，聪明如诸葛亮还是难免会有用错人的时候，最典型者即错用马谡。开创中国封建史上空前盛世的唐玄宗，后期也同样因为识人的问题，被李林甫、安禄山之辈蒙了眼，导致大唐由盛转衰，自己也晚景不堪。北宋的王安石算是个大能人了，可他的变法之所以失败，其中一个重要原因就是用人不当。至于凡夫俗子看错了人，交错了朋友，导致不良后果才醒悟的情形就更多了。所以，人们不得不感叹："用人容易识人难，知人知面难知心。"

对于普通人，不管他怎么伪装，危害性毕竟有限，有没识破他，未必很要紧。而在干部队伍当中，识人用人就特别重要了。我们经常感到无奈的就是，很多人，在走上领导岗位之前，确实看不出其真实面目；而走上领导岗位之后，其本来面目日益显现，这时大家可能已对他无可奈何了。特别是某些官员成为贪官之后，有人便不禁追问：当初是谁把他推上去的？为什么要推这样的人上去？

人的本性确实容易隐藏。对那些比较有"想法"的干部来说，更是可能为了达到某个目的而刻意伪装。但不管怎么装，如果真想了解一个人，识别一个人，并非没有办法。至少，这几个关键点，可以帮助我们深入地了解一个干部的品性。

群众视角也许是最理想的视角。有些人在上司面前，时刻不忘戴上"面具"。所以，作为上级，你眼中的那个下级，未必就是你以为的那个形象。但是，如果多向他身边的群众尤其是他的直接下属了解其人，便可能看到真相。没错，有的人，在下属面前，也可能会装装样子，但可以肯定地说，这种伪装，时间不会太长，因为他没这个耐心。很多年前，我在报社工作时，曾经有个县里的通讯员兴冲冲地给我打电话，说他们单位新来的一把手如何坦诚实在如何关心干部，大家都感到特别温暖特别幸福。但不出一个月，那个通讯员又告诉我，他们这个新领导是个十足的伪君子，刻薄寡恩，说一套做一套，把大家整得苦不堪言。你看，时间一到，不就穿帮了嘛。如果某个官员在下级面前长期很有修养，很讲廉洁，很重实干，那么，这就不叫"装"了，人家那是来真的——即使他当初只想做做样子，但如果这个样子保持得久了，也会去"伪"成"真"。就像陈佩斯在小品《警察与小偷》中扮演的小偷，扮着扮着便真以为自己是警察，还替警察抓起同伴来了。所以，我一向认为，考察干部，一定要多听听群众尤其是这个人的下属怎么评价。下属才知道他是怎么做工作的，如何为人的。如果下属对其评价不高，这个人估计好不到哪里去。

掌权时候也许是最重要的阶段。很多人，身居闲职时，为人随和，谦逊低调，甚至表现得一身正气。但是，某天这个人身份变了，身居要职了，掌握实权了，这时，人们可能就发现他判若两人了。得意时分最易识人，权力最能检验一个人的定力。人们常说："一阔就变脸。"其实，做了官掌了权，更容易让人变脸。如果一个人身居高位而没什么变化，那么，这个人就一定是可靠的，可以肯定他身处什么环境都能守住本心，不变色不变味。值得一提的是，那些飞扬跋扈、势利阴险之徒，等到他退下来之后，可能又变回面目可亲、待人友善的模样了。某地文学圈的朋友说过一例：某公"发迹"前，是个文学青年，常与文友在一起。扶摇直上之后，文友们以为他会关心一下文学事业，不料他反而把文学看得比什么都轻，从此与文友们形同陌路。及至若干年后退出领导岗位，他又找回先前那帮文友，与大家称兄道弟了。类似的情况可谓比比皆是，让旁观者对某些人的"能屈能伸，进退自如"叹为观止。

利益面前也许是最有效的考验。利益观是"三观"的具体体现，直接决定一个人的行为。利益本身不是坏东西，甚至应该是好东西。马克思说过："思想一旦离开利益，就会让自己出丑。"追求正当的利益，是人之常情，无可厚非。但逐利出"格"，性质就发生变化了。如何对待利益，折射人品高下。"君子爱财，取之有道"，这是正当的利益观。见利忘义、唯利是图、损人利己，这种丑陋行径必然出自下品之人。很多人平时豪言壮语慷慨激昂，但一旦涉及利益之争，完全判若两人，立马锱铢必较丝毫不让甚至不择手段。这个时候，你就知道谁行谁不行了。

  时间主线也许是最可靠的路径。路遥知马力，日久见人心。一个人到底怎么样，最终还是要以时间来检验。时间终将还原一切。再能装的人，也装不了一辈子。如果经历了进退留转，胜败荣辱，一个人还没改变性情，那么，这个人就是最真实的。对他人认识上的误差，也需要时间来矫正。想起年轻时，曾有一位老乡因为对我所做的工作颇不理解，以至产生成见，我怎么解释也没用。及至数十年光阴过去，大家都到了知天命之年，有一次，他突然坦诚地对我说，以前确实把我想"偏"了，现在看来，时间已证明了很多东西，我并不是他当初想象的那么回事。由此，他断言，相信我不管在什么时候、什么岗位，本性都不会发生改变。这话让我感动。我想，别人对我，我对别人，何尝不是要靠时间来下结论？只有时间足够火候，才能真正看清楚一个人。所以，识别一个人，还得看其一贯的表现，长久的反映。

**2023 年 9 月 13 日之夜于瑞金**

# 红绿灯

红绿灯是街头常见的交通信号灯。以前，要在城里才能看到这东西，乡下人进城，在它面前不知规矩也是常有的了。"城里套路深"，在城乡割裂的年代，这话基本不算夸张，乡下人在城里人面前，总是有着几分不自信。如今城乡融合发展了，城里人下乡的少，乡下人进城的多。眼界大开之后，能让乡下人大惊小怪的事已难得遇上。像红绿灯这样的东西，不仅城里的十字路口或丁字路口随处可见，连一些小镇也安装上了，实在是无法构成一个话题。

年轻时，曾经与人闲聊自然科学与社会科学孰重孰轻的问题。我们的中学时代，曾有"学好数理化，走遍天下都不怕"的论调，重理轻文的现象比较明显。我在乡下读高中，以前根本没有开过文科班，还是我们这一群同学"闹革命"闹出了首届文科班。饶是如此，读文科的人，在老师和理科班同学的眼里，依然是低了三分的。有一个数学老师甚至口吐狂言："某某某有什么了不起？叫他来解数学题，他怎么是我的对手？"他说的某某某，自然是相当大的人物。我当即反驳这种论调："某某某忙着干大事，哪有空和你比解数学题这样的琐事？"在我看来，只学数理化，想走遍天下只怕也不容易。

我虽然读文科，但丝毫不认为哲学社会科学对人类的贡献不如自然科学。二者相辅相成，社会才能真正进步。于是说到了红绿灯的问题。我打了个不恰当的比方（没办法，比方总是不恰当的多，恰当的太难找了）：发明汽车的人固然了不起，但如果没有人设计出周密的交通规则，你这汽车能开得出去吗？若真如此，到处是横冲直撞的汽车，端的是危机四伏，步步惊心，谁还敢出门？面对此情此景，恐怕你一定要感叹世上不如没有汽车罢了。而只有"红灯停，绿灯行"之类的交通规则跟上了，汽车作为交通工具对大家来说才是安全便捷的。所以，这社会，既要有人努力搞科研，还得有人认真研究社会管理，如此，科研成果才能造福于人类，而不是带来灾难。

起先，我想当然地以为红绿灯应当是在汽车发明之后出现的。但在网上查了一下资料，据说最早的红绿灯出现在19世纪中叶的英国伦敦，居然比汽车的发明还要早一些。那个时候的红绿灯比较简陋，是为了指挥马车通行——因为城里的马车多了，已给行人带来安全问题。不管是汽车还是马车，总之，红绿灯都是因为交通秩序的需要应运而生。此后，它与时俱进，不断提升，就像汽车的升级换代一样。行进在大大小小的道路上，享受汽车带来的便利之时，其实，还真不能忽略红绿灯的意义。发明红绿灯，与发明汽车同样重要。

在红绿灯前，有些事情还可以和人生况味关联起来。

开车的人都有这种经历：穿行在城里，有时一路绿灯，让你心情特别舒畅；有时一路红灯，让你等得很不耐烦。这和一个人在职场的奋斗很类似。有的人进步快，到点就提拔，三五年工夫就把同一起跑线的人甩了几条街；有的人则运气特别差，什么好事轮到他时，规则就变了，而且变化的条件总是和他过不去。在这个时候，走得顺畅的，不可得意忘形，如果因为走得顺，只知有油门不知有刹车，遇到紧急情况时就可能出大事。走得慢的，也不要心烦意乱，这时更要沉住气，有耐心，须知红灯再长，也有转绿灯的时候，只要自己不乱了方寸，慢就慢一点，反正都能到达终点。

如果是宽阔的道路，红绿灯前的车道还有多种选择。有的时候，运气不好时，明明在某条车道排位靠前，但没想到前头那辆车熄火了，把后面的车堵了一路。这时，你只能眼睁睁看着旁边的车辆穿梭而过。那些原本比你排得后的车，很快跑得不见踪影。这就好比，在职场，你这个部门的正职因为某个原因，总是上不去，而另一个部门的正职则由于各种情况换得快，于是，人家那个部门的人都顺着升上去了，你这条线却遇上了"堵车"，大家只好郁闷地原地踏步。这就是机遇的问题，是客观原因造成的，无须怨天尤人。还有一种情况是，有些车道可往前可往侧，这时，你选择哪条道，有时也有运气成分。运气好时，到点就走，运气不好时，前面堵了。这就好比我们在职场，某个时段，面临几个岗位的选择，选哪一条才走得更顺？这是不确定的。但需要确定的是，不管如何选择，只要定下了，就得认，不要去左悔右悔。过去的事情没有后悔药，只能以积极的态度，努力总结相应的经验教训，让下一次做得更好。

红绿灯面前的那些道理，生活中随处可能遇上。不管是红灯还是绿灯，保持平和理智的心态最重要。想明白了，红灯也好，绿灯也罢，都能从容面对，安全常随。

2023 年 9 月 23 日之夜于瑞金

# 少年不识愁滋味

常见一些年轻人读人家的作品,兴之所至喜欢胡乱点评一通。尤其是大学时期交文学评论课的作业,有的同学为了博人眼球,故作惊人之语,将别人的作品批得体无完肤、一无是处。现在想起来,那时并未真正理解"文艺批评"的含义,只是为了批评而批评,完成一项任务而已。至于批评有无道理,是否符合客观实际,才不管那么多呢。

这就是少年心性。因为自己没写过真正的作品,不知写作之艰辛,所以对别人过于理想主义,动辄提一些过高的要求。或者纯属为了过把嘴瘾,不顾他人感受,不惜言辞偏激。

在少年人眼里,哪里知道成功的不容易。看到某些老师而立之年职称只是个讲师,某些干部三十出头职务还是个科长,便以为人家能力不济,混得不行。有些同学背后议论别人,常直言"这人真是失败,一个科长有什么好当的""某某留校工作五六年了,才发过几篇论文而已,太不成器",等等。记得有一次,某位老师说起他的大学同窗当中,只有一个在地方上做县长,我们这些不入流大学的学生,居然颇不以为然地认为,他们这一届,层次够低的,最成功的只干到了区区"七品芝麻官"(其实那时人家还不到四十岁,尚有不小的发展空间,而且县长也根本不是"芝麻官")。在同学们的想象中,待得自己毕业,定然大显身手,成就远超被议论的人。甚至,还背后做起参谋,认为某某人应当如何如何,才有出路,才能走向成功。

这真是"少年不识愁滋味"。因为没有经历过,不知生活的复杂多样性,不知奋斗中充满不确定性,所以站着说话不腰疼,对什么都不屑一顾。至于提出的某些观点,包括对别人的建议之类,那完全是"为赋新词强说愁",硬生生凑出来的,典型的"主题先行",与现实隔得天远,根本不具备可操作性。

中年以后,阅历渐丰,很多观点不知不觉发生变化,甚至脾性也与少年时期颇有不同。这个时候,见识增多,知道了世界的多样性,知道了人生的不确定性，看问题当然更理性化了。尤其是，经历过一次次碰壁之后，便知道了少年时期的"眼高手低"是滑稽可笑的。你觉得做一名"七品芝麻官"是无能的？那你看看，同学当中，有多少人做到了。很多人连科长也没当上呢。避开"官本位"，在其他领域，又有多少出类拔萃的人物？原来，多数人都过得平平淡淡。记得有一位同学，最喜欢说别人的文字是"垃圾"，但其参加工作这么多年了，虽然职称上成了"专家"，却没什么成果可言，甚至连笔都不动了。和我们的老师辈比起来，我们个人并没有更亮眼的成绩。

到了这个时候，被生活教育得差不多了，总算不再随意否定他人，遇事能够换位思考。再读别人的作品，已不敢动辄看轻作者，而是想一想："如果换了我，能否写到他这样？"即使能写到这样，也不敢自以为是，毕竟也没有比人家高明嘛。再退一步，即使在这方面更高明，就能取笑别人吗？你就知道人家不会在别的方面超过你？经常这么一想，心里也就平静下来了。

这就是为什么中老年人容易变得平和、谦逊的原因。生活才是真正的大学，让人受到了真正的教育。不识"愁滋味"时，看什么都轻飘飘。真正识得了愁滋味，你就知道，这个滋味到底是怎么回事，也就会在行动上给出相应的表现。

以前对某些人"老于世故"，逢人只说好话、不肯批评的行为觉得面目可憎，但到了一定年纪之后，却慢慢对他们有了些理解，知道他们为什么要这样做。当然，无原则的"好人主义"不在此列。不管什么年纪，不分是非的"滥好人"还是不当也罢。

据说，有些国家在选拔法官时，对资历、年龄有一定的要求。比如在美国，法官要求具备担任过律师、检察官、国会议员或在内阁供职的经历。有了这些经历之后，年纪自然也不轻了。因为人们认为，阅历对法官来说非常重要，只有成熟的人才能做出理性的判决。这个观点有它的道理。一个只有书本知识的人，很难处理好人与人之间的矛盾。比如，一个没有成过家的年轻人做法官，遇到一个离婚官司，可能一时意气用事，拍案而起，直接判人家离了。而成过家的人就知道，两口子磕磕碰碰的事，实乃家常便饭，别看他们眼下闹得凶，说不定吃过饭就和好如初了呢。所以，不妨给他们一个冷静期，矛盾实在无法调和的话，再判不迟。类似这样的道理，是不是尝过"愁滋味"的人更懂？

网上经常看到有些人的言论因为高高在上，刻板说教，惹得读者不买账，甚至群起而攻之。其实，这类文章不受欢迎，也是因为作者"不识愁滋味"，于是"为赋新词强说愁"，说一些毫无用处的空话，甚至想当然地指责饿肚子的人"何不食肉糜"。这只能说明，这种作者，生理年龄虽然长了，但心理年龄仍停留在"不识愁滋味"的少年时期。如果对此缺乏自知之明，终究要落后于时代，以其不合时宜，成为别人批评的对象。

2023年10月25日之夜于瑞金

# 君子不立于危墙之下

最近一则新闻让人讶然。某地一名曾任正处级重要职务的退居二线干部，晚上在一家水上餐厅吃饭，餐厅的玻璃地板突然破裂，导致该干部和另一位顾客坠入水中。经营救，那位顾客脱险，而这名干部则不幸溺亡。

真是天有不测风云，人有旦夕祸福。一餐饭吃出这么大的事，不是飞来横祸是什么？水上餐厅处处有，玻璃地板也常常见，谁能料到这么平常的地方，竟然会发生这么可怕的事情，导致这么严重的后果。因为溺水者的干部身份，还引得许多网民情不自禁就想多了。

这年头，类似的安全事故似乎特别多，经常冒出一些想都可能想不到的"奇葩"事。比如楼房倒塌的问题。2022年4月29日，长沙市望城区金山桥街道金坪社区盘树湾组发生了一起自建房倒塌事故，共造成54人遇难，另外，还有9人受伤。2023年9月4日下午，黑龙江佳木斯同江市通港路一宾馆附近，一栋3层高的砖混结构楼房突然倒塌，造成一人死亡。还有更早些的：2009年6月27日清晨，上海市闵行区"莲花河畔景苑"小区一栋在建的13层住宅楼全部倒塌，造成一名工人死亡。庆幸的是，由于倒塌的高楼尚未竣工交付使用，所以，事故并没有酿成居民伤亡。已从事土木工程研究53年的工程院院士、东南大学吕志涛教授接受记者采访时，对上海13层楼房倒塌事件感到震惊："简直不敢相信，13层的楼房连根拔起，整体倒塌，却没有散架。从1956年开始研究房屋结构到现在，还没有见过房子这么倒下的。"由于倒塌的姿势奇特，有网友戏称该楼是在做"俯卧撑"。

还有桥梁倒塌的情况。2019年10月10日傍晚，江苏省无锡市锡山区312国道锡港路上跨桥出现桥面侧翻，桥下被压小车3辆，造成3人死亡，2人受伤。再早些年，2009年5月17日下午，湖南省株洲市市区红旗路正在对一高架桥实施预爆破，由于震动过大，导致封锁区域外桥体垮塌，造成9人死亡，16人受伤，24辆车受损。

至于护栏断裂以及燃气爆炸、电火灾害之类的事例，更是不胜枚举。要是多关注这种信息，难免让人感觉到危机四伏，步步惊心。而由于施工操作不当引发的安全事故，同样司空见惯。

其实，上述各种安全事故，并非现在才有，以前也是时有发生。只不过，当年的传播手段有限，很多事即使发生了，也只是小范围的人知晓，所以大家较少听闻这类信息。想起几十年前的一件事。那时，老家一个山乡，一群乡干部晚饭后在桥上纳凉。没想到，桥突然断了，桥上的人们全掉进河里，少不了造成伤亡。那时信息闭塞，农村一年到头难得听到什么新鲜事，这事也很让人们议论了一阵。要是换在今天，这个山乡少不了也要在网上热闹几天。

意外事件屡见不鲜，防不胜防，还真不宜仅以谈资视之。不管是谁，对这种事都不能只当看客，而应从中吸取教训。

避免安全事故，首先当然需要建设主体时刻把安全摆在首位，每一个环节，每一处细节都不能疏忽。没有安全保障，宁愿不建设、不生产。否则，结果不是归零的问题，而是负数问题。很多安全问题，完全是可以避免的。可是，由于某些人的责任心、道德良心缺失，还是让悲剧发生了，有的是即时发生，有的是日后发生。监管部门在这方面一定要有敏感性。对于自己管辖范围内的事，应时时放心不下、随时心中有数，明白如果工作没做到位，就是失职渎职，后果不堪设想。旁人发现问题，也要有"责无旁贷"的意识，及时提醒有关部门。有一年，我在某景区看到承包者擅自在两座山头之间建起了长长的玻璃桥，没有经过任何部门的验收便准备向游客开放，当即向主管部门反映，让他们及时关闭这个"观光桥"。至于在安全面前偷工减料、玩忽职守，那就是对社会的犯罪。面对生命的代价，事后怎么追究责任，也挽回不了造成的损失。

对个人来说，要切实把安全意识铭刻在心。古人说："君子不立于危墙之下。"聪明人对安危问题是从不大意的。安全教育要从孩子抓起，并伴随每个人的终身。如今社会生活比古代纷繁复杂多了，更要养成随时关注周边环境的习惯，比如走路要看身边，当心车，当心路，当心其他人，等等。这还真不是开玩笑，看看其中一些事故，不就是因为当事人自己不小心导致的吗？没事少在桥梁、工地、河湖等可能存在安全隐患的地方逗留。这样，遭遇意外的概率总是更小些。即使有种种制度保护，安全问题还是要靠自己多上心。否则，一旦遇上这种"倒霉事"，即使获得高额赔偿又如何？居安思危，自觉绷紧安全这根弦，尽可能远离危险，自己为自己的安全负责，这才是最有效的"保护"。

2023 年 11 月 16 日之夜于瑞金

# 你有文章他有命

瑞金民间有句流传颇广的俚语"你有文章他有命",细琢磨颇有意思。"文章"是真本事,但它并不是通向成功的必然条件、唯一条件;人家虽然没有"文章",但因为有"命",照样成功,甚至混得比你更好。就这么七个字,流露着几许无奈,同时也隐含了几分通达,表明自己对世上之事看得开,想得通,不计较,不争斗,由他去就是了。无独有偶,在赣州城,也曾经有一句俚语:"田螺有鼻(方言,指田螺后端尖尖的部位,以前的赣州城里人叫它'鼻斗子')人没比。"大意是说人也好事也罢,很多时候实在是没有什么可比性。当然,由于赣州城的新市民成了大多数,这句话,估计只有"老赣州"才听闻过了。

自古以来,总有相当一部分人把"命运"看得太重。民间还有个说法,一个人要成功,靠的是"一命二运三风水"什么的。这当然是无稽之谈。但有那么多人信,说明很多人还是习惯把自身之外的因素当作成败的主要因素,未免显得消极。

古人形容一个人的运气好孬,说得最多的大概是这一句:"时来风送滕王阁,运去雷轰荐福碑。"这里说的是两个故事,而且都发生在江西。前半句,说的是唐代大才子王勃省亲途中,乘船路过马当(今江西省彭泽县境内),因风阻不能前进。他得知次日重九佳节,当地领导将在滕王阁设宴会搞征文比赛,有心去试试身手混点盘缠,可惜路远时间急,根本赶不上。这时,一位水神前来相助,对他所乘的船一路顺风吹送。第二天,王勃便到达南昌,按时赴会,留下流传千古的名篇《滕王阁序》。后半句,说的是宋代有个穷书生张镐,流落饶州(今江西省鄱阳县)荐福寺,生计无着,而且干什么就失败什么。荐福寺前有唐初书法大家欧阳询书写的青石碑,即荐福碑。寺僧(一说镇守饶州的范仲淹)便指点张镐去拓碑帖一千份卖作路费。张镐带着纸兴冲冲赶去拓片。不料,刚到寺前,忽然一个响雷将荐福碑击了个粉碎。按这两个民间传说,王勃与张镐,一个是运气要多好就有多好,一个是运气要多差就有多差。人和人之间,真是没法比呀。

正是因为每个人的机遇千差万别，所以，对于成败之事，要有理智的认识。一个人如果获得了成功，要随时保持清醒头脑，千万不要以为当真是"老子天下第一"，从此谁都不放在眼里，事事摆出"舍我其谁"的姿态。一个人遭遇失败，也不要觉得自己一无是处，心灰意冷，一蹶不振。有些事情，也许真不能怪自己，如果尽了努力的话。"不以成功论英雄"的观点是有一定道理的。成功有多种因素，自身努力、贵人相助、机遇光临，等等。如果只看结果，忽视过程，随便下结论，难免偏颇之处。所以，我对于人家的身份、头衔、荣誉什么的，一般不太容易肃然起敬。头衔多、来头大，未必能力一定强。某些教授、专家、这"长"那"长"的，可能是出身好、起点高、平台大的缘故，所以轻轻松松戴上光环。但若论业务上的真实本事，还是要看成果、看实绩。金庸的武侠小说里便经常冒出一些身份低微的高手，比如少林寺没有名号的扫地僧，以及最底层的挑水僧觉远，真才实学都是"天花板"一样的存在。少林寺面对强敌，那些拥有"高级职称"的高管们都束手无策，关键时刻，竟然要他们这种小人物出头扭转乾坤。还有一些身份显赫名头甚大的人物，却华而不实徒有其名，比如慕容复。金庸这样写意在何为？读者不妨见仁见智。至少，我在身边是真真切切遇到过几个"慕容复"般的声名颇响的人物。

不可预测的机遇确实会影响一个人的成长，但这终究是小概率的偶然事件。像王勃与张镐这种极端，毕竟少之又少，不可当作常态来看。我们承认机遇的力量，但不可因此守株待兔，以逸待劳，静候机遇送上门来；更不可因此自暴自弃，不思进取，白白浪费大好年华。人间正道是沧桑，不管什么时候，还是要把自身努力摆在第一位。机遇来不来，我们决定不了。但一个人是否愿意努力，就是自己可以决定的，把握在自己手上的。奋斗与"躺平"，结果定然不一样。努力未必使我们跑在最前，但一定不会让我们落在最后。而放弃努力，要是没有机遇，那就注定要成为垫底的那一个了。

人家有"命"，和自己努力做好"文章"并不冲突。"文章"是可以触摸的，"命"是无以捕捉的。"文章"可以让自己保底，好歹有个支撑。"命"却来无影去无踪，让你一点底也没有。一个人对待生活、对待事业，最重要的还是踏踏实实做好自己的"文章"，不为人家的"命"而乱了自己的心，这才是真正的睿智之举。

2023 年 11 月 29 日之夜于瑞金

# "变"出来的东西吃不得

小时候看《西游记》，有一个问题总是想不明白：孙悟空神通广大，号称有"七十二变"，可为什么在取经路上，每到饭点，师徒几个还是老老实实拿着钵子去讨饭？按说这种求人的事，费时又费劲，能不干最好了。况且，料那山野人家的饭菜，定然不比我们这些寻常农家的更好（那时我们也就是勉强解决糊口问题而已，哪里拿得出什么美味佳肴？何况一千多年前的乡下人）。既然如此，何不让孙悟空拔下一根汗毛，轻轻吹一口气，变出几个包子馒头甚至更好吃的东西，让大家饱餐一顿？

我为此一度怀疑唐僧师徒几个智商不高，脑子不灵光，放着省事的办法不用，反而搞"内卷"瞎折腾。直到后来，各种新闻听得多了，才渐渐明白，"变"出来的东西没营养，甚至有副作用，千万吃不得。唐僧师徒是要成仙的人，人家才不傻，怎会拿健康当儿戏，所以想吃饭就乖乖地化缘去。

孙悟空变化多端，但就是不变食物给自己和同事充饥，这大概是他的底线。没想到，现在的人，没有孙悟空的其他本事，但在吃的问题上，还真琢磨出了不少"变"法。

看看现在种种"速成食品"就知道了。三个月出栏一头大肥猪，一个月养出一笼鸡，几天工夫长出一大堆体型超大的果蔬……还有人造蛋、人造奶油、人造牛肉，等等，没有原料也可"无中生有"，让人动辄瞠目结舌，拍案惊奇。与之相伴随的，人们还因此陆续认识了苏丹红、孔雀石绿、瘦肉精、三聚氰胺等原本陌生的名词。

添加这剂那剂，注射这液那液，偷梁换柱移花接木，这就是某些人的"变"法。他们手法不断翻新，底线不断下沉，让消费者眼花缭乱，防不胜防。这本事，就算拥有七十二般变化的齐天大圣，也不得不甘拜下风，自叹不如。

某些不良生产者为了追逐不法利益，恨不得产品一夜之间长成，恨不得同等投入之下产量增长十倍百倍乃至千倍万倍，恨不得地上的泥沙立马化成各种食物，于是不择手段使用某些对人体有害的激素，甚至昧着良心直接"变废为宝"，让人们动不动吃出这个问题那个毛病。最近几十年，食品安全方面的案例层出不穷，"大头娃娃"之类的事件屡见不鲜，不得不引起人们的广泛关注。

人生在世，吃是头等大事。食品出了问题，后果不堪设想。老是把小聪明用在这方面，终究会让人类面临灭顶之灾。有个段子说，卖油条的张三因为对油条做了手脚，从不让自己的家人吃自家炸的油条，而是让他们去买隔壁面包店李四家的面包。而李四因为对面包做了手脚，也同样不让家人吃自己家的面包，他们家都吃对面王五家的馒头。王五的家人则因为同样的原因，从不吃自家的馒头，他们选择吃张三的油条……这些还是小的。更严重的是那些大规模生产的企业，如果他们良心泯灭，弄虚作假，有意下"毒"，天知道将祸害多少人，甚至影响多少代。久而久之，说不定人类的某些基本功能都将丧失。

做人还是要讲良知。在食品上赚"黑心钱"，无异于谋财害命。不要以为害的是别人，其实他自己最终也走不出这个怪圈。当今社会，人与人之间总是有着千丝万缕的关系，很多事情，害人就是害己，哪天这个后果就反噬自己了。就如卖油条的、卖面包的、卖馒头的，如果大家都存了小心思，都不为别人的安全考虑，你以为自己可以吃上放心食品，逃脱被坑的下场吗？古代的"三言二拍"等小说特别讲究因果报应，动辄以现世报的故事来警醒世人。现在的人估计不太信这个了，但从现实逻辑来说，如今是人类命运共同体的时代，如果不爱护人类的生存环境，不遵守社会的基本规则，最终定然是大家一起玩完。

对于那些铤而走险，为了自己一时利益不惜伤天害理的人，应在法律上予以严惩，不给他任何"东山再起"的机会。很多年前，有家食品企业弄出了全国性的大事，有人发表文章，像东郭先生那般鼓励该企业知错就改，从头再来。我对此完全不苟同。在我看来，这种毫无底线的商家，已无资格再谈做人。这样的企业必须永远关门，这样的经营者必须终身禁业，否则无以警醒后来者。对这种人讲"仁慈"，就是对大多数人的犯罪。这种"好心"完全是一种伪善，对不起，咱不吃这一套。

为了身体健康，对于吃的问题，千万不能开玩笑，哪怕你是神仙也玩不起。凡事还是遵循科学规律，踏踏实实为好。需要老老实实走的路，就不要老想着走捷径。需要认认真真履行的程序，就别想着耍滑头去省略。尤其是事关生存大计的问题，"神仙"尚且不敢偷懒，不敢乱"变"，何况肉胎凡人？

2023年12月3日之夜于瑞金

# 强如大树

　　一位在外地工作的年轻朋友发来一个视频，说了一件奇事：这天上午，他们单位院内的一棵参天大树，忽地轰然倒下，把停在树下的那些轿车全给砸坏了。大树枝繁叶茂，长势正常；当日晴空万里，连微风都没有起过。在无任何外力作用的情况下，为何它会毫无征兆地从根部突然折断？同事们走近前察看，才发现，原来，大树底下，是一个巨大的白蚁窝，它的根完全被白蚁给蛀空了。只不过，因为它表面依然健壮，谁都没发现它的底部竟然隐匿着这么严重的问题而已。

　　这位年轻的朋友立即想到，这说不定是写文章的好素材，于是当即拍了视频发给我。

　　我认真看过了，视频里的大树，郁郁葱葱，生机勃勃，除了姿势是横的，其他看起来都很正常。树底下的车辆也是够倒霉的，被树干或树枝压得变了形。那些车主们原指望把车子停在大树下防晒，却不料有此飞来横祸。

　　常言道："大树底下好乘凉。"正因为如此，天气炎热时，人们都喜欢往大树底下靠，停车更是上好的场所。一般情况下，这当然是没问题的。只是，人们只看到了大树的好处，却忘了大树底下风险也不少。人在树下，小一点，掉下枯枝败叶甚至鸟粪、毛毛虫，虽然不至于伤筋动骨，但惹得一身脏了痒了也是令人心情不爽的。大一点，倘若运气不好，真遇上大树倒了，砸个正着，那就后果不堪设想了。此外，雷雨天气，躲在大树下，也是非常不安全的，很容易受到大树的牵连成为雷电的目标。这个时候，搭上的可就是身家性命了。

　　所以，大树底下，并非安然无虞。大树有大树的好处，大树也有大树的难处，大树甚至还有大树的险处。在走近大树时，不要只想着它的好处，还得留意它是否安全。如果是枯木朽株，人们当然较好判断其安危，能不靠就不靠，能远离则远离。怕就怕那些绿意盎然、表面茂盛的，它们太容易让人放松警惕了。谁也想不到，某些看起来顶天立地的大树，骨子里却潜伏着那么严重的问题。所以，无论什么时候，无论什么事物，不仅要看面上，更要看里子。

面上的事容易暴露容易看见，里子的事，则要细细了解，深入探究才发现得了。

可惜，有些人就是不明白这些道理，想起大树就景仰，见到大树就去傍，也不想想背后是否可能存在什么意外。攀附到位时，当然省了很多事，优哉游哉享受着荫凉，轻轻松松就借力上了高位。但等到这棵大树倒下时，躲在树下的被砸个正着，爬到树上的摔得鼻青脸肿，而且攀得越高摔得越惨。这时候，攀附者也许就悔不当初了。人们说"树倒猢狲散"，真能"散"，还算好的，就怕"树倒压猢狲"，让你想跑也跑不了。这样的事，在众多腐败窝案当中屡见不鲜，一个有分量的人物倒台，总有一伙大大小小的"泥巴"跟着"萝卜"带出来，教训深刻，闻者足戒。

从大树的角度来说，也要经常关注环境，接受"体检"。别以为自己长那么高大了就有天然的免疫力。大自然万物相生相克，每个物种都有天敌。面对环境问题，面对病毒、虫害入侵，再高大再刚硬的树也不要以为自己足够强大，便不把各类威胁放在眼里。千里之堤，尚且可能溃于蚁穴，何况只是一棵大树。防线被攻破了，却又没有采取补救措施，败势便不可挽回。大树的倒塌，当然不是一天两天的问题，它是一个渐进的过程。从一只白蚁，到一群白蚁；从局部腐烂，到根部整体腐烂。待得到了极限，它便彻底外强中干，时候一到，应声而倒，无可救药，无法收拾。

某些官员的腐败，和这棵大树有异曲同工之处。他们自以为大权在握，身份显赫，地位尊崇，没人动得了他。他们从放松自我要求开始，从一个小红包开始，慢慢地发展到再大的数额也敢接，再大的戒律也敢犯，无法无天，为所欲为。结果，在某一天，积存的问题太多了，某个口子切开了，于是虽使尽万般招数也无济于事，只能惨然倒地。起先，人们或许惊呼：怎么连某某人都会出事呀？但见得多了之后，大家便习惯了，知道不管再有权势的人物，一旦腐化了，终将自己击溃自己，终将落得如此结局，没什么例外的，也无须大惊小怪。

大树突然倒下，旁观者不能只看热闹，无动于衷。不管是对树下人，还是对大树本身，这都是一种警醒。防微杜渐，时刻关注自身安危，时刻警惕病害侵蚀，此事须臾不可掉以轻心。

2023年12月11日之夜于瑞金

# 再试几次

去一个公共卫生间洗手，水池上方布设了一排感应水龙头，一共四个。把手放在第一个水龙头下，没反应，不知是坏了还是停水。再试第二个，依然没反应。看来，停水的可能性比较大。虽然如此，仍不死心，决定再试下一个，结果还是不行。剩下最后一个，想想也不差这么一下了，即便不抱希望，还是一试到底。没想到，居然有用，"哗哗"的自来水流出来了。原来，真不是停水的问题，而是四个感应水龙头坏了三个！

这是一次真实的经历。由此感到，很多事情，不可想当然。一次两次的遭遇，还不能完全说明问题；一次两次的失败，也不足以让我们放弃。为了接近事实真相，为了通向成功彼岸，哪怕没有多少把握，也不妨坚持再试几次。

再试几次，说起来容易，其实很多时候未必做得到。因为在我们的认知当中，常觉得一件事情，有一两次的经历就足够给出结论了，后面的纯属重复多余。思维模式的固化，让我们在偷那么一下懒的同时，可能失去了一个个意外的机会。

事实上，对事物做出规律性判断，如果试的次数少了，看问题不够全面，便很有可能形成认识上的误区。

有个笑话说，一个财主送儿子去私塾读书。老师教学生识字，"一"就是一横，"二"就是两横，"三"就是三横。财主的儿子听到这里，就毅然退学了，认为自己已经学到了真知，继续读下去就是浪费学费。财主得知儿子这么聪明，自然高兴万分，乐得省钱。

第二天，财主要请一位姓万的员外吃饭，让儿子写个请帖。等了大半天，儿子还没把请帖拿出来。财主忍不住催问，却听得儿子抱怨："这个员外姓什么不好，非得姓万？害得我写了这么久，才写到几百横，还差得远呢！"

你看，要是财主的儿子坚持听老师再讲解"四"字的写法，我看他再怎么想省钱，也不至于这么早就退学吧。

想起某些"养生专家"的"理论"。他们喜欢教人吃这吃那，理由是这些东西补这补那。之所以形成这样的逻辑，也是因为缺乏研究，习惯于看一眼就下结论。比如，某次头痛，恰好吃了一碗豆腐脑，不久头痛感消失了。于是，他便把功劳归结于这碗豆腐脑，并将之上升为"经验"。至于其间有没有内在联系，他们就没耐心探究了。再推而广之，更是荒唐地得出食品像什么就补什么的"原理"。比如形状如肾者，吃了就益肾；形状如肺者，吃了就润肺；形状如脑者，吃了就补脑。某地刚引进血橙时，因为果瓤是红色的，有人便告诉我，吃这个比一般的脐橙好，补血。

"养生专家"下结论这么简单，可以说全凭感觉了。有的人还把这种理论往"中医"上面靠，说得玄乎其玄，真担心他们把中医的牌子砸坏了。对某些滑稽的说法，不禁让人想起另一个笑话：某老汉第一次进城，上卫生间时，按了一下冲水开关。就在这时，城市发生地震了。当人们从废墟中把老汉救出来时，老汉一个劲地向大家道歉："对不起，对不起！我实在不知道后果这么严重，否则打死我也不按这一下！"某些"专家"的逻辑思维，和该老汉有得一比。

在"专家"满街走、"大师"多如狗的年代，对于缺乏科学精神的人，不管他来头再大、头衔再多，我都是不相信的。你连多试几次的意识都没有，凭什么像天才般轻松给出答案？那些效果良好的药品，哪个不是经历了千万次试验才面市的？

再试几次，要有足够的毅力和耐心。很多成果都不是唾手可得的，总是要经历些曲曲折折。不通过反复试，哪能这么容易有收成。我们刚学写作时，不知道文章到底写得好不好，便通过投稿来检验。对于没有经验的人来说，可能遭遇三五次石沉大海，就不再坚持。但有经验的人就知道，东方不亮西方亮，这种事偶然因素甚多，只有不断投石问路，才可能有更多机会。很多稿件，多投几次，可能就救活了。别说业余写手，就是那些后来成名的大作家，也有这等经历。同样是那部作品，出版后一纸风行，可在出版之前，可能遭遇了许多次退稿。如果没有百折不挠再试几次的意识，很多大作家岂不是和文学无缘了？

再试几次，还要具有自我否定的勇气。谁都希望初步印象是准确的，既有答案是正确的，但再试几次之后，也许因为有了新发现，原有的结论可能会被无情地推翻。这时就应正视现实，接受事实，改变认识。只要接近真实，便是向成功更近了一步，否定前面又何妨？

　　当然，再试几次，还有个前提，就是大方向不能有问题。如果大方向错了，南辕北辙，那就怎么试也没用。比如，一个人站在沙滩上撒网，他虽然有恒心，有信心，有毅力，有胆气，但是他哪怕撒上一万次，可能网到一条鱼吗？累死了也只是徒劳。所以，基本的判断力还是要有的，不然，怎么试也白搭。

2023年12月14日之夜于瑞金

# 第二辑 为政须廉

# 与其往后翻脸，不如今日红脸

那年，我组织拍摄一名落马官员的忏悔录。这名官员在剖析他的违纪违法历程时，专门谈到一点："自己走上今天这条不归路，单位的纪委书记负有不可推卸的责任。"他说，这名纪委书记，平时喜欢做老好人，看到班子成员有这个问题那个情况，因为怕得罪大家，从来就不多一句嘴。当时，大家都觉得这名纪委书记为人挺好，让单位各位领导过得舒舒服服。可现在想起来，如果单位纪委书记当时能善意地提醒提醒自己，或者勇敢地监督一下自己，那么，自己就未必会落得身陷囹圄的下场。所以，事到如今，这名落马官员突然觉得，这个纪委书记根本就不是个好干部，对同志实在"不够意思"。

听了这话，我不禁深为那位被人如此责怪的纪委书记感到悲哀。这名纪委书记当然没法听到那位"进去"了的同事对自己的埋怨，也许他自我感觉还不错呢。我想，倘若他知道了一向"与人为善"的自己，竟然成了别人责怪的对象，心里不知该做何感想？

随着时间日久，这名落马官员说的其他内容，我都淡忘了，但他对单位纪委书记的指责，我却印象很深，也常常引以为戒。

对监督者来说，从事监督这个职业，就是随时要准备"得罪人"的。公职人员违规违纪乃至违法之事，别人或许可以看在眼里，闷在心里，但纪检监察干部不能这么"超脱"，而是必须该"咬耳扯袖"的"咬耳扯袖"，该"红脸出汗"的"红脸出汗"，该来"硬"的则要来"硬"的。可现实当中，很多纪检监察干部心头还是有这么一个"结"，总觉得"得罪人"是个吃力不讨好的苦差事，宁愿奉行"好人主义"，不愿对同志"出口"，更别说"下手"。却不知，关于"得罪人"，这里面其实存在一个认识上的误区，那就是，我们是为了什么而"得罪人"？

如果仅仅是为了让人心生不快，让人过得更压抑，让人过得更苦更累更加束手束脚，那么，我们这种"得罪人"，的确会令人生厌，导致自己被孤立。但事实上，纪检监察机构"得罪人"的出发点，针对个人来说，乃是为了保护干部远离处分不出事，为了保护干部一路走得平稳、家庭和睦团圆。也就是说，今天的从严监督，是为了你的明天过得更美好，为了你全家人过得更幸福。奔着这个目的，发现了某人身上存在的"隐患"，暂时"得罪"他一下又何妨？从大的方面来说，从长久之计来说，相信大多数当事人最终是会理解的。

执纪者当有仁心。这个"仁心"，不是对监督对象放纵，满足他一时的出格需求，而是通过日常提醒，做好吹哨人，让监督对象一路在正轨行进，最终平安到达目的地。这才是真正的"仁心"，体现的是大仁大义。那种没有原则的一团和气，表面上看让人心情愉悦，其实只是上不得台面的小仁小义，久而久之反而有伤大节。

对监督对象来说，也要有这种认识，理解到监督虽然是一种约束，但它在本质上更是一种爱护。大家平时或许感觉不到监督的价值，到了关键时刻就会有深切体会。很多落马官员在忏悔时，对于监督都有重新的认识。尤其是那些位高权重的"一把手"，以前他们最讨厌的监督，现在成了他心中最大的痛处。监督就是这样，面对它时，你总觉得它"面目可憎"，巴不得它从眼前消失；但因为它的缺位而导致严重后果时，才懂得了它的可贵，恨不得它能时常伴随。看看生活中遇到的批评，就可以更好地理解监督是怎么回事：你要是留心观察，就会发现，真正会批评你的人，都是为你好的人；而那些盲目吹捧你的人，才是真正不负责任的人。再举个例子来说吧，在酒桌上，喝到后来，会夺你杯子拒绝给你加酒的，一定是真正关心你的人，而那些看到你摇摇晃晃口齿不清还一个劲给你灌酒的，他心里其实根本没有你。道理就这么简单，从这个角度来看监督，你就知道，监督机关平时看得严意味着什么。

不管是监督者还是被监督者，都要清醒地认识到，监督的过程当中，红脸、失和、打肚皮官司是不可避免的。今天监督失职缺位，可以让被监督者一时爽心，一时感激，认为监督者"够意思"，但他日出事后，这种"皆大欢喜"的假象必将荡然无存。到那时，被监督者定然像前述这名落马官员一样，对监督者怀恨在心，甚至一辈子难以释怀。而监督者若是心存良知，也当为同事的悲剧下场深感愧疚。所以，对双方来说，与其往后翻脸，不如今日红脸。需要监督时，该出手时便出手，能制止时即制止，千万不要犹豫，不要纠结，不要为了一时的和气而伤了长久的和气，不要为了照顾一时的感情而最终永远失去了感情。

2022 年 5 月 15 日之夜于瑞金

# 送钱送物，害人害己

接触了这么多落马官员，发现他们"进去"之后，普遍对当初热情大方地前来送钱送物的"朋友"痛恨不已，直言被这些人害了。这时候他们才明白，以往那些送钱送物者的豪言壮语、甜言蜜语、花言巧语，其实统统都是胡言乱语，根本信不得，谁信谁倒霉。由此，他们也难免引发千言万语的感悟，但说来说去，他们悟出的那些"道理"其实就是八个字：送钱送物，害人害己。

送钱送物，对双方来说都不是好事，这话一点都不夸张。别看那些靠着送这送那一路绿灯的人走得欢畅，也别看那些隔三岔五有"外水"的人日子过得滋润，那是他们难受的时刻还没来临。只要做了贪贿这等违纪违法的事，就为自己留下了一个重大隐患，谁知道什么时候曝光呢？君不见，如今反腐无时限无禁区，不管你是什么人，即使退休了，也不意味着"安全着陆"——多少人退休那么长时间了，还被"请"去坐班房？总之，只要"盖子"揭开了，拴在两头的都别想跑，那时除了捶胸顿足，恐怕别无他法。

或许有人以为，对送的人来说，他可能无职无权，甚至迫于无奈，能有什么风险？若是这样想，那就大错特错了。如今再三强调行贿受贿一起查，若是你送出的数额"达标"，便可能跟着收钱的人一起去坐班房，赔了自由又折钱，一点也不合算。事实上，现在很多贪腐案件，都是先从送钱的人身上突破的，然后顺藤摸瓜，一网打尽。你说这个风险大不大？还要明白的是，这种事一旦东窗事发，友谊的小船说翻就翻，这已经是反腐的铁律了。到那时，收送双方不仅要靠互掐来自保，出来以后朋友也没得做了，这真是"早知今日，何必当初"。再退一万步来说，即使这事隐蔽得深深的，长时间没出事，但你想一下，做人图的是堂堂正正，干这种送钱还赔尊严的事，即使办成了，又有什么意思呢？总有一天，你会感受到人格、名誉受损的后果，何必等到人家背后指指点点的时候才来算这笔账？

对收的人来说，现在傻子都知道这事危险。收下了这笔不义之财，就等于在家里放了一颗不定时炸弹，终有一天，它要爆炸，而一旦炸响，你就可能粉身碎骨，失去所有。就算在尚未引爆期间，因为这些不义之财的存在，它也将影响你的身心健康。那些进去了的贪官，有个共同的心得体会，就是进来之后，"鞋子"落地，总算放下了心里那个沉重的包袱，能吃能睡了，身体反而更好了。由此可见，那些不义之财，对人家的精神造成了多大的伤害。更何况，对多数人来说，这些钱收到之后，并没怎么使用，都是留在那里等着贬值，等着案发，实在是不值得。同样退一万步来说，即使这事久未暴露，你拿人家的手软，从此被人轻轻松松套上了枷锁，为了一些未必用得上的财物，成了别人的奴隶，这人生又有何意义？

人与人之间一旦形成了这种不当利益关系，就成了一条线上的蚂蚱。对收的人来说，他会收你的，就可能会收别人的，这将形成一种惯性（很多人因此雁过拔毛，不给好处不办事）。对送的人来说，他今天会向你送，明天就还会向别人送，这也将形成一种思维定式（很多人靠这种手段办成了事，就认为这是屡试不爽的制胜法宝，遇事便想着金钱开道）。时间长了，涉及的人多了，无论哪一天，或哪一个环节出了事，这一条线上的人便可能全被牵扯出来。纪检监察机关经常遇到这种情况：某个老板或下级官员被留置后，一个劲地回忆自己向人送钱送物的情况，除了"特事特办"的大额支出，还有逢年过节向某些固定人员"联络感情"的红包、烟酒之类。根据他们列出的那个长长的单子，很多与该案本无关系的干部就这样被他扯进来了。有些人因为一年复一年，积累的数字也不小，因此受到相应的处理。这时，当初安心接受"进贡"的上司们（其中有的人并无索要的故意，完全是出于从众心理而收下）无不气得脑门充血。遭此"飞来横祸"，你说他们不反目成仇才怪。

查处了那么多贪官，可以发现一个规律：两个人以上做的坏事，就靠不住。别看某些老板送钱时把胸脯拍得嘭嘭响，信誓旦旦"宁愿自己牢底坐穿，坚决不出卖领导"，真实的情况是，一旦有个风吹草动，他首先想到的就是出卖你。趋利避害是人之本能，当他听说自己坦白之后，可以少受点处罚，而换别人进去多坐几年，这些"人精"岂会不知道该如何"明智选择"？囚徒心理反映的是人的本能，你不要指望太多的"意外"。

很多年前，有一个领导在大会上教育大家，当干部的要让自己安全，最好的办法就是八个字：对上不送，对下不收。这话虽然"站位"不高，却算得上公职人员自我保护的箴言，做到了，就可谓刀枪不入、油盐不进，在职场基本可以高枕无忧。遗憾的是，若干年后，这个领导竟然也因为腐败问题落马了。由此可见，这事说来容易做来难，很多人就是这样，道理他是明白的，但就是难于践行。所以，在廉洁问题上，"知"与"行"不可脱节，说到更要做到，否则照样麻烦。当然，这已经是另一个话题，本文就不展开说了。

2022 年 5 月 27 日之夜于瑞金

# 人争一口气

小时候，常听得长辈们说起"人争一口气，树活一张皮"这么一句话，大致的意思是，做人要有骨气，不能让别人瞧不起。那时农村里一些老辈人，虽然日子过得不怎么样，但人穷志不短，说话颇有硬气，至今想起来还让人肃然起敬。这句话因此对我影响颇深，所以，我这人从小就有点犟，不喜欢看人脸色，即使饿肚子也不愿向人低头，哪怕是被人视为"另类"也在所不惜。

人和其他动物的一个重要区别，就是人需要尊严。其他动物在物质面前，大概是没有什么讲究的，完全不问来路，也不必谈什么规矩，"弱肉强食"是它们的本能。但人不一样，如果有碍尊严，有人是不吃"嗟来之食"的；如果有损尊严，有人是不取"不义之财"的。在物质面前，相信多数人不会因为它而放弃尊严。所以，我们常说，要活得有尊严。人人有尊严，才是真正意义上的文明社会。人的尊严就是这么重要，很多人对它的内涵未必有多深的理解，但大家至少知道它直接体现在"脸皮"上。在很多时候，我们之所以自觉地约束自己的行为，不就是因为觉得"脸皮"这东西不能丢吗？我常常想，这个社会之所以总体有序并一直进步着，和人们看重"脸皮"是大有关系的。一个人如果不要脸了，还有什么做不出、做不成呢？文明又如何得以传承呢？

人争一口气，这口气，就体现在人格尊严上。为了尊严，应当有所为有所不为，应当学会拒绝，应当懂得舍弃。

然而，社会毕竟还没发展到理想状态的高度文明程度。现阶段，关于尊严，也并非每个人都看得这么重，都这么懂得珍惜。不管哪个群体，"人穷志短"者依然存在。在那些人眼里，只有实惠，只有利益，只有赤裸裸的物质追求，什么人格尊严、理想信念、良知道义，只要有机会，他完全可以打包式廉价出卖，甚至毫不犹豫直接抛弃。

最近看了省直某单位一名干部跌落犯罪深渊的"心路历程"，便产生了这种感觉。这名干部，刚参加工作时，在一个"清水衙门"，自己家境又较差，因此生活上与别人比，颇不如意。如果仅仅是物质条件艰苦一点，并不是多么可怕的事。合理消费，厉行节约，按理说日子总会越来越好，怎么也不至于过不下，更不至于要靠铤而走险来补贴家用，毕竟还有许多群众可能连他这份收入也达不到，人家还不是过着正常的日子？但这名干部不是这样想的。他对此很不甘心，他渴望的是做人上人，他向往的是奢华的富豪生活，他追求的是让人仰视的权位。为了这个目标，他想尽一切办法，抓住一切机会，把自己包装成一个有权有地位的人，周旋于商人、官员之间，总算利用制造的假象，低三下四地谋到了一些利益。遗憾的是，这种建立在互相利用基础上的关系一点也不坚固，某日稍有风吹草动，这个干部很快便被商人要挟甚至出卖。最终，这个人除了收获一场牢狱之灾，什么都失去了。看他工作几十年，蝇营狗苟，渴望权力，渴望财富，活得卑微，活得辛苦，哪有什么尊严，哪有什么人格，哪有什么干部的样子？简直是丢人丢到家了。为了区区"阿堵物"，最后反而毁了一切，实在是不合算，令人哀其不幸，怒其不争。

正是有感于此，我觉得，作为公职人员，如果不懂得"人争一口气"的道理，放纵物欲，摒弃尊严，那是非常危险的，也是非常可悲的。

对干部群体来说，尊严体现在哪里？体现在不向人开口，不向人伸手，不向人磕头，堂堂正正做事，清清爽爽做人，干干净净做官。你如果内心一片澄净，什么都不要别人的，他纵是亿万富翁，在你面前也就是一个寻常人，你完全可以平视他。有一个段子说，一个富翁问一个穷人，我这么有钱，你为什么不对我恭恭敬敬？穷人说，你的钱是你的，与我何关，我凭什么要对你恭恭敬敬？但是我想，如果穷人平白无故接受了富人施舍的好处，那么，他能否在富人面前这般挺直腰杆了呢？我看就有点悬了。所以，无功不受禄，无德不受宠，这样才能在他人面前保住自己的尊严，与他人保持平等交往。

说句"俗"一点的话，在当今环境下，当官与发财就如鱼和熊掌不可兼得，公职人员最大的优势，显然无法体现在丰厚的经济收入上，与普通职业比，充其量有点社会地位，在工作上相对体面一些，也就是通常说的有尊严。如果你为了一点物质利益，而轻易将自己最有价值的东西弄丢了，到底是否值得？接下来会走向何方？最终将是什么结局？有这种念头的人，看看前述那位干部的遭遇，想想这几个问题，便该知道如何选择了。

2022 年 6 月 15 日之夜于瑞金

# 别让金钱成枷锁

观看警示教育片，一名国企负责人在镜头前声泪俱下，说道："几十年的经历让我知道：收了人家的钱，就会变成人家的狗，不仅要点头哈腰，还要随叫随到。钱就是主人牵狗的那条绳，套在自己的脖子上，让人牵着你走，要你干啥就得干啥，成了钱的主人的'奴隶'。"另一名落马官员则感慨地说："现在想起来，金钱就是枷锁，可惜当时全然不知道，竟然还那么迷恋它。"

跌落悬崖的官员，到了最后关头，多数能够幡然醒悟，说出一些颇有哲理意味的肺腑之言。这些感悟，确实有必要让更多的干部共同"领悟"，否则太浪费了。就拿对金钱的认识来说吧，到了这个地步，上述二人所言，不可谓不深刻不透彻了（尤其是前者，把话说到这个份上，应当是需要相当的勇气吧）。当初令他们心动、着迷的东西，这个时候变成了面目狰狞之物，反差之大，直让旁听者一声叹息。

要说金钱就是枷锁，这话当然不能完全成立。金钱本身并不是坏东西。人类得以进步，社会得以发展，金钱其实出力不少。多少事，离开了钱就办不了？多少事，因为有钱就好办？当然，这里说的，都是正经事，可别想歪了。对国家、对地方、对家庭、对个人来说，缺了钱，很多事情就是干不成。

金钱不是问题，问题是对待金钱的态度。君子爱财，取之有道。如果是正当的收益，自是多多益善。怕就怕取的是不义之财，由此惹上一身"剪不断理还乱"的麻烦，那就真叫得不偿失、后果严重了。

天下没有免费的午餐。手握权力者，在收受他人好处时，便应想明白这层道理。非亲非故的，人家凭什么送那份好处给你？自然是要从你那里获得超值回报。这个回报从何而来？当然是让你冒着巨大的风险为他创造。数年前，我所在的机关曾经查处过一个县长，他曾经在某个项目上收了商人一百万元。然后，他大笔一挥，让这个商人在这个项目上额外获利数千万元。这个县长落马后，办案的同事曾经感慨地说，在商人面前，这个县长原来如此廉价，真是自我掉价啊！

权钱交易之事，双方交易时，表面吃亏的似乎是商人，但交易完成后，最终吃亏的一定是官员（当然，在根本上损害的则是人民利益）。相比之下，商人受的约束比官员少得多，他可能只有法律管着，而官员则有法律、纪律等制约着。这种见不得阳光的事曝光之后，商人需要承担的后果更是比官员小得多。官员受贿达到相当数额，难逃牢狱之灾；商人如果态度好，积极配合调查，行贿受到的处罚也许轻得多，甚至很有可能就是直接把官员"换"进牢房里去了。

利害关系如此明显，很多官员为什么还是忍不住要干这种事情？一是抵挡不住利益的诱惑，二是没有想清楚事情的后果。如果他们能真正想明白自己在交易双方当中，其实获利小、风险大，也许就不干这种傻事了（起码没那么主动）。

就算牢狱之灾尚未来临，权钱交易的双方当中，真正吃亏的也是官员。正如上述那名国企负责人说的，"收了人家的钱，就会变成人家的狗"。尊严无价，可是某些人模狗样的官员，偏偏就这么廉价地把尊严给出卖了。以前，媒体经常报道这样的案例：某地某老板气焰嚣张，口吐狂言"叫某某官员十五分钟之内到场，他不敢十六分钟到"云云，然后打一个电话做试验，该官员果然在规定时间内准时出现在大家面前。每当看到这类报道，我就为这种官员深感悲哀。毫不夸张地说，这种人，确实活成了别人的狗。是什么巨大的利益可以让一个人把堂堂正正的日子抛弃，而服服帖帖过狗一般的生活？也许是"面子"限制了我的想象，反正，我对此无论如何想不通。按照我的价值观，不管收了多大一笔数，这样的人都是亏尽人生，不值一哂。

吃多了"野食"难免有中毒的一天。不义之财，非分之念，还是让它远离为好。反腐其实无需太多的大道理，只要头脑稍稍清醒，保持几分冷静，便知道面对一些事情该怎么做。

别让金钱成枷锁。"生命诚可贵，爱情价更高。若为自由故，二者皆可抛。"自由才是最可贵的，失去了自由，你什么都不是。如果被别人的绳子拴着，不管级别再高、钱财再多，你也不可能感到幸福。更何况，前面，可能还有一个让你做梦都感到恐怖的地方正在恭候着你！

2022 年 7 月 17 日之夜于瑞金

# "漏网之鱼"不足羡

与公职人员交流廉洁自律的话题，我总是反复提醒他们：不管什么时候，千万不要抱有侥幸心理，哪怕是百分之一、万分之一都不行。被侥幸心理坑害的人太多了，他们的教训十分值得吸取。

多数人对此表示认同。尤其是这些年，反腐力度这么大，这样的案例随手一举就是一大把，而且很多就发生在身边，都是大家熟悉的人，所以，这种浅显的道理，本来无须多说。但也偶尔遇到抬杠的。有人这样反问我：某某人都送了（或收了），也没见他出啥事呀？你能说所有的贪官都能被揪出来吗？——这里所说的某某人，当然是大家认为"疑点"多多、手脚不怎么干净的个别干部。这种人，在群众当中口碑甚差，但由于种种原因，又尚未在纪检监察机关挂上号，所以看起来似乎还"安全"着。

对此，我只能这样说，如果你这样计算，那可就危险了。就像不能因为别人做小偷没被发现，而心生羡慕也去做小偷一样，身为公职人员，岂能因为反腐的过程中出现了"漏网之鱼"，便去效仿他们的腐败行为？放着平平安安的日子不过，非要去惹是生非，为自己埋下一堆的隐患，那只能说是咎由自取了，怨不得别人。

俗话说"有样学样"，但学样要学好样。学好样，才有日积月累的进步，才有正大光明的前途。如果好的不学，偏偏要捡歪门邪道来学，那么，最终定然是走进了死胡同，看不到一点希望。朗朗乾坤，什么时候轮到魑魅魍魉长久？不行正道者，终难致远。文明进步是历史发展大方向，连这样的大势都看不明白，就没法融入主流了。所以，如果一个人会羡慕"漏网之鱼"，他的格局也就可想而知，他的未来也就可以预见。这种人，如果他坚决不改，那便得远离之。

更何况，"漏网之鱼"也未必有他想象的那么幸福滋润。他们一时获利，内心并不踏实，因为天网恢恢，最终落网的太多，而且越来越多，这种人只要还活着，他们就不敢保证自己是安全的。他们再"小心"或者"运气"再好，不等于与他有过关联的人都能这么"小心",都有这么好的"运气"。收钱送钱这样的事,只要其中一人露出了马脚,便可能扯出一大串。看看那些白发苍苍的受审人,因为"连锁反应"而被顺藤摸瓜,便知道这话并非凭空想象,一点也不夸张。

　　人生在世,白驹过隙。有限的人生,应该用来做有价值的事业。贪小利走邪道总是见不得阳光的。一个人既然可以堂堂正正地活在阳光下,何必选择像老鼠一样畏畏缩缩躲在阴沟里?仔细算算数,快乐而有质量的日子,对那些人来说也许并不多,论起人生的"大账",他们其实未必赢了。

　　说一个我亲身接触过的案例。当事人多年前收过一个外地人的黑钱。后来,这个外地人回老家"发展"去了,二人再也没什么联系。没想到,前几年遇上扫黑除恶专项行动,这个外地人在家乡被"扫"了。然后,那人"立功"心切,竹筒倒豆子,将自己一路走来所逢过的受贿人全供出来了。这时,那名收了钱的干部,正迎来提拔的大好机会。他万万没想到,多年前的一次失足,使他不仅升迁无望,最终还丢了饭碗进了号子,导致了一辈子的痛。

　　还有一个级别高一点的干部。有一年,他分管某项目时,怀着侥幸心理得了一笔不义之财——也就这一笔而已。他以为,与这个供应商纯属一锤子买卖,以后不会有机会再见面了,此事也就不可能浮出水面。可没想到的是,这个供应商在外省也以同样的方式行贿,结果不小心被逮到了。商人自然毫不犹豫将这个官员连带供出。于是,这个正准备安享晚年的官员,无奈地去班房苦度晚年了。

　　每每想到这些事,作为纪检监察干部,我便恨不得给每一名干部一句忠告:心存侥幸,必有后患!大家都是有稳定职业的人,没必要一时冲动把一辈子的平安幸福押上去,赌那一瞬间的"心跳"。干了这样的事,还在隐秘阶段时,你只能屏着呼吸不敢吭声;而若是哪天撞上了枪口,迎来的就是百分百的痛苦!所以,如果一个人竟然把"漏网之鱼"当作羡慕的对象,那他的"三观"已出了严重的问题,离深渊已经不远了。总有一天,他会努力将自己打造成为一条"投网之鱼"!

2022 年 8 月 14 日之夜于瑞金

# 当机立断"第一次"

因贪腐而落马的官员，往往对自己的第一次"伸手"记忆犹新。而且，经历这个"第一次"时，他们的心理变化也是大同小异。

刚刚翻阅8月17日出版的《中国纪检监察报》，就看到这方面的一个内容。该报第8版刊登了云南省大理州以州公安局原党委委员、副局长杨容案为鉴开展以案促改的专题报道，其中所附的杨容忏悔录（节选），有这么一段："第一次收到几十万元的大额资金，心里既紧张又害怕，不敢把钱拿回家，就藏在办公室里。上班时心神不定，时常发呆。晚上睡不好觉，常常被惊醒，走在路上总感觉有人跟着我，有双眼睛盯着我，这样的折腾过了一段时间才消停下来。平静之后，欲念又上升了，对党纪国法的敬畏淡忘了，害怕被追究的心理状况消失了，一次次地收受贿赂让我迷失了心智，最终受到了党纪国法的严厉制裁。"

我相信这是很真实的表达。一个人到了这个地步，认真反省之后，吐露的往往都是肺腑之言。以前，我还听一个本地的落马官员（和杨容差不多，也是个处级干部）说过，他的家境原本不错，参加工作之初，根本没想过要人家的钱。第一次收到一个老板给的一包钱时，很想立即追上去还给他，但老板跑得快，没能及时追上，便想着第二天给他送回去。没想到，接下来忙碌了两天，心态竟然发生了很大的变化：从坚决要还给他，变得有些犹豫，继而有点舍不得，最后决定铤而走险收下它。就这样，因为这第一笔钱没有及时退回，这名官员从此胆子越来越壮，到后来，竟至收钱收得麻木了。

紧张、犹豫、留恋、热衷……可以说，大多数贪官从"第一次"开始到案发结束，都经历了这么一个过程。关注他们的这种心理变化，用来教育其他干部，是很有现实意义的。

这些贪官到了被"算总账"时，他们对这"第一次"都是追悔莫及，直言如果当时把第一笔赃款退回去了，可能就不会再去收第二笔，也就不至于落得今日这个下场。

这话在相当程度上是有道理的。第一次破纪破法，在情节上虽然未必是最严重的，但从后果来说可谓最关键。正是因为有了"第一次"，人的侥幸心理便会迅速滋长，乃至无限膨胀；敬畏心理则被一点点蚕食，直至丧失殆尽。所以我们经常说要扣准第一粒扣子，要走正人生的第一步，要以"轿夫湿鞋"的故事为鉴做到"慎始"。

正是因为"第一次"后果严重，所以，非常有必要提醒公职人员，如果有"机会"遇上这种"第一次"，务必认真对待，妥善处理。

突然看到一笔"飞来横财"，对普通人来说，要做到视若不见、毫不心动，也许是不容易的。这也可以说是人之常情，所以，你没必要为自己曾经犹豫了几秒钟而羞愧不已，留下心理负担。关键在于下一步必须走对，那就是：在几分钟之内果断下定决心，毅然把它退回去。

没错，就是几分钟之内，时间不能太久。大量的案例表明，如果你在短时间之内没有做出这么一个决定，那么，你这第一笔不义之财，基本上就退不成了。在你手上滞留的时间越长，它的诱惑力就会越来越大。如果你当场没退成，把它带回家，你也许会面对这笔"飞来横财"，心潮澎湃，激动难抑，隔一个小时就把它打开来看一遍，越看越心痒，越看越喜欢，越看越不想出手。最后的结果，当然是乖乖地把它留下来了。从此，你那道防线就这样悄然被人突破了。而且，很有可能，今后你还会渴望再次遇上、多多遇上这等"美事"。

人性是很难经受外界诱惑的，除非你修炼到了圣贤的境界。正因为如此，我辈常人，千万别以身犯险、以身试法，而当时时自省，处处自律，面对物欲的挑战，如临大敌，如履薄冰，时刻不敢疏忽大意，以最保守最谨慎的态度抵制种种利诱。

廉洁自律其实不需要太多的大道理，除了"三观"要正，更多的是体现在行动上。记住：面对别人送上的"糖衣炮弹"，当机立断是上策。毅然决然守住了"第一次"，遇上第二次、第三次，就有了更强的定力，形成了坚守的原则。如此历经多次考验之后，即使对方屡屡发动进攻，你也有足够的心理素质镇定应对，从容防守，永不破防。

2022年8月19日之夜于瑞金

# 盯紧人生的几个"变数"

官员犯错误,原因五花八门,因人而异。但有几个特殊时期,具有一定的普遍性,"危险系数"相对高一些,需要特别提防。

一是升迁时。人在职场,获得提拔当然是件大喜事。人逢喜事精神爽,这是人之常情,无须多说。需要注意的是,这个时候,围绕你转的人也许正在悄然增多。有些定力不足的人,可能很快便头脑发热,得意忘形,弹冠相庆,一上任便因为违规吃喝之类换来一个处分。这还是比较轻的情节。更严重的情形是,一个人到了重要岗位之后,听到的赞扬话、恭维话或将越来越多——说得难听些,身边拍马屁的人也多起来了。领导干部被人捧得久了,心态便难免发生变化,于是从谦虚谨慎变得自我感觉良好,继而狂妄自大,唯我独尊,听不得不同意见。再发展下去,胆子越来越大,越来越没有敬畏感,对纪法也不当回事,破纪破法之举便不在话下了。很多落马的"一霸手",平时给人的印象就是"老子天下第一,谁能奈我何"。直到"进去"了,他们才醒悟,原来自己离开了组织、离开了岗位之后,啥都不是,根本没有臆想中那些天大的本事。剖析这种人步入深渊的轨迹,便不难发现,在他们升迁之初,便已埋下了祸患的种子。所以,仕途越顺畅,越要保持清醒头脑,这样才能行稳致远。

二是失意时。人在职场,"进退"本来是寻常事。"进"时当然人人高兴,"退"时就未必个个都看得开了。这里说的"退"有几种情况。一种是因为年龄"到点"等原因退出领导岗位,这纯属谁都不可避免的自然现象;一种是因为纪律处分、组织处理之类的原因被免职或降职,这当然发生在谁身上都开心不起来;还有一种是长时间得不到提拔的,也相当于"不进则退",同样容易让人沮丧。在世俗的眼光当中,退出领导职务或多年原地踏步,都算是失意之事。有些人,面对这种情况,心事重重,想法多多,很难端正态度。在这个时候,就要特别警惕心理失衡的危险。一旦心理失衡,就可能头脑糊涂,迁怒于环境,迁怒于无辜,认为生活亏待了自己,觉得社会对自己不公平,于是破罐子破摔,甚至报复性违纪违法,将手上有限的权力用到极限,最终导致严重后果。古人云:"人生不如意事十之八九。""万事如意"只是一种美好的祝福,更多的时候是"家家都有一本难念的经"。所以,面对不如意的处境,务必想得通透些,同时要更加小心谨慎,防止思想抛锚而做错事,产生更大的"不如意"。

三是换岗时。人在职场,转岗往往是有人欢喜有人愁的纠结事。别小看一次换岗,它也许让你见识了一方新天地,也可能让你认识了另一个自己。即使在同一个单位,不同的岗位,面对的诱惑也是大有区别的。有的干部在单纯的岗位待久了,突然轮岗到一个"热闹"的岗位,置身新环境,接触新群体,特别是可能经常和某些老板等"有钱人"打交道,看到他们挥金如土生活奢侈,心里立即就平静不下来了,脆弱的防线瞬间崩溃,于是迅速堕落得连自己也认不出来。我们曾经查处过一个案件,当事人坦言,某年换了一个岗位之后,才发现自己以前那么多年算是白干了,于是产生补偿心理,拼命以权变现,最终换得牢狱之灾,想想真是悲哀。也有的人,则可能从相对"热闹"的岗位换到相对"冷清"的岗位,自我感觉被"边缘化"了,情绪低落,心生不满,放松自我修养,甘于自暴自弃,这时便容易"魔由心生",换个"生活态度";或者被人乘虚而入,三两下功夫就成了物质的俘虏。

四是生活中出现某些变故时。很多人常年过着有规律的生活,平时很清醒镇定,心态也很平和,不容易被"花花世界"迷惑。但这种生活如果被某些意外因素打乱,一个人的心情便很容易发生较大的变化。对于公职人员来说,心理变化往往直接影响"三观",进而改变自己的行为。比如身体出现严重健康问题,情绪由积极向上变成悲观消沉;比如家庭出现重大变故,精神因此受到沉重打击;比如经济遭受意外损失,关注点可能就转移到金钱上。在这个时候,如果缺乏必要的关怀和帮助,有的公职人员便会觉得以前的努力是白付,或者认为命运多舛,生活无望,从而对社会、对他人产生一些不当看法,也就可能面临蜕变的危险。

人生的道路千万步,关键其实就那么三五步。成功如此,失败亦然。所以,对公职人员来说,盯紧人生这几个关键变数,意义不小,很有必要。路逢险处须当避,事到临头不自由。明白风险点,提前做预案,不断深化修炼,增强定力,巩固"三观",这样,倘若突然面对某个变数时,就不至于手足无措胡乱抉择。

2022年8月30日之夜于瑞金

# "腐败分子痛恨腐败分子"的警示

"腐败分子痛恨腐败分子",这不是绕口令,而是一个真实的存在。

且看2022年12月2日四川省纪委监委网站"廉洁四川"《忏悔实录》栏目推出的一个视频。"每次笔录结束后,我都如在炼狱般痛苦与悔恨,有时真的不敢相信是自己的所作所为:这是我吗?这真的是我吗?这还是我吗?"在镜头面前忏悔的,是该省凉山州宁南县委原书记郭均。更"精彩"的内容是,他还自认和腐败分子有很大差距,"我自己都很痛恨腐败分子,最后没搞清楚自己就是腐败分子。"

腐败分子果然招人嫌,不亚于过街老鼠。过街老鼠人人喊打,腐败分子人人厌恶,甚至连某些腐败分子也"痛恨腐败分子"。这个视频一发布,郭均这个级别不算太高的贪官,很快成了网民关注的对象。

有人或许认为郭均在作秀。的确,很多腐败分子"进去"之后,禀性难移,依然像当初在台上时那样夸夸其谈,花言巧语。但郭均所说的这几句,我倒觉得未必全然虚假。事实上,他这番话,折射了一种司空见惯的现象,道出了一种平时容易被人忽略的心态,颇有警示意义。

郭均的忏悔提醒我们,人人痛恨腐败,但这种痛恨未必出于内心,有些人也许只是一种"酸葡萄心理"。是的,放在平时,没有人认为腐败是件好事。尤其是自己离腐败还有一定距离时,说到腐败,人们更是义愤填膺,咬牙切齿,大有与之不共戴天之势。然而,很多人,一旦自己有了腐败的机会,却马上转变方向,迫不及待奋不顾身投入腐败行列,尽情实施腐败行为,恨不得此情此景可以天长地久唯我独有。这样的事例在我身边就有个现成的。某公"发达"之前,愤世嫉俗,一副大义凛然的正人君子模样。若干年后,此公时来运转,升迁迅速,意外地掌握了实权,立马便喜欢上了腐败,谁若是当他的面批评腐败现象,他便当场与你翻脸,与以前判若两人。再后来,其结局当然与其他腐败分子并无两样。想想此公的前后言行及下场,真是让人嗟叹不已。

更常见的是,有的人,对别人公款吃喝愤愤不平,而一旦自己出个差下个乡,马上嫌接待方不够"意思",让人无语得很。

由此可见,有些人,口口声声骂腐败,并非真心痛恨腐败,而是因为自己没有获得腐败的机会。他反对的只是别人的腐败,其实,他的内心非常渴望腐败。倘若给了机会,他可能比别人腐败得更厉害。因此,检验一个人是否憎恶腐败,不能光看表面。听其言更要观其行,权力是最好的试金石,只有等他也拥有一定权力时,才知道他是否真的反对腐败。识人、用人时,千万不可被一个人的豪言壮语所迷惑,而应观察他面对利益的所作所为,尤其要防止一个人因为地位发生变化,立场也随即发生变化。

郭均的忏悔还提醒我们,面对腐败行为,应当防止"只照别人不照自己"的"手电筒现象"。与"酸葡萄心理"相比,这种情况,并非主观故意要腐败,而是不自觉、潜意识接受腐败。因为腐败具有太强的诱惑力,很多人往往在不知不觉中,被手中的权力带得偏离了航向,淡忘了初心,迷失了自我。于是,他只看到了别人身上的污点,点评起来头头是道、掷地有声,却没想到自己忘记了勤洗澡、常照镜,身上也渐渐蒙上了尘垢。曾经有个领导干部,他的一名下属因酒驾受了处分。事情发生后,他将下属骂了个狗血淋头,对下属的这种低级错误表示十分不屑。可是,没想到,仅仅过了几个月,这名领导干部自己竟然发生醉驾行为,受到了更严重的处理。消息传出,知情者无不大跌眼镜,原来这种"狗血剧情"还真可能发生在我们身边啊!

由此可见,我们在批评、指责他人身上的问题时,除了痛快陈词,还要换位思考,仔细看看自己会不会存在同样的行为,犯同样的错误。越是身居要职,越要多加小心,毕竟权力与风险往往成正比。说别人容易,做好自己就难了。正因为难,所以我们更需要"三省吾身",时时检视自己。

"腐败分子痛恨腐败分子"这种现象,让我们更加看到了腐败的厉害与可怕。它可能像某种病毒一样,悄无声息地潜入人的体内,而且潜伏期还比较长久,不到那个时候,它并不发作,以致你一直以为自己是健康的,是强大的,是不可战胜的。等到发作时,你也许就会像郭均那样惊问:"这是我吗?这真的是我吗?这还是我吗?"

鉴于此,面对腐败的侵蚀力,我们千万不要以为自己有天然的免疫力。在腐败这种"病毒"面前,即使"体质"再好,也要不断强身健体,增强"抵抗力",要始终做好防护工作,始终保持清醒头脑,警惕它的无孔不入,警惕它的潜移默化。鲁迅说"要榨出皮袍下面藏着的'小'来",我们也应勇于自我解剖,努力找出隐藏在内心深处某个角落的另一个"小",对自己的心灵做到"时时勤拂拭,勿使惹尘埃"。

2022年12月2日之夜于瑞金

# 面对诱惑，保持定力

又一个熟悉的人"进去"了。看到本地纪委监委发布的信息，认识他的人难免问长问短，议论纷纷，最后留下的则是一声叹息。

也许，这个干部在走上重要岗位之前，确实看不出有贪腐的迹象。但在"河边"行走久了之后，他终究还是"湿鞋"了。为什么会发生这么悲剧的事？其中最重要的原因，就是金钱的诱惑太大，而其人的定力不足以抵挡。

全面从严治党已经十年。这些年来，反腐败的节奏从没松弛过，而且越往后越严。省部级以上高级干部已经倒下了五百多名，厅级以下干部因腐败问题出事的则难计其数。在这种形势下，依然有人"前腐后继"，重蹈覆辙，说明权力带来的利益太大，大到某些人愿意冒着杀头的风险去攫取。

权力是双刃剑，用得好，可以造福一方，用不好，则可能祸及自身。就大多数人而言，权力的直接诱惑首先体现在钱财方面，这也是权力最大的风险。所以，掌握了公权力的人，一定要有正确的财富观，在金钱面前保持强大的定力。如果做不到这一点，最终可能像那些"进去"了的人一样翻船。

定力从何而来？从心底而来。对广大公职人员来说，不需要太多的大道理，多想想这几点，也许就能让自己的定力日益增强。

首先要知后果。强力反腐十年，贪官落马已不算什么新闻。作为一名公职人员，再像多年前那些腐败分子那样狡辩"不知法"，是完全说不过去的。但是对违纪违法的后果，有一些人倒是可能真没细细琢磨过。前几年接触了一名被留置对象，监委审查结束，准备将其移送检察机关起诉了。检察院的囚车已在门外等着，这名对象竟然问出一句"是不是可以让我回去上班了"的雷人之语。还有一个官员被留置以后，则向监委表示"只要不让我坐牢，什么处罚我都愿意接受"，也是直接让人无语。原来，在某些干部心里，犯了事，大不了被责骂一顿或者免职不干而已，并不碍什么大事，所以放心放手去捞取不义之财。及至"大难临头"，才知后果严重，可惜悔之晚矣。正是看到这些活生生的事例，我深深地感到，多想想后果，对约束自己的行为太重要了。一个人干工作要有敢于创新的闯劲，要有敢于试错的勇气，但一定要守住纪法的底线，明白触犯底线将付出什么代价。至少应该想到，如果因为收钱而入刑，那就全盘皆输，亏尽人生。简单地说，犯了这么严重的事，直接丢人丢钱丢饭碗丢自由：先前的人格尊严丧失了，收到的不义之财被没收了，工作岗位也不存在了，一段时间内还将在牢房度过。真到了这个地步，不仅毁了自己的前途，甚至还要影响家里几代人的前途。你说有多大的利益，值得你如此这般去豪赌？所以，那些贪官，看似聪明，其实糊涂，算盘根本没打准，实在不值得效仿。

  时时想起这等后果，就会知敬畏。人一定要有所敬畏。否则，一个人对什么都抱着无所畏惧的态度，天知道他将做出什么事情来。知敬畏，就会明白，纪法无情，天网恢恢，你有再大的本事，在强大的组织面前也不堪一击。很多人在收钱时心怀侥幸，总以为自己运气不会那么"坏"。其实，你现在没事，不等于永远没事。不是不报，时候未到，也许纪检监察机关暂时腾不出手而已，其实那些事已在那里挂上号了。从事过反腐败工作的就知道，一个干部或老板进去，往往要扯出多少人。很多围观看热闹的，万万没想到"连锁反应"那么强烈，自己也被某条藤给牵出来了。两个人以上做的事，就没有秘密可言，就谈不上什么可靠性。所以，那些谋了不义之财的人，都不要以为天衣无缝，天知地知。说不定，哪天这把火就往你这个方向烧过来了。只有敬畏纪法，你才自然而然有了定力，不敢伸出那双不该伸的手。

  如果境界高一点，还应该知廉耻。看到很多公职人员，素质实在低，毫无廉耻感，主动伸手，敲诈勒索。一般的公职人员是要防止被老板"围猎"，这种不讲廉耻的干部却主动出击"围猎"老板，为了金钱故，一切皆可抛。这种人，不出事才怪。古人云："礼义廉耻，国之四维；四维不张，国乃灭亡。"这不是书生之见，不讲廉耻，便没有底线，没有原则，最终必定走向毁灭。所以，公职人员的廉耻教育很重要。需要大力弘扬优秀传统文化，让人从年轻时、从内心深处认识到廉荣贪耻，把握正确的价值取向。回归到做人的基本准则，才能走得正，走得稳，走得远。

  腐败当然可恶，尤为可恶的是它的力量不容忽视。它像疫病一样具有强烈的传染性，不筑起牢固的防线，它便无限蔓延，四处作祟。反腐败斗争因此是一个任重道远的长期过程，是一场不可有丝毫松懈的艰难斗争。作为公职人员，看到那些熟悉的身影因为这等不光彩的原因离开了我们的队伍，不可袖手旁观无动于衷，不可当作热闹来看、当作谈资来传，而应发自内心认真对照反思。道理说复杂也复杂，说简单也简单。对个体而言，拒绝金钱的诱惑，抵制腐败的侵蚀，务必不断保持坚强定力，依靠严严实实的自律与他律，依靠时时刻刻的理智与清醒，强心健脑，扶正祛邪，固本培元。

2022年12月12日之夜于瑞金

# "评时"与平时

岁末年初，正是各项工作考评时。据媒体报道，日前，江西省纪委监委作出部署，要求全省各级纪检监察机关以严的基调强化正风肃纪，加大监督检查力度，坚决防止考核中出现不正之风。江西省纪委监委率先垂范、以身作则，对凡是有省纪委监委参与的考核，一律要求责任部门坚持客观公正、真考实考，坚决拒绝被考核单位借"汇报""咨询""沟通"等名义跑关系、搞疏通。同时，明确要求各级被考核单位把心思和精力完完全全放到工作上，督促被考核单位坚持高标准、严要求，脚踏实地、务求实效，把功夫下在平时。

对基层来说，江西省纪委监委这项部署太及时了。考评本来是用来检验工作成效、推动工作进度的有效措施，可以起到鼓励先进、鞭策后进的作用。但在实践中，由于某些干部政绩观出了问题，使出了工作以外的"力量"干扰考评的真实情况，加上某些手握评分权的干部私心作祟，不能实事求是进行评价，于是，有些领域，考评受了歪风侵蚀，不仅无助于激励干事创业，反而打击了基层的积极性，还给基层增加了不少心理压力、人情负担，与考评的初衷背道而驰。

不管做什么工作，"评时"固然要重视，平时其实更重要。看重荣誉当然没什么问题，问题是不能为了荣誉而不择手段，弄虚作假甚至公款吃喝送礼。一旦失去了公平公正的标准，考评就会变得毫无意义，成为一场劳民伤财的闹剧，甚至滋生不少腐败行为。

靠真功夫挣来的荣誉才有成就感。考评达标或处于领先地位，应该是对实绩的一种肯定。这样的考评结果，才有说服力，才有激励作用，才能更好地推动整体工作。对被考评单位来说，考评客观公正，大家也没那么累，可以专心把工作干好，努力提高效率，致力多出成果；而不用低三下四赔着笑脸看人脸色，更不用"功夫在诗外"，一门心思整些没意义的事。对考评人员来说，只要依照客观公正的要求，便可以轻装上阵，不带思想包袱，免了各种干扰。这种考评方式，可以让大家摆脱人情的负累，建立清清爽爽的同志关系，在工作中虽辛苦但快乐充实。我相信，这也是大多数人所期望的。

当然，我们不能奢望每一个干部都有这么纯正的一颗心。总有一些人，想法比别人多些，胃口比别人大些，脸皮比别人厚些。否则，反腐败斗争也不至于如此形势严峻、任重道远。具体到一个小小的考评，也同样存在这种问题，被某些"歪嘴和尚"把经给念歪了。这种人，如果自己是被考评对象，平时不干活，临时抱佛脚，一看到了考评时间，就使尽浑身解数，大做表面文章，广拉各种关系，为了名次不惜违纪；而如果他们掌握了考评的指挥棒，则拉着虎皮做大旗，耀武扬威，谁给好处就让谁过关、给谁评优，毫无标准、原则、底线可言。若是让他们的手段屡屡得逞，可想而知将导致什么后果。

针对那些平时工作不努力不踏实，"评时"总想着钻空子、找路子、偷工减料、投机取巧的人和事，需要加大监督力度，让他们无机可乘。江西省纪委监委及时抓住了一个问题，起码让公然跑"上面"的现象得到遏制。相信在这个时候，理智一点的人，都不想撞到"枪口"上。而对那些想利用考评机会"捞一把"的，此举自然也是当头棒喝，使他们不敢公然破坏公平。也只有从纪律角度动真格，那些心术不正者才有所敬畏，有所收敛，不敢明目张胆跑关系或利令智昏乱伸手。

更根本的，还应科学对待考评过程、有效使用考评结果，让考评本身能够反映平时的真实情况。被考评单位固然要将"评时"与平时并重，上级部门也应将"评时"与平时结合起来看。"评时"与平时，也是一种"树林与森林"的关系。考评总是有一定偶然因素，所以"评时"与"平时"未必完全画等号。对考评结果领先的，要多些实践检验，看看是否与平时结果一致；对考评结果落后的，则应分析具体原因，帮助他们找出不足、解决问题，让他们能在下一阶段迎头赶上。也就是说，考评的目的，完全是为了提升工作质效，实现"共同进步"。这样，踏实做事的便不必对考评有太大的心理压力，不需要冒着违纪的风险造假、跑关系；幻想走捷径的也失去了造假的动力，只好转头踏实做事。

2022年12月19日之夜于瑞金

# 当心跟错"师父"

这是一个很令人痛心的案例。某单位一名年轻干部小W，十几年前刚出校门，一时没找到正式工作，在某地拆迁部门做临时工。那时的拆迁"行情"是比较混乱的，小W跟着几个老"师父"，少不了按"惯例"干了些虚报面积套取资金共同瓜分的事。上班没几天，就轻轻松松得了数十万元"横财"，小W当初对这几个"师父"甭提有多感谢了。

数年之后，颇有进取心的小W如愿以偿考上了家乡某单位的公务员，离开了先前那个拆迁部门，与那些曾经一起分钱的"师父"们也没了联系。在小W心里，这一页，大概就此翻过了。到了新岗位，小W告别昨天，积极工作，深得领导和同事好评，时间一到，就担任了副科级职务。

又过得几年，小W在仕途上继续一帆风顺，被单位列为考察对象，即将提拔为科长。然而，便在这时，问题来了。小W以前做临时工的那个地方，对拆迁部门来了一场专项治理。当年带着小W分钱的几个老"师父"，都在这次专项治理中落马了。两个人以上做的事就不保险，自然，曾经参与分钱的小W，也轻轻松松地被老"师父"们"带"出来了。

接下来的事不用多说了。原本前途美好、令人羡慕的小W，不仅晋升没戏，而且"铁饭碗"没了，自由也失去了，将在监狱里度过一段让他懊悔一生的时光。

这是典型的一入职就跟错"师父"的悲剧。如果不是跟到了几个胆大妄为的人，按小W后来的表现，他应该可以成为一名比较优秀的公务员。可惜，因为前面的污点，他没有机会在这条道上走下去了。世上从无后悔药，一失足成千古恨。尽管处理这么一个案件时，经办人员无不为此感到惋惜，但纪法是无情的，我们唯有希望仍然年轻的小W经过几年改造之后，能校正人生的航向，回归社会走上正道。

年轻干部出问题不是个别现象。据有关调查表明，职务犯罪呈现年轻化甚至低龄化趋势，有的干部甚至参加工作没几个月便在金钱面前倒下去了。年轻干部在廉洁上出事，原因是多方面的，其中很重要的一点，就是跟错了"师父",被人"带"坏了。

刚出校门的年轻人,对社会的了解毕竟有限,对一些问题的看法不一定很成熟,对是非的判断也未必很准确。近朱者赤,近墨者黑。在这个时候,谁和他接触多,谁对他影响大,将在很大程度上决定他的价值取向以及人生的未来走向。

如果遇到一位正直睿智的上司或同事,自然是人生之幸事,潜移默化中,你可能就见贤思齐,将他的言行当作自己效仿的榜样。怕的是,一入职场,便遇到心术不正、喜欢走歪门邪道,偏偏又好为人师的"前辈"。这种"老油子"式的人物,无论在基层还是机关,都并不鲜见。在他们身上,充斥着浓郁的庸俗文化气息。言谈中,他们喜欢向人鼓吹唯利是图、"马无夜草不肥"之类的观念,对埋头干事、遵守规矩的老实人则嗤之以鼻,让涉世未深的年轻人一时无所适从。

想起很多年前的一件事。一个年轻公务员对我聊起,他所在单位一名领导向他抛出橄榄枝,有意收他为"弟子"。这个年轻公务员觉得那个领导年富力壮,前途无量,跟着他定然不会吃亏。然而,我却建议他与该领导保持距离,尤其没必要在八小时之外还贴着他。并不是说我的眼光有多厉害,而是因为我与他所说的那个领导有过较多接触,从若干细节判断,该领导是个热衷于"剑走偏锋"的人,而且对物质利益十分看重,属于自以为"头脑活络"、懂得发展"个人经济"的"能人"。这种人一旦大权在握,多半是危险的。果然,若干年之后,我们很无奈地看到,该领导也成了一只扑火的飞蛾。

所以,对年轻人来说,跟对"师父"很重要。初出茅庐时跟什么人在一起,不是一件无足轻重之事。上进的同事可能激励你上进,无为的同事或许连累你无为。一般的问题倒也罢了,如果是涉及底线、原则的问题,则务必有所坚守,不可随波逐流。特别是在物质利益方面,若是遇上喜欢怂恿你"胆子大一点",经常说"不要紧""放心,不会有事"之类的豪言壮语之流,则千万要警惕,别轻信了这些鬼话。这种人看似精明能干,豪气干云,其实目光短浅,不知敬畏。他们只有侥幸心理,只有经验主义,只有利令智昏,迟早有一天,要被生活教训。

什么人可学,什么人不可学,是每一名新入职的年轻人需要面对的问题。其实,在认知上,辨别一个人是否合格的"师父",并不是很复杂的事。当他带着你干违纪违法之事时，就可以直接分辨出来。而对一些自己一时把握不准的观点、理念，则应三思而后行，或多请教于人之后综合研判。对那些话说得越满的人，越要多几分质疑。你不妨想想：他是谁，凭什么可以无视规则？凭什么保证别人没事？一个自认为扛得过纪法规矩的人，怎么可能是可靠的人？这种人，如果你不能改变他，那就得尽快远离他。

2022年12月28日之夜于瑞金

# 何以"固穷"

《论语·卫灵公》有一句话："君子固穷，小人穷斯滥矣。"意思是说，有教养、有德行的人能够安贫乐道，不失节操；而如果小人身处逆境，就容易突破底线，胡作非为。

"固穷"的君子，历史上真不少见。最典型者如孔子的高足颜回，"一箪食，一瓢饮，在陋巷，人不堪其忧，回也不改其乐。"如此穷困清苦的生活，颜回也忍受得了，而且打心眼里没当回事。这意志，确实令人不服不行。古代的许多隐士，也是因为可以"固穷"，所以真真切切地归隐去了。比如春秋时期的贤士黔娄，尽管家徒四壁，却甘于清贫，不为高官厚禄所动，视荣华富贵如过眼烟云，成为后世称颂的对象。东晋诗人陶渊明在《咏贫士》一诗中赞道："安贫守贱者，自古有黔娄。好爵吾不荣，厚馈吾不酬。"而"不为五斗米折腰"的陶氏，其身上不也体现了这种"安贫守贱"的气节吗？

能够耐得住清贫的，还有历代诸多清官。最著名者如海瑞，一辈子没吃过几次肉，死后办丧事的钱都是同事们凑的，真是穷得够震撼。春秋时期楚国的孙叔敖，虽然贵为令尹，功勋盖世，但清廉简朴，家无积蓄，临终时连棺椁也没有。被康熙皇帝赞为"天下廉吏第一"的于成龙，在江南身居高位却"日食粗粝一盂，粥糜一匙，佐以青菜，终年不知肉味"，被江南民众称为"于青菜"。于成龙在两江总督任上病逝，家里的东西少得可怜，仅在床头放着一个装有一件绨袍的陈旧竹器，以及几只或盛了一点粗米，或盛了一些盐制豆豉的瓦罐而已。这些清官之所以令后世敬仰，正是因为他们身上确实具备难能可贵的品格。

现在时代不同了，物质生活完全今非昔比，不管是哪个群体，都不至于穷到先前那个份上，自然不必拘泥于形式上的清贫，故意把自己的生活弄得苦哈哈的。生活条件好起来了，适当享受一下无可厚非，社会发展的目的，本来就是让大家的日子越过越好嘛。

但是，即使全民小康了，"固穷"的精神并没有过时，依然有现实意义。

尤其是对公职人员来说，学学先辈们的操守，磨炼自己的意志，还是很有必要的。否则，一不小心便可能把握不住方向盘，让自己走上邪路乃至翻车。

有这么一个案例，让人看了五味杂陈，百感交集。某干部大学毕业后，分配在一个典型的清水衙门上班。在这里，奖金不如别人，福利不如别人，分房子不如别人，"社会地位"自然也不如别人。这名干部因为生活窘迫，多年来感到抬不起头，内心充满了无奈。直到有一次，他在单位内部挪了一下岗，居然有了一点点小权力。也正是在这个时候，他收到了平生第一单"好处"：某个和他们单位有业务往来的小老板，送了一箱橘子给他。就这么一份不起眼的"礼品"，让他激动了好几天，感慨了好多回，从此知道人间原来"别有天地"。再后来，由于偶然的机会，这名干部有幸调到一个相对"强势"的部门。从此，渴望权力与财富的他，利用单位的光环，在外面想方设法捞取好处，就像一只不知饥饱的动物，不把自己活活撑死不罢休。最后的结果，自然是前功尽弃，换得牢狱之灾。

对于这样的干部，我只能说哀其不幸，怒其不争，但觉其人可憎可悲又可怜。人穷志短的他，自然不是"君子"。但即便是凡夫俗子，也未必要走到这一步吧？许多比他更穷的人也没这么贪婪、这么不要脸面呀！一个人内心卑微成这样，精神上怎么也立不起来，也难怪他不把尊严当回事。

这个干部的主要问题，当然还是出在其自身上。他不能坦然面对贫穷，甚至"穷怕了"，更糟糕的是只怕穷而不怕纪法，所以变成了一个"穷斯滥矣"的"小人"。

正是因为有这样的案例出现，所以，我认为，时至今日，"固穷"仍是每个人需要面对的话题，不管是"君子"还是"凡人"。其实，无论是哪个时代，"君子"与"凡人"也许并没有太分明的界线。"凡人"多坚守几天便可能成了"君子"，"君子"稍迟疑片刻也可能退化为"凡人"。在金钱财富面前，大家都应有个大方向没问题的价值观，这样才可经受考验，避免出现类似的人间悲剧。

何以"固穷"？首先要有"君子"人格，不可有"小人"行径。对自身来说，也就是要不断修身明礼，砥砺品行，树立正确的"三观"。未必对每个人都提"大公无私"的要求，但起码应做到"公私分明"，不收受不义之财，不接受嗟来之食。这一点，我相信，只要基本生活条件能满足，大多数人如果具备鲜明的是非观、廉耻观，是不至于低三下四摒弃人格的。依然不收手的那些人，基本上属于永远不知足的那一类，他们的贪欲，得另外下猛药才治得了。

  但是，怕就怕在多数人生活条件较好的情况下，少数人贫窭得突破了底线。对于一个太穷困潦倒的人，向他提过高的道德要求，似乎是不现实的，也显得有些残酷，尤其是当他穷成了"极少数"的时候。为了杜绝这种现象，我想，作为组织，也应多关心职工生活，别让人被生活压得抬不起头。民间有种说法，女孩要"富养"。这对于人性来说，是有一定道理的，孩子太穷，便容易降低自我要求，随便接受他人好处，并因此上当受骗。同理，对于生活太困顿的人，要让他不变心性，最好的办法就是在一定程度上帮助其改善生活。在社会整体经济水平尚可的情况下，不应该让某些内心不够强大的人因为物质原因变得更加猥琐。芸芸众生，除非圣贤，否则，是很难经得起赤贫的检验的。既然如此，就应正视人的本性，努力消灭极端贫困，在客观上减轻人们"固穷"的压力。

2023年1月9日之夜于瑞金

# 家庭"秘书长"不仅仅是个笑话

很多年前,本地作家黄先生给我讲过一个小故事,说他路过城区南门口,看到两个老年人在吵架,看样子,应该是夫妇俩。那老头一口一句"你打个报告过来批一下嘛""你不打报告怎么行呀",让围观的路人莫名其妙。看了一阵热闹之后,黄先生才搞明白,原来,这老头退休前是某单位的头,退休之后闲着没事,尤其是敲门请示汇报的人一个也不见了,感到很不适应,便想到了一个发挥"专长"的办法,让老妻每次出门买菜时,写个菜单让自己批个"同意"。老妻起初为了让他缓解郁闷心情,勉强按他的要求执行了一段时间。这天,老妻实在受不了这些套路,便不经批示擅自上街买菜。结果,老头发现后,追出门来要她交报告……

黄先生所言,差不多是二十年前的事了。若非黄先生为人一向严谨厚道,我真要以为此事纯属虚构。但饶是如此,这么多年来,我还是怀疑黄先生的故事大有夸张成分。官瘾十足的人尽管没少见,但那也是在正儿八经的场合而已,退休后在家里还搞这一套,未免太荒唐了吧?即使这种事情真有,也可能只是发生在某个特定年代,随着社会的进步,以后应该听不到这样的故事才是。

没想到,事情总在意料之外,世界因此多姿多彩。许多年后,和上述一幕类似的故事,还果真在现实中上演了。

今年2月20日晚上,云南省纪委监委宣传部、云南广播电视台联合摄制的警示教育专题片《"官油子"现形记》(上集)播出,披露了玉溪市委原书记罗应光的案情。在贪官大量落马的今日,罗应光的贪腐情节未必给人留下深刻印象,但其中一个细节,却瞬间成为网民们关注的热点。

据专题片介绍:罗应光不仅在单位享受众星捧月的感觉,回到家中还不忘过足"官瘾"。他不仅经常召开家庭会议,还专门为此设了"秘书长""副秘书长",并在会后发"会议纪要"。用罗应光自己的话说:"回到家,自己还在以领导的架势去把家里面的人召集起来(开会),动辄七八十人,或者家庭会或者生日聚会。然后我被两个家族簇拥在中间，真的像大观园里面的贾母一样，簇拥在里面，还教育大家既要当官、又要发财。"

有关报道还说，罗应光爱喊口号、爱开会传达、爱搞"走秀式"调研，喜欢给个人形象"上油"，下基层调研讲排场，搞警车引导就高达95次，把官场当秀场。他也因此被干部群众戏称为"罗会长""罗传达""罗调研"。

看看罗应光的一贯表现就知道，在家里设置"秘书长"之类，并未突破事物发展的逻辑关系。对这种人来说，什么事情，只要你想得到，他就做得出；如果平安退休，在家里弄个菜单之类的批一批也就毫不奇怪了。

为什么有些人喜欢把家事当"官事"，搞些令人啼笑皆非的举动？一种可能，是迷恋权力，中毒太深，脑子里除了当官啥都没有。这种人天生就是为当官而来，免他的职不亚于要他的命。他也未必想用权力干多少坏事，但就是喜欢这种感觉，认为万般皆下品，唯有做官高，人生除了当官再也找不到任何乐趣。这当然也是一种三观不正的表现，说难听点就是个病态心理，根本不懂得人格平等、职业平等的道理，自然也不知人生的价值所在。这种人，在位时举手投足间尽是腐朽的官僚气息，只是其时大家未必敢议论敢取笑。等到退下来了，"气场"消失了，他的行为便会让旁观者觉得十分滑稽，完全成为一个笑话。

另一种可能，是以权谋私，病入膏肓，无时无刻不想着用权力变现。这种人的存在，对政治生态来说是实实在在的真危害。罗应光显然属于这种，看看他的"家庭会议"讨论了些什么就知道了。这种官员掌权之后，定然要大搞家族式腐败，父子兵、夫妻档，七大姑八大姨浩浩荡荡一起上。他们哪怕退休也是不肯罢休，借助"余威"四面出击，利用"余热"大谋私利。全面从严治党以来，打破了"退休就是平安着陆"的"规则"，有些退休十几年的干部也应声落马了。看案情便知道，这都是些退而不休的人，离开领导岗位依然霸气十足，官气浓重。

某些"官迷"们表现出的反常行为，虽然是个笑话，但又不能仅仅当作一个笑话。无论哪种情况，都该好好治治。对于前一种，在职时就要教育他心境宽阔些、心态平和些、心路端正些，认识到不管什么岗位的劳动者，都是值得尊重的，做官要有平民意识、平等意识，方能泰然面对进退留转，做到宠辱不惊，肝木自宁。

对于后一种，依我之见，只有纪法伺候，别无他法。加大对违纪违法行为的查处力度，把权力关进制度的笼子，除了盯住官员本人，还要盯住他的关联人员。一旦发现公私不分，举家"聚焦"公事、"研究"公事的迹象，我们更需要关注的，是他们目的何在，手段如何，收益多少，绝不能一笑了之。

2023年2月28日之夜于瑞金

# "偷工减料"终将"返工"

与人聊起某些"火箭式"提拔的年轻干部容易栽跟头的话题，想到两个古代的故事，一个发生在中国，一个发生在英国，都与马有关，说的都是追求速度之事。

先说中国的。《韩非子》记载：春秋末期，齐景公正在外面游玩，忽然听到相国晏婴病危的消息。齐景公立刻下令火速返回都城。坐在车上，他不住地催促马车跑快些，甚至把车夫推开，自己亲自拿起鞭子赶车（也不想想领导的车技能否与专业驾驶员相比）。跑了一阵之后，齐景公还是觉得不够快，干脆跳下车子奔跑起来（更不想想人能否跑过马），直累得汗流浃背，气喘吁吁。这样一折腾，反而比正常速度还慢了，更加耽误了时间。

英国的故事是这样的：国王查理三世与亨利伯爵决战，战斗进行的当天早上，查理国王派马夫备好自己最喜欢的战马。马夫让铁匠赶紧给马钉掌。铁匠按程序工作，钉第四个掌时，发现少了一颗钉子。他正准备认真砸出一颗钉子，马夫催得急，让他随便凑合凑合，能把马掌挂上就行。就这样，查理国王骑着这匹马冲锋陷阵。激战中，那只马掌脱落了，战马当即跌翻，查理国王被掀在地上。等他爬起来时，战马已在混乱中跑远。查理国王因此成了敌军的俘虏，战斗戛然结束。人们因此叹道："少了一个铁钉，丢了一只马掌。丢了一只马掌，跑了一匹战马。跑了一匹战马，败了一场战役。败了一场战役，失了一个国家。"

齐景公图"快"，罔顾客观情况，弄得狼狈不堪而无济于事。查理国王的马夫求"快"，为了省事，没把一颗钉子当回事，结果酿成严重后果。两则"欲速则不达"的典型案例，从不同角度给人启示。

回到年轻干部出问题这个并不新鲜的话题。在每个时期，都会出现一些在仕途某阶段跑得快、走得顺的年轻人。然而，他们并非都能如愿到达终点，笑到最后。相当一部分人，由于自身原因，中途"马失前蹄"，"折戟沉沙"，一时闪亮登场，不料早早黯然收场。究其原因，最根本的还是在于他们不知"路漫漫其修远兮"的道理，不懂得奋斗之艰辛，把一时的幸运当作是一种必然，所以轻薄而不自重，随时可能一脚踏偏甚至踩空。

培养一个干部不容易，"快上快下"这种情况应当引起重视。选拔年轻人，要遵循干部成长客观规律和基本原则，切不可把好事办成了坏事。我认为，对选拔者和被选拔者来说，起码要明白以下几点道理。

一是德不配位不勉强。你要关心某个人，如果发现他不具备这个德行，最好的办法就是不要把他放在重要岗位上，否则，这种关爱终将成为坑害。比如一个因为嗜赌而负债累累的人，如果让他掌握权力，他岂有不用来"变现"之理？其人无职无权倒也罢了，顶多做一个黑名单上的"老赖"；有职有权，其下场多半是身陷囹圄，失去自由。古人说："德不配位，必有灾殃。"有史以来，都不乏那种心术不正、操守缺失，不行正道、专取"捷径"，进而走向覆灭的事例。教训是深刻的，面对前车之鉴，何必让人以身再试？

二是无知无畏不久长。一个人对社会的认知需要丰厚的阅历作支撑。缺乏历练者，职位来得太快，往往不知天高地厚，无视纪法，不懂敬畏，得意便忘形。这种人，职务越高、权力越大，其行为越如脱缰的野马，基本上是为所欲为，毫无顾忌。把权力交到他们手中，意味着什么，这是不言而喻的。看看那些落马官员的忏悔书，上面写满了答案。他们铸下大错的一个重要原因，就是胆大妄为，缺乏监督（主要是自己不把监督当回事，有意回避监督、抵制监督），积小错为大错，终至无法回头。

三是拔苗助长不可取。一个人的能力素质没达到相应标准，强行把他推到某个岗位，也不见得是什么好事。他省略了奋斗过程中的基本环节，便可能失去驾驭复杂局面的能力，也将失去对事物的基本判断力。这种人身居要职，除了工作做得勉强，干得吃力，更有可能因为没有经历风霜，没有经过磨砺，胸襟狭窄，目光短浅，抵挡不住种种诱惑，轻而易举倒在半路上。

对公职人员来说，修养需要锤炼，能力需要历练。每个环节对一个人的成长都有不同的意义。一味图"快"，看似省了很多事，其实也可能失去了很多弥足珍贵的经验。饭要一口一口吃，事要一件一件做。一口吃不成大胖子，一脚跨不出万里路。"一步登天"未必是什么好事，也许意味着什么基础都没有，随时可能摔下来，轻则打回原形，重则亏尽人生。无论做什么事，该有的步骤就不该直接跳过。大量的事实表明，"偷工减料""以次充优"

这样的小聪明，最终会让你所做的事要么返工，要么直接作废。物如此，人亦然。

2023 年 3 月 2 日之夜于瑞金

# 没有公平，好事更加轮不到你

一个久未谋面的熟人突然上门来访，夸张地呈现出一副刻骨想念的模样。这种情况，不说也大概知道是怎么回事。果然，寒暄之后，熟人收起那堆华丽的辞藻，道明真正的来意：他想来我工作的这个地方承揽某项业务，希望引见主管部门一把手，关照关照其生意。

到这个小城市任职以来，这样的事，已不是第一次遇上，倒也难不住我。招呼他喝一杯清茶之时，我语气平和地向他聊开了：多年前，咱们还没参加工作时，最痛恨的是什么？不就是社会上的不公平现象吗？如今自己进入公务员队伍，好不容易也有了个一官半职，掌了一点小小的权力，就应该努力在职权范围内维护公平正义是不是？如果丢了初心，忘了职责，不仅不致力维护公平，反而参与干这种破坏公平的事，岂不是把自己弄成了当年所讨厌的那种人，而且让被打招呼的同志也跟着留下了犯错误的隐患？这种害人害己、让人笑话的事，咱怎么好意思去干呢？

趁着熟人一时没反应过来，不知该如何接我的话，我接着告诉他：就算退一步说，如果我是那种手电筒般的人，只照别人不照自己，没权时痛恨腐败，有权时热爱腐败，现在不提公平正义了，果然喜欢到处插手这个工程那个项目了，那么，这等"好事"也未必能落到你头上呀——你也不想想，我的朋友当中，关系比你铁的大有人在，如果有好处可捞，我不要先想到那些更亲近的朋友吗？咱这样的小干部，权力只有这么大，利益只有这么多，蛋糕分来分去，哪能轮到你我这种关系的人头上呢？

看熟人有点蒙，甚至露出几分不悦，我又向他解释：当然你也不用着急，不必生气。退一百步说，如果干部们都像你想象的那样可以恣意用权，比咱职务高的官员多得去，大家一窝蜂而上，我这样的小干部哪拼得过人家？你指望的好事更是一点希望也没有了。

眼见得熟人脸上阴云密布，情绪越来越低落，我继续加一把火说道：再退一万步说，如果世上真无公平正义，什么都要靠走"后门"、拉"关系"，那么，这个小小的位子也轮不到我来坐，早有德才远不如我的某个人动用重重关系，利用种种手段，把它给占去了，而且还久坐不让，一直到传给他们的其他亲信为止。倘若如此，咱们这些出身寒门的人，只能永远安心做个"草根"，哪能有别的什么想法？

在熟人心情复杂、脸色变幻之际，我趁热打铁，亮明自己的观点：所以，你我一定要认识到，公平公正对每个人都是非常重要的。唯有身处充满公平的社会环境，大家才有希望改变命运，获得应有的机会；唯有以公正护航，大家才可放手拼搏，人尽其才，平平安安顺顺当当走下去。反之，公平毁弃，秩序大乱，大家都在不择手段，那么谁都不能保证自己就是永远的赢家、最终的胜利者，而公平的破坏者也等于给自己埋了一颗雷，随时眼睁睁看着它引爆。想明白了这个道理，你还希望我用这种手段满足你的要求吗？

熟人也算是识时务者，听我把话说到这个份上，立即态度平角大转变，铿锵有力地表示：你说的非常有道理，我担心的就是缺乏公平！其实我最喜欢的就是公平竞争。只要有公平，我愿意以自己的实力去努力，成固然高兴，不成也服气！

不管这位熟人说的是否真心话，在我看来，道理确实就是这么回事。谁都不要以为浑水摸鱼时自己一定能占便宜，认定在兵荒马乱中自己可以永远立于不败之地。真正能确保大家正当利益的，就是公平的规则。不要去抱怨原则和规矩，它束缚的不仅仅是你个人。它在给我们一定的束缚时，同时给了我们更多的保障。更不要去想方设法破坏原则和规矩，如果社会没有一定之规，对谁都不见得是好事。公平才使人人机会平等，有充分展现的平台。对绝大多数人来说，没有公平，好事更加轮不到你。所以，我们有什么理由反对公平、践踏公平？共同维护公正，好好珍惜公平，才是长久之计。

最后需要说明的是，我这些话，也不是什么新观点新发现。两千多年前的贤人晏子就说过类似的意思，这里不妨引用一下这个故事，以证明我和那位熟人所说的这些糙话的合理性。话说春秋时期，齐景公在泰山与群臣饮酒。正喝得畅快尽兴，景公忽然心生感慨，怆然泪下。原来，他太热爱眼前的美好日子了，不禁想到自己终究难逃一死这个沉重的问题，于是为不能长久拥有这种幸福时光而悲伤。同饮的手下都陪着领导哭泣，唯有晏子大笑起来。

景公更加恼怒，晏子便给景公说了一段道理，其中有句话的大意是这样的："假若自古以来的君王都不死，那齐国最早的太公，就会至今还活着。如此一来，怎么能轮到你当上国君，并为今日之事而悲伤呢？"生死是最大的公平，谁还能改变得了？又何须想着改变它？所以，烦恼都是自找的，活得通透些，把事情想明白些，把利益看淡泊些，就不必为那些熙熙攘攘之事而绞尽脑汁了。来到这个世界，我们就应当庆幸人间有公平。如果某个阶段公平不足，就应努力完善它；有了公平则应真心善待它。对干部，对商人，对其他人，都应当持这种想法。

2023年3月23日之夜于瑞金

# 到底被什么迷了眼

冯梦龙编的《醒世恒言》有一篇《小水湾天狐诒书》,说两野狐在树下看书,被路人王臣用弹弓打伤并夺了其书。野狐为了把书诈回来,装扮成住店客官,与王臣套近乎。王臣正要把书取出来给他看,"不想主人家一个孙儿,年才五六岁,正走出来。小厮家眼净,望见那人是个野狐,却叫不出名色,奔向前指住道:'老爹!怎么这个大野猫坐在此?还不赶他!'"小孩子一语道破机关,野狐只好逃去。

"小厮家眼净",这一句真是耐人寻味。与此异曲同工的是,安徒生著名的童话作品《皇帝的新装》中,也有一个可爱的小朋友,一句"可是他什么衣服也没穿呀",捅破了一个弥天大谎,数百年来给中外读者留下了不可磨灭的印象。

为什么心思简单的小孩子眼光反而更清澈,可以看穿各种伪装,而成熟多智的成年人反而常常看不清楚事物的真相?我想,不同国度的作家不约而同这样写,总是有些寓意的。看看现实生活,就不难理解,聪明的成年人,有时确实容易被各式云雾迷了双眼,以致做出某些不可思议的蠢事。

不说别的,单说官员被骗现象。按一般的逻辑,一个人能成为领导干部,智商定然是不低的,否则如何"过五关斩六将"层层胜出?然而,在查处的大量案件中,官员被江湖骗子蒙得团团转的事例并不鲜见,有些官员的级别还相当高,而将他骗倒的人,连小学都未必读完了。

举一个最近公开报道的例子。4月12日《中国纪检监察报》"警钟"版对浙江省金华市政协原党组书记、主席陶诚华严重违纪违法案进行了剖析。陶诚华非常渴望当上地级市党委"一把手"。有人告诉他,有个"大师"朱某某可以调节命理,使人官运通达。陶诚华于是经人牵线搭桥结识了朱某某,请他在华山为其安排法事调节命理,祈求升官。后来,又请朱某某到自己在金华的家中做法事、改风水,以求转气运。朱某某谎称其有关系能帮助谋求晋升,但需要2000万元费用打点,陶诚华便向金华某房地产公司实际控制人方某某提出需要 2000 万元用于疏通关系。方某某分两次支付了总计 1000 万元后，提醒陶诚华不要被骗，并表示不再支付余款。然而，陶诚华沉迷于这个骗局之中，对方某某的提醒充耳不闻。直至被组织留置后，陶诚华才醒悟自己是"病急乱投医"，反思自己不顾官德和人格，轻信一个江湖骗子，幻想靠"风水"求上位，更期望得到"神明"庇佑，不仅害了自己，更给组织抹黑。

正所谓"当局者迷，旁观者清"，连出钱的老板都看出了朱某某可能是个骗子，身为正厅级领导干部的陶诚华却执迷不悟，坚持上当，让人觉得可笑又可叹。

"聪明人"上了骗子的当，并不是骗子比他更聪明，其中一个原因恰恰是这些"聪明人"想法太多。很多事情，本来没那么复杂，顺其自然走下去，也就水到渠成了。可在某些心机太重的人眼里，世界却不是这般模样。他们不相信阳光，不相信坦诚，不相信规则。当然，因为他们的世界本来就缺乏阳光，不肯坦诚，无视规则。于是，这些人相信"神秘力量"，相信尔虞我诈，相信暗箱操作。在这个前提下，说实话的被他轻视，说鬼话的却让他深信不疑。一些"政治骗子"因此有了市场，动辄大显身手。此前有报道，某个方面大员，被辖区内一个小混混忽悠甚久，后来虽有所怀疑，但最终还是怕这个人真有背景而不敢与他公然翻脸，创造了一个大笑话。正是因为其人越想越多，所以简单的问题复杂化了，他也因此不知所措，担心这个顾忌那个。

"聪明人"上了骗子的当，更重要的原因则是其人利欲太重。看看这些被骗子骗得一愣一愣的人，哪个不是野心膨胀，满脑子私利，总想着走捷径、出奇兵？正是有了太多的非分之想，所以鬼迷心窍，利令智昏，不分是非，难辨东西，以致全世界的人都看出来的真相，就瞒了他一个。这些人为了一己私利而一叶障目，最终不仅赔了金钱，丢了尊严，还失去了自由，直到这个时候，才可能像陶诚华那样幡然悔悟，可惜为时已晚。

江湖骗子（包括政治骗子）的手法并不高明，但凡有点常识、有点理智、有点风骨的人，都不至于被他们任意摆布。甘愿上钩者，要么心术不正，要么问心有愧，因而被不当欲念蒙了心、迷了眼。他们就如同梦中之人，若非外来之力当头棒喝，是怎么也叫不醒的。纪检监察机关查处这些人时，多把他们的丢人故事拿出来晒一晒，不仅可以把这些进入迷局的人唤醒，更重要的是对某些也想步其后尘者具有深刻的警示意义。但愿公职人员都能多看看这些案例，多听听迷途者的心声，多想想其中的若干道理，让自己的双眼始终像天真无邪的孩童一样清亮锐利，不受蒙蔽。

2023 年 4 月 29 日之夜于瑞金

# 让干部告别"逆环境"

一名落马贪官在反思自己走上贪腐之路时说，刚参加工作的那几年，内心原本也较纯朴，但后来有两件事对他触动很大，心态因此迅速发生变化。那就是，他和妻子分别在所在的单位经历了一次"分房风波"。这两次，都是由于某些领导要特权，让原本可以分到房子的他们最终榜上无名。年轻的他经过了这样的"教训"之后，从此对权力特别向往，极其渴望。于是，当自己手上有了权力之后，他也向"前辈"学习，将权力用到极致，竭尽所能谋取私利。

《荀子·劝学》有句话说："蓬生麻中，不扶而直；白沙在涅，与之俱黑。"环境对人的影响，确实十分重要。上述这名落马官员，年轻时所处的工作环境显然欠佳，连续两次遭遇不公平，要说对他此后的选择没有产生任何影响，还真说不过去。

腐败的侵蚀力超级强大。面对腐败，人们往往并无天然的免疫力。对多数人来说，很难要求他一进入社会就具备清醒的头脑、坚强的定力，毅然决然地对腐败说"不"。其实，他将成为什么样的人，和他所处的环境会有很大程度的关系。如果周边环境好，同事们都正直无私、光明磊落，那么，年轻人在这样的氛围熏陶之下，基本上也可以塑造成这样的人。如果身边尽是些蝇营狗苟、钩心斗角之辈，身处这样的环境，一个人自然而然便习惯了尔虞我诈，私心至上。

某些地方或单位，因为某些"关键少数"没带好头，政治生态恶劣，动辄出现塌方式腐败。有的地方长期受庸俗文化的影响，积弊深重，在反腐败力度如此之大的形势下，依然风腐一体屡见不鲜。有的行业由于封闭运行，长期缺乏监督，系统性腐败尤为突出，呈现"劣币驱逐良币"趋势，职工们要么随波逐流，主动迎合，要么心灰意冷，坐等出局。这些情况，都是因为环境的"力量"，使沉积多年的顽瘴痼疾一时难以祛除。

这样的"逆环境"太容易把人带坏了。对于大多数人来说，受从众心理的影响，根本看不到后果，甚至也不会去想往后之事。他们只看到当下，不甘心吃眼前亏，于是像前述那名贪官那样，和别人一起不择手段追逐权力，一朝权在手，便把私利谋，哪管以后要连本带息吐出来。

"巨贪大虎"可能离群众要远些，"吃拿卡要"则是群众常见的"微腐败"。即使是在强力反腐的今天，这种干部在很多地方也不少见。为什么在某些干部手上办事难？很大的一种可能，是这个干部"上位"时付出了代价，所以他必须想方设法"回本"并"盈利"。按照人的普遍心理，喜欢送钱送礼者，必定要追求加倍的"收获"，而没有送这送那习惯的人，即使帮人家办点事，也可能不会产生要对方"回报"的想法。所以说，会送的人，基本上就会收。对干部而言，如果哪个下级喜欢向你送这送那，理智一点的话，除了自己拒收，还应该提防他才对——这样的人，不收手的话，迟早要出事，而且将连累他人。

环境导致的连锁反应提示我们，做好廉洁教育，净化政治生态非常重要。人人皆环境，环境是具体的，环境事关每个人的利害。政治生态恶劣，谁都可能成为受害者，只不过时段不同而已。身为上司时，应该时时考虑到，自己的一言一行都对他人有影响，如果喜欢人家送，那么将带动大家都去伸手。身为下级时，也要想到，走出了"送"的这一步，就意味着会成为喜欢"收"的人，这种潜在风险，将给自己带来什么后果？想明白了这一点，就知道没必要为了一时之利而留下一个后患。如果大家都能做个廉洁问题上的明白人，政治生态自然就好起来了。政治生态好了，贪腐者定然锐减，群众办事成本也就大大降低，干部的"安全系数"则大大上升。

不管怎么说，官员倒在贪腐路上都是一件遗憾之事。让干部成为好干部，必须让他告别"逆环境"，在良好的环境中顺利成长。想起数年前，一名落马官员所说的一番话。这名官员被留置后，在忏悔书中写道，自己以前是个浑身铜臭、六亲不认、眼里只有钱的人；自从被留置，天天与办案的纪检监察干部在一起，被他们身上的正气所感染了，感觉自己身上也开始有了正能量，再也不希望像以前那样过了……我相信，这话不完全是矫情，应该是带了几分真情实感的。长期和坏人在一起，一个人很难学好；同样的道理，长期和正直的人在一起，长期身处向上向善的良好环境之中，这个人也应该邪不了。

2023 年 5 月 12 日之夜于瑞金

# 心无愧事何惧说

俗话说："谁人背后无人说，谁人背后不说人。"背后被人说闲话或者说别人的闲话，自古以来便是司空见惯之事。当然，这话也难免有夸张的成分。背后不议论他人的贤者，历来自是不乏其人。不会遭人议论之人，其实也不在少数——比如一个平平无奇默默无闻的人，便可能没人议论，也许还常常被人忽略。

普通人倒也罢了，对于担任了一定领导职务的人来说，倒是确实很容易成为被人议论甚至非议的对象。"门看门，户看户，群众看干部。"由于工作性质特殊，公职人员被人盯在眼里，挂在嘴上，甚至遭受他人误解，实乃常事，不足为奇。"众口铄金，积毁销骨"，舆论的力量是强大的，要说对别人的议论完全不当回事，还真不现实。就凡夫俗子而言，对自己有利的好话当然多多益善，坏话则怎么都很难让人淡定，毕竟谁都怕被别人说"坏"。有的干部因此特别爱惜"羽毛"，明哲保身，生怕得罪任何一个人，生怕遭受一丁点的非议，于是做成了一个不折不扣的"老好人"。我们平时考核干部的时候，便经常遇到这种"自我保护"意识极强的人。你请他谈谈对某位同事的看法，先是觉得"不好说"；一番动员之后，依然觉得"说不好"；再三鼓励之后，还是决定"不说好"。正是因为不肯说实话道实情的人为数不少，所以，识别干部，也要从各种评价中审慎研判，不可根据表面现象简单下结论。

做人难，也算一个老话题了。月亮尚且不能让所有人赞美它（起码小偷是不喜欢它那么明亮的），何况有血有肉的一个人。当一名干部，要让方方面面的人都说你好，的确很难办到。不管你怎么做，总可能有人不满意，除非每个人的思想境界都达到了相当的高度，都能公私分明，心无杂念，跳出个人恩怨，从大局的角度看问题。

干部无端被非议、攻击，或许只是来无影去无踪的闲事，未必让人直接受到伤害。它充其量就是一种谣言，只要自身干净，你不理它，它不见得能怎么样。比这更糟糕的是那些别有用心的诬告行为。举报是公民的正当权利，但有的人却玷污这个权利，干起诬告陷害的勾当。他们出于某种见不得阳光的目的，捕风捉影，甚至故意歪曲事实，恶意中伤他人。纪检监察机关收到的信访举报件当中，这种情况并非个案。很多内容，在展开调查之前，你并不能确定它是否属实，待得确认与事实不相符时，已经花了不少人力物力。调查者累得筋疲力尽，被调查者弄得身心疲惫，诬告者却可能躲在某个角落窃笑。对这种情况，不能听之任之。

诬告行为不仅耗费纪检监察机关的力量，浪费行政成本，而且给相关干部造成不同程度的伤害，影响当事人的工作积极性。这些年，纪检监察机关出台举措为受到诬告的干部澄清正名，这是很有现实意义的。对于被诬告的干部，我们就是要旗帜鲜明为他撑腰，让他放下思想包袱，继续安心工作。否则，大家都心怀忐忑，瞻前顾后，还做得成什么事？对被诬告者尤其要多一些情感上的关怀。作为一名执纪者，对于遭遇诬告而心情郁闷的干部，我常常与他们开玩笑："被人诬告了，说明你更加接近成功了，成功到让某些人眼红，让某些人非盯上你不可了——如果你一事无成，两手空空，谁有闲情来恶心你呢？"执纪者多些"人情味"，起码可以在一定程度上消解被诬告者所受的委屈。

仅仅安慰被诬告对象当然还不够。另一方面，还应依法打击诬告陷害者，让背后放暗箭的人住手甚至付出代价。对个人来说，面对流言，面对无端指责，最好的办法，就是不理它，继续走自己的路，做自己的事，让那些蓄意让你烦恼的人自行悄然离去。对组织来说，在保护干事创业者的同时，对背后冷箭伤人的行为，也不能姑息。打击这种行为，本身也是扬正气、树清风。更何况，诬告的背后，还不排除腐败分子的影子。他们出于某种目的，故意制造烟幕弹，误导办案人员，消耗办案机关的时间，让无辜者成为自己的挡箭牌。

话说回来，在现阶段，干工作受委屈也是不可避免之事。误解也好，诬告也罢，对干部来说，都要有一定的心理承受能力，最关键的，还是自身要经得起检验，过得了硬。外界干扰不是我们"躺平"的借口，旁人议论也不是我们充当"老好人"的理由。工作让我们充实，成绩让我们愉悦。不管他人如何搅局，不管环境如何恶劣，只要自己行得正，站得直，没有硬伤，心无愧事，也就无惧闲人瞎评，不怕别人乱咬，尽管昂首挺胸往前走。

2023 年 5 月 16 日之夜于瑞金

# 时候一到，谅他难逃

最近一段时间，落马的退休官员似乎偏多，本地的外地的都有，级别高的级别低的并存。本地一名厅官，退休已8年，名字早就淡出了新闻媒体，突然成了纪检监察机关公号"重要发布"的对象，一时引起人们的热议。8年其实不算退得久的，此前本省还有退休十几年的干部被查的消息。放眼全国，这种案例就更多了：甘肃省白银市人大常委会原副主任吴查退休10年被查，原中国银行业监督管理委员会处置非法集资办公室主任刘张君退休近8年后被查，内蒙古煤田地质局原党委书记、局长王振林被查时已经75岁……而日前江苏省纪委监委网站更是发布：已退休近22年的江苏省高级人民法院原执行庭审判员刘其祥涉嫌严重违纪违法，目前正接受审查调查。这个刘其祥，大概是退休时间最长的落马干部了。

对于退休干部落马的问题，有人觉得奇怪：为什么退了这么久还抓？以前可是把一个领导干部退休当作"安全着陆"的呀。

这种想法，当然跟不上时代了。强力反腐十年来，早就打破了"退休就是安全着陆"的"铁律"。现在，不仅退休不是"安全着陆"，就算逃到国外，也别以为是"溜之大吉"。只要干了贪腐之事，就没有什么"安全"可言，无论是在时间上还是空间上。反腐败没有休止符，只要存在腐败产生的土壤，反腐败就一刻也不停歇，腐败分子也休想高枕无忧。

当然，心存侥幸的人，总是难以杜绝的。有的贪腐分子见纪委监委一直不动手查他，便以为组织拿他没办法，于是不仅不收手不收敛，还继续毫无顾忌见钱就捞见利就抢，甚而"言传身教"带坏了下一代。所以，虽然反腐败力度持续不减，但腐败存量和增量依然存在，一些近年来走上领导岗位，掌权并不久的年轻官员，由于对形势认识极其糊涂，纪法意识极其淡漠，也很快成了警示教育片的"剧中人"。

有的旁观者见某些贪婪之徒过得平平安安，也因此认为落网的只是一些"运气不好"的人，但凡运气好一点，弄点不义之财并无严重后果。这些人，因此依然奉行社会流行的庸俗文化，把偶然当必然，把必然当偶然，想事情不过脑子，看问题缺乏逻辑。对这种旁观者，只有用大量的事实来教育，他们才可能从梦中惊醒，逐渐转变观念。

还有的举报人，见举报之后一段时间没动静，便按捺不住，想当然地认为"官官相互"，以为纪检监察机关在包庇腐败分子，于是调换目标，转而向上一级举报纪委不作为。结果，不仅给本级纪检监察机构添乱，还在无意中帮了某些腐败分子一把……

凡此种种，都是认识上的误区。我们常说："天网恢恢，疏而不漏。"某些贪腐之事暂时没有东窗事发，不是不查，而是时候未到。这个"时候"，是受限于某些条件的，但这些条件，都是可以解决的。比如受限于人手问题。一个地方的纪检监察干部就那么些人，某个阶段可能收到的线索较多，不可能同时开工，把每一条线索都及时处理，只能分个轻重缓急，对条件成熟的或情况严重的先处理。在同时办数个留置案的情况下，有些线索只能往后推一推。又比如受限于场地问题。有些地方查处一个窝案涉及多人，留置场所一时"满员"，这个案子不结，短时间内便腾不出"位子"给其他腐败分子。在这种情况下，只好让他们先等着，一旦有"空位"，便可能立即动手。外界看不出动静，是因为动手之前，当然不能打草惊蛇。还比如有些地方纪检监察机关系统施策，正在一个领域接一个领域进行专项治理，按计划还没轮到某些人，所以他们暂时毫无知觉，等等。了解了这些，就知道，纪检监察机关对腐败行为只能零容忍，腐败分子一时得逞，不足为道，时候一到，谅他难逃。再狡猾的腐败分子，在强大的组织面前，都不算什么东西。

连退休 20 多年的贪官都不放过，充分证明了当前反腐败的决心，还有什么理由对反腐败没有信心？对群众来说，应当用实际行动支持反腐败，而不是冷眼旁观，人云亦云。对公职人员来说，则应深刻认识到贪腐的风险之大。大量的案例表明，这种事情，只要干了，迟早要受到相应的惩罚。明白了这一点，就该知道，无论什么时候，都要守住廉洁底线，千万不可心存侥幸，以身犯法触纪。身为公职人员，要好好珍惜自己的岗位，绝不能因图一时之爽，而埋下一个随时可能引爆的炸弹，不仅让自己日后长期难受，还给家人带来相应的痛楚。

2023 年 5 月 25 日之夜于瑞金

# 是谁和你过不去

作为纪检监察干部，在处理违纪违法的公职人员时，经常面临一个困惑：有些受到纪法惩处的人，对纪检监察干部心怀怨恨，觉得他们是在有意和自己过不去。更有甚者，被纪检监察机关调查，总认为是自己得罪了谁，却从不反思自己的行为。不仅当事人如此，某些旁观者也瞎起哄，听说某某被纪委监委查了，就习惯性地揣摩"他得罪人了"。这种情况，在基层尤其普遍。

这事要是放在若干年前，或许还可以理解，因为那时相当一部分人，纪法意识不强，认识问题不深，所以难免肤浅理解某些事情。但是，全面从严治党已经超过十年了，这些年不仅查处力度空前，纪法教育的力度也比以前大了许多，却还有人心存这样的认识，只能说，反腐败形势确实依然严峻复杂，个别干部在大势面前依然麻木无知，一体推进不敢腐、不能腐、不想腐还任重道远，需要下很大的功夫。

触犯纪法受到处罚，是谁和你过不去？

是纪检监察干部和你过不去吗？纪检监察干部也是血肉之躯，也有人之常情。可以说，这个队伍的整体素质在公职人员当中是算高的，因为它的工作性质、准入门槛决定了这一点。正人者必先正己，身在这个系统，自我要求必须比一般部门要更高。更何况，干了这一行，教育别人的同时，自己也得到了教育，接受的廉政教育、警示教育比任何部门都会更多些。所以，对多数纪检监察干部来说，是比较清楚违纪违法的后果的，也非常不愿意看到干部因为违纪违法付出惨痛代价。纪法无情，执纪执法者却不乏温情，这有很多具体的实践为证。就算不提"温情"二字，事实上，在很多时候，纪检监察干部和被处理的干部之间，是根本不认识的，特别是地方越大，不认识的概率越高，可能做出这种无端"整人"的事吗？就算互相认识，从常理的角度来说，他们和你无冤无仇的，有必要跟你过不去吗？可见，这个前提根本不能成立。

是某个领导和你过不去吗？莫说领导可能根本没听过你的大名，领导也要依法依规依纪行事，就算个别领导目无法纪，以权谋私，真想要和谁过不去，他也得讲程序、讲证据。法治社会，监督渠道多多，无凭无据的，谁能和谁过不去？尤其是动用纪法处理一个人，根本不是某一个人可以随意决定的。你自身无硬伤，谁又能一手遮天，动用公器和你过不去？所以，这个前提，同样无法成立。

答案只有一个，是违纪违法者自己和自己过不去。

正是因为你的行为挑战了纪法，所以，纪法必须让你付出代价，受到惩罚。一切缘由，都在于你自己。纪法是约束大家的，并非针对某个人而来，纪法面前人人平等。执纪执法"是冲着某某而来的""是故意搞谁的"这种歪理邪说，完全缺乏逻辑，纯属无稽之谈。纪法是公开透明的，人人都可以查看相关条文，并非"不教而诛"。"不懂法、不知纪"之类的说辞，在事实面前显得苍白无力，根本不能成为开脱的理由。违纪违法行为也不是谁能遮蔽得了的，"若要人不知，除非己莫为"，事情一旦见了阳光，谁也没办法"高抬贵手"，因为监督别人者，自身也要受到监督。谁今天胆敢冒险徇私，明天就可能和你一起受到处理。

既然道理如此明白简单，为何某些人还要把账"赖"到纪检监察干部或其他人身上？只能说，他只想为自己的行为甩锅，从不反思自己到底错在哪里。这种人，往往毫无纪法意识，毫无敬畏之心，犯再大的事，都不当回事，以为自己为所欲为是天经地义，以为这世界谁都管不着自己。谁根据有关要求或规定找他，就是和自己过不去，就是自己的"仇人"。这种人，越往基层越多，因为基层是熟人社会，人们的规则意识相对淡漠；基层人员对纪法的学习也更欠缺，思考就更不足不深不透了。

存在这种想法的人，也是很难唤醒的"装睡人"。对这种人，如果有可能唤醒，组织应当多试一试，通过深入的思想教育工作，让他好好清醒，认清当前的形势，看到自己的问题，不要在一条歧路上走到底。如果他就是不肯醒，那只能施以纪法，让他受到应有的惩处。纪检监察干部代表的是组织，干的就是"得罪人"的活，如果某些人坚持认为严肃执纪执法是得罪他的话，那"得罪"他又何妨？纪检监察干部对此根本无须任何顾虑。我们常常说要"敢于斗争、善于斗争"，对那些敢于践踏纪法的人亮剑，正是纪检监察人的天职。

2023年6月3日之夜于瑞金

# 谁造就了"一霸手"

单位主要领导独断专行、说一不二、从来听不进别人意见，人们管这种人叫"一霸手"。这种干部，由于体制机制的原因，以前很普遍。现在随着制度的不断完善以及各级组织监督力度的加大，情况比以前更好了，但"一霸手"仍未绝迹。这种人擅权妄为，无所敬畏，存在很大的廉政风险。

"一霸手"是如何"炼"出来的？或者说，是谁造就了这些"一霸手"？

我认为，造就"一霸手"的，首先是其本人。容易成为"一霸手"的人，往往操守德行有亏。这种人，自我中心意识太强，心里基本只装着自己，容不下别人，考虑问题只从自身感受出发，既无他人，亦无大局。这种人，权力控制欲太重，而且满肚子私利，公私不分，以公为私。只要别人提出的意见不符合自己的利益，便视为异类，饱含敌意，所以和班子成员特别不合拍。一些"双主官"配置的单位，如果两名主官闹不团结，很大的可能便是出在利益之争上面。为了私利，谁都不肯退让，那就只能弄成一个不可开交的僵局。这种人，自我感觉超好，自视极高，常常自命"老子天下第一"，认为能力超过他的人还没出生，对谁的意见建议也不当回事。我曾经认识一个这样的"一霸手"，十几年间做过多个单位的主要领导，无论走到哪里，都是目空一切、舍我其谁的姿态，人际关系很糟糕。后来，此人终因贪腐问题锒铛入狱，认识他的人，没一个感到意外，而且大家普遍认为，其人首先就是被自己这副性格给害了。

造就"一霸手"，也不乏他人的"力量"。很多官员，随着职务的提升，围绕在身边的人越来越多，吹捧的声音也越来越多、越来越响，于是逐渐自我膨胀，架子越来越大，脾气越来越臭，刚愎自用，唯我独尊。下属稍有令其不满之处，便大发雷霆，轻则破口大骂，重则拳脚相向。这种人，倒未必天生就是这个德性，更多的因素，还是被那些别有用心之人捧杀了。特别是少年得志的官员，更容易遭遇滚滚马屁，戴上层层高帽。年轻人本来就可能定力有所不足，被抬轿子的人一吆喝，不昏了头算他极其高明。还有，一些人喜欢无原则迁就领导，只要领导发话，无论对错统统执行，无形中其实也在坑害领导。一个单位的主要领导，如果下属特别是班子成员不敢对他提出意见，久而久之，便很容易变得"霸道"起来。所以，不管我们是不是领导，都要警惕那些围绕领导溜须拍马之徒，因为很多时候，风气往往就是被他们败坏的。对每个人来说，不管什么时候，都要敢于坚持原则，坚守底线，不能做老好人、滥好人，把领导的脾气惯坏了。"雪崩时，没有一片雪花是无辜的。"与不良风气作斗争，每个人都有责任。如果不制止这种行为，不刹住这股歪风，也许某一天大家都会成为受害者。

造就"一霸手"，还有制度方面的原因。把权力关进制度的笼子里，是让权力健康运行的保障。这些年，制度建设的成效当然是有目共睹的，特别是加强"一把手"监督方面，专门出台了相关文件。但尽管有上级监督、同级监督、群众监督等渠道，我们还是要看到，"一把手"权力太大的问题依然客观存在。比如，在实际运行中，"三重一大"事项决定的过程也许是公开的，但在决策之前，其背后是否有其他因素，往往很难监控。民主集中制、末位表态制等要求是否落实到位，也缺乏刚性的标准。在这种情况下，某些"一把手"如果要动心思大权独揽，还是有操作的空间。记得多年前，有一名县委书记因腐败问题落马后反思："从名义上讲，对一个县委书记有八种监督，但实际上到了我这儿，就只有一种监督，就是自我监督，而自我监督往往是靠不住的。"要让手握实权的人做不成"一霸手"，必须从制度层面着手，进一步让权力在阳光下运行，让各种监督落地有声，防止制度成为"稻草人"，从源头上解决让公权力不脱缰不越轨的问题。

自己昏了头、马屁精加油、制度有纰漏，诸多原因叠加，自然容易造就一个又一个"一霸手"。跳出"一霸手"陷阱，也应从这几方面寻找答案，既需要为官者自省自律，也需要多方监督不缺席，还需要刚性的制度勤发力。如此"三管齐下"，方能让耍特权、谋私利没有空间，让阿谀奉承、投机取巧没有市场，使风清气正、海晏河清成为常态。

2023 年 6 月 9 日之夜于瑞金

# 如果"满脑子就剩下了钱"

银川市原副市长徐庆落马后这样说道:"那几年,我成天琢磨这块石头、那块玉值多少钱,追求家庭财产的保值增值。自己的精神世界越来越物质化,可以说是玩物丧志,满脑子就剩下了钱。"据报道,徐庆只顾"友谊"不顾原则,在党的十八大乃至十九大后丝毫不避讳与各路企业老板密切交往,并不断从中收受贿赂。而就在被留置前的几个月,已被免职的徐庆仍然利用自身影响力,为相识多年的某企业老板向有关部门打招呼,推进其公司所购买土地的招拍挂流程,并收受好处费10万元。从1994年担任市建委建工办副主任到2021年被留置,近30年间,徐庆基本上没有停下收礼收钱的手。(有关报道见2023年第11期《中国纪检监察》等媒体)

像徐庆这样"满脑子就剩下了钱"的领导干部并非个案。数年前,本地查处过一名处级干部,经过专案组几个月的思想洗涤,他也深刻地认识到自己此前"掉进了钱眼","浑身上下都是铜臭味",写出了一份深切触动灵魂的忏悔书。这种情况算是好的,当事人起码找到了"病因"。而还有一些人,则直到进监狱服刑,也未必真正认识到了问题的根源所在,甚至以为自己之所以出事,只是"运气"不好罢了。甩不脱金钱的桎梏,如果人生能重来,这种人多半是要重蹈覆辙的。

领导干部若是"满脑子就剩下了钱",无疑是十分危险的。

领导干部满脑子想着钱,最容易被"围猎"。官商勾结是最普遍的腐败现象。稍大一些的贪腐案,其中都少不了不法商人的影子。某些商人为了追求不当利益,无所不用其极,"围猎"的手段千奇百怪,无孔不入。可以说,只有他们想不到的,没有他们做不出的。在"糖衣炮弹"的凌厉攻势之下,即使是筑就铜墙铁壁、严阵以待的领导干部,也不能有丝毫松懈,稍稍开个口子便可能给了人家可乘之机。而那些心里眼里只有钱,在廉洁问题上从来不设防的人,在这种形势下,定然随时咬到钓钩,掉进陷阱,落入圈套。最后的结果,都是殊途同归,毫无悬念。

领导干部满脑子想着钱，以权谋私、大搞权钱交易是大概率事件。权力是把"双刃剑"。公权力若用来服务社会当然很方便，公权力要用来为个人"变现"也容易得很。手握权柄者，脑子里只剩下钱的时候，纪法、道德、良心、责任等定然统统缺席，物欲就成了洪水猛兽，倒逼着权力受它驱使，为所欲为。领导干部到了这个地步，脚踏红线、头碰高压线是常态，触电"身亡"是必然。

领导干部满脑子想着钱，终将带坏社会风气，破坏政治生态，教坏一代新人。一个地方的风气好不好，首先看领导班子，最重要的又是看"一班之长"。这些"关键少数"如果正气不足、邪气入侵，推崇孔方兄、迷恋阿堵物，凡事务求青蚨铺路、邓通开道，一个地方不信奉"金钱无敌、关系至上"才怪。上梁不正下梁歪，但凡一个地方或单位的"一把手"出事，往往要带出一大批部属共同受到纪法的惩处，从而给这个地方或单位的政治生态贴上标签。常听得人们说起某某地方"风气不好"，而"开风气"者，不就是某些领导干部吗？

贪欲与权力结盟，必将催人走向毁灭。所以，"满脑子就剩下了钱"的人不宜从政，不能掌权。否则，一旦有机会，他必定毫无顾忌大捞特捞，不到撑死的地步绝不收手。这种人，既害了自己，也坑了别人，还在一定时期内毁了一个地方或单位的事业。

除非有特殊才能，在一般情况下，做官与发财确实无法"完美"结合。公务员的职业特点决定了其不可能大富大贵。选择了当干部，虽然未必选择了清贫，但基本上只能选择平平淡淡过日子。简简单单、安安稳稳未尝不是一件好事，只要你想得通透，看得明白，大可这样"岁月静好"地走下去。生活安然有序、波澜不惊其实也是一种幸福（对那些失去了自由的人来说，这简直是他们最大的"理想"了）。但如果你胸怀大志，不甘平凡，无意寂寞，向往珠光宝气、豪车美墅、挥金如土的"上流生活"，那么，最好还是另做打算，远离公权力，到其他领域去大显身手。世界这么大，职业这么多，只要有能力，何愁实现不了自己的价值。当然，不管身处何时何地，无论从事哪行哪业，前提一定得守本分、畏法度、行正道、知进退。如果无视这些，便可能做得虽大，却难做强；做得虽强，终难做长。

2023年6月27日之夜于瑞金

# 贪心是如何壮大的

两个小孩玩赌钱。他们一个叫长儿,一个叫再旺。长儿手上只有一文钱,是他母亲叫他去买椒用的。起先,长儿担心输了这一文钱没法向母亲交差,不想与再旺赌。然而,因为再旺答应,如果输了,会借钱给他买椒,长儿经不起诱惑,终于决定把这一文钱拿出来赌一把。没想到,长儿运气好,连赢再旺两文钱,"赢得顺流,动了赌兴",主动问再旺是否有钱接着赌。再旺果然从身上摸出十几文钱,长儿便和他继续赌下去,一直把他这十几文钱全赢到手。这时,长儿想到要去买椒了,但输了的再旺不肯让他走。吵闹一阵之后,再旺又从身上拿出二三十文钱,要长儿再赌。"长儿是个小斯家,眼孔浅,见了这钱,不觉贪心又起",二人于是又赌了一番。"谁知风无常顺,兵无常胜",这下长儿可没那么好的运气了,赌到后来,赢来的钱全输回去了,只剩下自己那一文钱。输红了眼的长儿不甘心,将最后一文钱也赌下去,结果输了个精光。这时,再旺因为刚刚二人吵了架,却不肯借一文钱给长儿买椒了。两个小孩因此扭打起来,引发了"蝴蝶效应",最后一共害了十三条人命。

这是冯梦龙编撰的《醒世恒言》第三十四卷《一文钱小隙造奇冤》的一个情节。后面的故事不去管他,单说两小儿赌钱这一节,今天看来依然值得玩味。

这个情节好就好在对"贪心"的刻画。人的贪心也许是客观存在的,但未必天然就那么大。贪心是如何一步步壮大的,直到大得不可收拾?首先是因为面前有了诱惑。然后,跟随着诱惑,获得了一定的利益。有了利益的支撑,人的贪心就更足了,更大的利益成了新的目标。为了实现新的目标,自然要抱着侥幸心理,进一步铤而走险。如此一次又一次得手,身陷局中之人便忘乎所以,为了谋求利益最大化而一往无前,不计后果。这种贪得无厌的结果,最终只能是被打回原形,直至血本无归。

这其实是赌博的一般规律。人们常说:"十个赌徒九个输,倾家荡产不如猪。"还有一句话则这样说:"赢就赢粒糖,输则输间房。"赌来赌去,基本就是这个结局,哪有什么赢家?可是,"赌徒心理"千百年来不绝,生活天天上演这样的闹剧悲剧,参赌的人却前赴后继,怎么拦也拦不住,这就是人的贪心所致。

　　除了赌博,贪腐之事,又何尝不是如此?

　　很多贪官,最初也是没想过要贪,起因也是由于某个小小的诱因,于是一时起了贪念,或者一时糊涂,没有想清楚利害关系,中了人家的第一招。在这种情况下,因为尝到了小小的甜头,于是,他们不仅没有后怕,不去自省,反而乐此不疲,顺势往前再走几步。待得甜头越来越大,胆子也随之壮大,便渐渐贪上瘾了,深陷其中不可自拔,一门心思都在追逐不当之利。到了后来,事情做大了,他们即使偶尔想到后果,也觉得没法回头了,索性破罐子破摔,一条道走到黑。最后,银铛入狱之时,才幡然醒悟,痛哭流涕,可惜为时已晚,只能付出惨痛的代价。

　　这些年因为贪腐而"进去"的公职人员特别多。有的人,平时大家对他的评价都挺不错,看到他落马的消息,常常感到惊诧。我也相信,有些公职人员并非天生就是这般贪婪。但是,他们内心深处的某颗带着贪欲的种子,某天被人激活了。对此,我们大多数人是不知道的,也许唯有其本人心里多少会有些觉察。在这个时候,外力往往没办法帮助他。最有效的,便是他自身的内生之力。拒绝还是迎合,往往就是一念之差的事。如果他能想起发生在别人身上的教训,也许,还有可能收起侥幸,回归理性。否则,他便可能像前文所说的那个参赌的小孩一样,一步步滑向深渊,闹出一个大崩盘的结局。

　　我有一个朋友就是这样步入歧途的。这个朋友一向比较正直,平素乐于助人,仗义疏财,还喜欢打抱不平,伸张正义。这样的人,按理说怎么也不可能和贪腐关联在一起。然而,千真万确,后来他成了警示教育片的"剧中人"。用他自己的话说,就是某次被一名商人说动了,于是防线瞬间崩溃。商人用一笔数额不大的钱,让他最终改变了原则,摧毁了"三观"。到后来,他便完全按别人设计的路径走下去了。出事时算总账,连自己也不相信居然玩得这么"大"了。

　　贪心是如何壮大的?也许就是一滴水珠的作用。别小看这滴水珠,一颗种子能否获得生机,很有可能靠的就是它。能去贪欲当然最好,但常人估计很难做到从心里彻底铲除贪婪的种子。那么，退而求其次，一旦发现潜伏着这样的种子，就一定得想办法遏制它，让它没有发芽的机会。

生活天天都有新内容，世上时时都有新鲜事。只要你有职位，有权力，有前途，便难保什么时候"路遇"一个邀你入局的人。而他们的手法可能常玩常新，让你防不胜防。所以，防微杜渐，慎始、慎微，时时睁大眼睛提高警惕，防止他人给你激活那些本该沉睡的东西，是每一个公职人员都需要做的日常功课。如此，才能避免滋生贪欲且一发不可收拾的后果。

2023 年 7 月 20 日之夜于瑞金

# 反腐是大家的事

真是巧了，一天之内，有两个人在微信上向我抱怨遭遇"贪官"，被故意刁难或敲诈勒索，由此感慨创业不易，办事真难。他们一个是外地的，一个是本地的。我当即问对方：具体是什么人？赶紧告诉有关部门，应当让这种人受到惩罚，不能助长了他的气焰。然而，不管是外地的还是本地的，面对我的提问，都不约而同地选择了"王顾左右而言他"。他们不说的原因很简单，无非是怕得罪人，怕往后被人穿"小鞋"。

这种事情常常遇到。很多年前我在报社当记者时，一心想把舆论监督做起来，一年到头接受各种投诉。然后，很多投诉者只是笼统地反映问题，需要他说具体人具体事时，都选择了拒绝，同时又希望我去找别人问具体情况。我当时就感叹，人人都不想出头，个个都指望别人出面，歪风邪气如何收拾得了？

想起一件往事。市县两级刚推出巡察制度时，取得了较好的效果，群众因此对巡察很期待。有一年，对某单位的巡察结束后，该单位一名干部与我聊起这事，认为对巡察有点失望，因为很多事情并没有"挖"出来，比如单位某某领导有这个问题，单位某某部门有那种乱象。我问他："那你有没有向巡察组反映这些情况？"他立即回答："我才不会干这种事，他们应该找别人了解去嘛！"我说："你怀着这种'多一事不如少一事'的心态，别人又何尝不是这样想的？正是因为你们单位个个都明哲保身，所以这些问题只能由你们自己看到、自己品尝，外力是很难发现的。也就是说，这些问题都被大家保护得严严实实呢！"而同批接受巡察的另一个单位，由于干部职工踊跃反映情况，巡察组掌握了大量的问题线索，事后该单位对此一一整改，全体干部都成了受益者。可见，说与不说，区别还是很大的。

或许有些人认为，反腐是纪检监察机构的事，和咱老百姓有啥关系？所以，即使看到了、知道了、亲身遭遇了，也不想说，但又指望反腐机构去狠狠查处。那么问题来了，大家都知情不报，更不愿意出面作证，反而以实际行动给某些贪腐分子打掩护，纪检监察机关从哪里获取线索？从何处查实某些问题？纪检监察干部并不是神仙，不可能有未卜先知的本事，也不可能光凭感觉就认出谁是腐败分子，既然无从掌握问题线索，难以确认相关情节，反腐质效就难免要打折扣了。

如果大家都对贪腐行为保持忍耐，任由大贪小贪横行，那些人就会更加肆无忌惮，变本加厉，手越伸越长，胃口越撑越大，小贪成长为大贪，大贪发展为巨贪。长此以往，必将增加腐败的存量，阻碍反腐的进度，延长治本的时间。

更重要的是，若是形成这种局面，最终受害的是广大群众。对个人来说，只要"礼节"未到，办事举步维艰，每个环节随时卡壳，生活质量能高得起来吗？对企业来说，好不容易做了个业务赚了点利润，却要面对众多无端瓜分者，企业能发展起来吗？对公众来说，使用的公共设施都因为有人层层盘剥导致偷工减料，走在哪里都得担心安全隐患，还得为公共财政额外买单，幸福指数能上得去吗？所以，别看某个贪官收的不是你的钱，没有让你直接遭受损失，须知大家的利益是息息相关的，"蝴蝶效应"在这方面同样行得通，哪一天我们就可能也跟着成了受害者呢。

有一年，我们在全市举行廉政小戏展演。有一个县推出了个剧本《谁买单》，大意是上级领导下基层，下级违规多上了几个菜，上级领导因此勒令接待方的办公室主任个人买单。我看了初稿后，提出修改意见，建议强化矛盾冲突，使剧情更复杂些，内涵更深刻些，结局是大家都认识到破坏纪律的后果，所以最后由剧中所有人（包括受到启发自愿加入的厨师）AA制共同买单。我要表达的意思就是，如果大家对违纪问题视而不见，最后导致的结果，定然是大家都无法在这种政治生态中幸免，大家都得为这场灾难买单。小戏修改上演后，反响良好。这不是说教，这是严肃的事实。对这种后果，我们不能掩耳盗铃，故意回避。

由此可见，反腐确实是大家的事，绝不是某个部门一家的事。靠反腐机构单打独斗，效果显然是不够理想的。正风反腐关系到大家的切身利益，只有大家一起对贪腐现象说"不"，向贪腐行为宣战，才能形成反腐败的磅礴力量，最终让各色贪腐分子无处隐匿，现出原形，还我们朗朗乾坤。再说，也根本不用担心"得罪"腐败分子。腐败分子只是极少数，大家都能下定决心和他们作斗争的话，这些人就是不堪一击的。他们的行为一旦被查实，位子丢了，权力没了，前途断了，名声臭了，对这样的人，何惧之有？

2023 年 7 月 28 日之夜于瑞金

# 远离不良社交

常言道："穷在闹市无人问，富在深山有远亲。"话虽说得不太好听，但从很多人的表现来看，还真是这么回事。我小时候家住农村集镇，每逢圩日，总有一些沾亲带故的赴圩人到家里坐一坐，聊一聊。后来，有那么数年时间，因父亲患病，家道衰落，再也没有一个亲戚上门，当然也没一户亲戚可走访。因为这种经济基础，我少年时期便自觉"息交绝游"，及至在城里参加工作多年，社交面也很窄，除了同事，几乎认不到几个人。

后来，慢慢地有了点行政职务，接触的人和事稍多了些，但因为长期以来养成了不主动结交朋友的习惯，交际圈也没怎么拓宽。正是由于生活比较有规律，才能坚持每年写点不成样的文字，时不时出几本没多少读者的小书。对此，我知足常乐，别无他求。

记不得是哪一年了，有人数次转话给我，说有个在本市商界混得风生水起的"乡贤"M想请我吃饭。我那时已从一个冷门机构调到一个被外人认为比较权威的机关任职。但外人不知道的是，所谓的权威其实也是双刃剑。因为它有双刃，我们生怕伤了自己，所以胆子反而越来越小——起码比其他部门的人要小。再加上这个时候人到中年，早就没了"识遍天下英雄"之类的想法，对于吃吃喝喝什么的更加提不起兴趣，便没有理会这事。当然，更重要的是，此前虽然不认识M，但听不少老乡说过，其人名声不佳，发家时走的便是歪门邪道，后来也经常用一些不怎么阳光的手段对人对事，所以，觉得道不同不相为谋，心里自然而然就抵触他了。

没想到，不出十年工夫，一场大风暴，把大家以为实现了华丽转身且已根深蒂固的M给刮倒了。原来，黑的就是黑的，不管怎么洗，表面虽有变，底色依然在。被连根拔起的M，不仅自己获了重刑，还带了几十个公职人员进去。他们之间平时往来密切，彼此利益勾连，如同一根绳上的蚂蚱，到了这个地步，自然只能"有难同当"了。

M出大事之后，我不禁回想当年之事，很是庆幸自己终究没有和这个当时老乡们眼中的"能人"结识。接触了这么多案件,我们大致也知道,某些所谓的"能人"拉拢公职人员惯用的手法,无非是先从吃吃喝喝做起,接着顺便塞两条烟,逢年过节"敬奉"两瓶酒。再往前走一步,就是有必要时安排"红包"出场。然后,到了要用你的时候,便图穷匕见,提出某个要求,让你进退两难,最终可能因为碍于情面,为他出个头打个招呼甚至索性跟着他的节奏趟起浑水……而其中,烟烟酒酒这种事,由于在现场"见者有份",又颇不好拒绝(不然大家都要说你毫无人情味),不卷进去都难,哪怕你主观上非常不情愿。问题是,待得这种人出事,他偏偏记性又极好,别说送钱这样的事,就是给谁送过几条烟几瓶酒,也全交代得清清楚楚呢,怎么样都可能给你添堵。

  这些年,这样的事情见得多了,更加深切地认识到,对于公职人员来说,品行不佳之人,应当断然远离,否则后患无穷。公职人员被"围猎"的可能性本来就比较大,如果自己老是和那些喜欢走旁门左道的人拉拉扯扯,勾肩搭背,难免惹出一些事来。这样的教训太多了。我们有的同事,就因为朋友圈太杂,待人过于"豪爽",以致被别有用心之人利用了,最终让自己受到牵连。这是非常遗憾的事,旁观者岂可对此无动于衷?

  自古以来的有识之士都很看重交友之事。孔子说:"益者三友,损者三友。友直,友谅,友多闻,益矣。友便辟,友善柔,友便佞,损矣。"交什么样的朋友,或将导致自己成为什么样的人。东晋大臣刘惔早年丧父,家境贫寒,但因读书勤奋,学识过人,颇受时人器重。刘惔的母亲却告诫他要有自知之明,只可结交有德之人。刘惔听了母亲的话,深居简出,只肯与有才学之人交往。后来,刘惔做官,家里也从来没有乱七八糟的客人上门,史书称他"门无杂宾"。这是古人"慎友"的一例。荀子说:"友者,所以相有也。道不同,何以相有也?"选择朋友,如果志气不同,最好不要勉强。

  "朋友"并非多多益善,不良社交危害多多。近朱者赤,近墨者黑。不管你是从事什么职业的,都有必要自觉净化朋友圈,以免长期与品行低劣之徒混在一起,潜移默化受其影响,在不知不觉当中沾染某些恶习。须知"从善如登,从恶如崩",学坏容易学好难。跟错了一个人,可能让你多年的修为付诸东流。欧阳修说:"君子与君子以同道为朋,小人与小人以同利为朋。"物以类聚,人以群分,"三观"相差太远的人,不见也罢。远离不良社交,从源头上规避风险，才可让自己少面对那些左右为难、不好决断的尴尬事，少遭遇那些"城门失火，殃及池鱼"的麻烦事。

2023 年 8 月 7 日之夜于瑞金

# 想起澹台灭明的"行不由径"

孔夫子虽然被捧为"圣人",但在识人方面也有看走眼的时候。比如他的弟子澹台灭明,起初在他眼里就没能获得应有的重视。

说来惭愧,我最初知道"澹台灭明"这个名字,还是中学时期读梁羽生的小说《萍踪侠影录》。这是书里的一名武林高手。后来才知道,历史上真有"澹台灭明"这么一个人,不过,他和梁羽生毫无关系,人家是孔子的七十二高足之一。正史人物不如"闲书"人物知名,是否多少有几分滑稽?或许,只能说明梁羽生作品对那个年代的学生娃来说,影响力太强大了。

史载,澹台灭明字子羽,武城人。他拜孔子为师时,孔子见他长相丑陋,便以貌取人,认为他没有多大才能,当然也就不怎么看重他。后来,澹台灭明发奋苦学,成为当时有名的学者,而且品行广受认可。孔子得知后,感慨地说:"我凭言语判断人,看错了宰予;凭长相判断人,看错了子羽。"

今天想起澹台灭明,是因为其"行不由径"的故事。

澹台灭明为人公正无私,是标准的"君子人格"。《论语·雍也》记载:"子游为武城宰。子曰:'女得人焉尔乎?'曰:'有澹台灭明者,行不由径,非公事,未尝至于偃之室也。'"其大意是,子游在武城当领导时,孔子问他:"你在那里有没有得到什么人才?"子游回答:"有一位叫澹台灭明的,做事从不走小路捷径,投机取巧;如果没有公事,他从不到我屋里来。""行不由径"于是成了一个比喻行动正大光明的成语。

今人或许以为"行不由径"是思维死板僵化,全然不懂通融。其实这是个关系到原则的问题。在那个时代,"路"和"径"是大有区别的。周朝实行井田制,井田以外的叫"路",以内的叫"径"。路是公共通道,径则是私人领地,走小径的行为是不合礼的。澹台灭明不抄小道图便利、不私下找领导汇报"思想",就是因为做人光明磊落,处事遵循正道,有话说在明处。

不走"捷径",奉行正道,行事规矩本分,为人坦诚正直,不耍小聪明,不占小便宜,这事说起来容易,践行起来却难免障碍重重。做到这一点,需要很高的觉悟和很强的自律。没有这等觉悟，就意识不到这种行为的必要性；没有那份自律，即使有这个认识也管不住自己的行为。

回到现实中，我们会发现，热衷于走"捷径"甚至歪门邪道的人还是挺多的。这种人，为了达到某个目的，首先想到的不是脚踏实地努力奋斗，靠真本事硬功夫走向成功，而是琢磨哪里有"关系"可用，何处有"空子"可钻，偷工减料，只求"速成"。更有甚者，毫无敬畏之心，只要能实现目标，再大的纪法风险也不当回事，只有他"想不到"的事，没有他"做不出"的事。总而言之，这种人信奉"功夫在诗外"，只想取巧，不肯实干，只以"结果"论英雄，全然不管"过程"是否安全妥当。

作为一名手上多少有点权力的干部，难免遇到几个找上门来希望"借力"的人。每当面对这类情形，我就想，这些秉持所谓"潜规则"行走"江湖"的人，说难听点，与我辈简直可谓是生活在不同的世界，难有共同的话语体系，几乎无法真诚沟通。特别是那些暂时没有吃过大亏的人，你跟他怎么解释，都可能是徒费口舌。当然，即使难以说服，我们也应努力试着把道理讲透。哪怕是"对牛弹琴"，该弹的时候也不妨弹一弹；哪怕是只有一丝希望转变对方的观念，也不应轻易放弃。

另一个事实是，崇尚"捷径"者，最后一头栽倒在这条道上的也不少。举个例子。很多年前，有家企业要建大楼，老板仗着和有关领导关系"铁"，未批先建，执法人员一时还真拿他没办法。不料，大楼即将封顶时，该老板的"靠山"倒了，新任领导根本不吃他这一套，于是，这座拔地而起的庞大违法建筑，很快夷为平地，该企业一大笔资金打了水漂……类似的"起高楼、宴宾客、楼塌了"的版本，千百年来总是不断地重复上演。很多不当得利，就是这样来得快去得也快，怎么来就会怎么去。毕竟，少了正当的程序，就少了一份合法的保障。搞歪门邪道的行为，总是见不得阳光的。而一旦阳光照耀过来，那些看似坚硬的东西便要像冰雪一般消融。

看多了某些戏剧性的结局，我总是一再感慨：老想着"不劳而获"，最终可能两手空空一无所获；老想着破坏规则，最终自己也可能成为"无规则"的受害者。少些花花肠子，少些"捷径"思维，远离"无功受禄"的思想，杜绝"损人利己"的念头，切忌"走自己的路，让别人无路可走"，才是安全可靠的大道、正道。"行不由径"应当成为一种自觉的追求。古人云："捷径虽云易，长衢岂不平。"不走"捷径"，不图小利，置身于光明之中，习惯按规则办事，方能问心无愧，行稳致远，把事情做得妥妥当当，把日子过得踏踏实实。

2023 年 8 月 22 日之夜于瑞金

# 敢于说"不"

当干部，常会遇到一些不情之请，哪怕职务不高，岗位不重。有的人，根本不懂干部有干部的难处，干部有干部的约束，想当然地嘴一张，就提一些让人哭笑不得的要求。比如一位在京城某事业单位做普通职员的朋友说，家乡人一开口，就要他在京城帮忙安排工作，惊掉他的下巴。而另一位曾经在外地从警的同学则说，以前乡下亲戚与邻村争山争水，动辄打电话叫他派一队人马带上手铐回来助威，气得他差点七窍生烟。

这些当然是过于离谱的。更多的，是那些看似在"情理"之中的要求。入学求医，这些算是平常的；调动工作、晋升职务，这是较大一些的；安排项目、招揽工程，这可能又是更麻烦些的。总之，国人因为长期生活在"熟人社会"，很多人奉行的就是"关系至上"原则，以为凡事都可以或者都需要靠"关系"摆平，"关系"面前，只有"想不到"，没有"做不到"。这种人，无孔不入，锲而不舍，不到黄河不死心，不达目的不罢休，一旦让他粘上了，就像蚂蟥一样甩都甩不掉。

于是，很多干部便为"人情"所困，面对"请托"，不知所措。的确，对于寻常人士来说，不是生活在真空中，总不能做个孤家寡人，断绝一切社会关系，连个朋友都没有。如果人家找上门来，你不肯伸出"援手"，怎么也好像说不过去吧？

年轻时，我也是这样想的。别人找你帮忙，那是看得起你，至少证明了你有价值，若是办成了，还证明了自己的能力，怎么好意思拒绝呢？无论如何也得尽一把力呀。然而，时间久了，年岁长了，经历的事情多了，便发现并不是这么回事。事实上，很多"忙"，还真不见得要帮，甚至根本不能帮。有些事，一时帮了他，未必是真正帮了他；有些事，好心帮了他，人家未必真心领情；有些事，勉强帮了他，最后可能给自己留下不尽的麻烦。

既然有这些可能，那么，为了避免误人误己，作为公职人员，便不能"来者不拒"，什么事情都揽下来，而应敢于说"不"。

有些事必须选择拒绝。及时拒绝，两不相欠。不敢拒绝，反而可能惹得烦恼无穷，最终进退两难，里外不是人。这种教训当然不少，很多受到纪律处分的干部，就是因为一时婆婆妈妈，和请托人拉拉扯扯，结果稀里糊涂弄得一身污泥。

拒绝某些人情，说难也不难，无非是知底数、守底线、强底气而已。

知底数，需要有判断力。人家请你所帮忙的事情，属于什么性质，这个心里一定要有数，知道能不能做。如果是合理合纪合法的，你就当一回"雷锋"也无妨，这种"助人为乐"，本身也是美德。反之，则不仅不能盲目出手，最好还要劝他也息了这个念头，不要为一己之私去坑害别人。听不听在他，说不说则在你。如果道理说得清晰，听者又不算十分糊涂，也许你就不会白说。就算他坚决不听，你也尽到了提醒的义务，做到了仁至义尽。总之，说了总比不说好。

守底线，需要有原则性。高压线坚决不碰，红线坚决不踩。凡是违背原则的事，谁打招呼也不行。别担心人家笑话"榆木疙瘩""死脑筋"，要相信，尊重那些刚性的"条条框框"终究不会吃亏。在公权力面前，最能保护自己的，就是这些看似不通情理的"条条框框"。再有权力的人，若是藐视纪法，结局定然不佳。因为，对谁来说，权力都是一时的，而成文的制度才可能持久。既然如此，何必图今日之快，为明天埋雷？

强底气，需要有正义感。人生在世，就怕行不正，站不直。真金不畏炉火，身正不怕影斜。底气从何而来？不要吃人家、拿人家、投靠人家。堂堂正正做事，干干净净做人。仰不愧天，俯不愧地，外不愧人，内不愧心。再说通俗一点、具体一点，就是做到"吃饭不帮忙，帮忙不吃饭"，无论帮与不帮，都不夹杂个人利益。能坚持这样做，拒绝一些人不合情理的要求，有什么不好意思，有什么可担心的？对于那些实在是蛮不讲理的，道不同不相为谋，完全可以果断绝交——与这种"损友"为伍，有百害而无一益，不如眼不见为净。

学会说"不"，敢于说"不"，既是一种智慧，也是一种能力。把事情看清楚了，把道理想明白了，把内心扫干净了，该说"不"时，自然而然就说了。

2023年8月29日之夜于瑞金

# 管好"一把手"

一个地方或单位的风气与政治生态如何，与"一把手"密切相关。"一把手"岗位重大、权力集中，在很大程度上起着风向标作用。"一把手"自身正，下属行正道的比例便较高；反之，"一把手"自身不正，歪门邪道便将在下属当中盛行，甚至形成"劣币驱逐良币"的效应。

云南昆明国家粮食储备中转库原党委书记、主任付兴就是一个自身不正的"一把手"。据 2023 年 8 月 9 日《中国纪检监察报》报道，付兴担任昆明国家粮食储备中转库主任一职长达 20 年，长期搞"一言堂"。单位副职叶某最初看不惯他的所作所为，付兴便利用"一把手"的权力对其进行打压，故意闲置叶某，不安排其负责具体事务，让他在单位"边缘化"。叶某为求得付兴"接纳"，只好主动示好靠拢，从此对付兴的错误决策全盘接受，无原则地签字同意，不敢提不同意见，最终也走上了违纪违法的道路。

上梁不正下梁歪。在付兴的影响下，该单位出现了"一把手"带着腐、下属"共同腐"的现象。最终，付兴因犯贪污罪、挪用公款罪、受贿罪，被判处有期徒刑 16 年。他的副手叶某及多名下属均因严重违纪违法受到党纪国法惩处。

由付兴案，不禁想起很多年前发生在某单位的一个窝案。当时，该单位的"一把手"也是一个出名的"一霸手"，单位个个都不敢惹他。一名从外地交流过来的副职，不懂"行情"，没有依例"私访"他，这个"一把手"便不仅不给他安排分工，连应有的办公室都不给他一间，只在某个科室摆了一张办公桌供他使用。这名副职也颇有个性，受到这个欺负，虽然无可奈何，但也懒得向他妥协，反正乐得清闲，对单位领导班子种种乱七八糟的做法也就眼不见为净。后来，"一把手"那些事毫无意外地引爆了，该单位班子成员几乎被一锅端，只有那名备受排挤的副职安然无恙。

正是这种"塌方式"腐败的悲剧不断上演，所以，我们充分认识到，管好"一把手"至关重要。这不仅对一个地方、单位的发展有直接关系，还对干部职工的前途有直接影响。

如何管好"一把手"？选人环节是源头。我们选干部的要求是"德才兼备，以德为先"，对一个地方或单位的主要领导人选，尤其要按照这个条件执行，一点也不可降低标准。"一把手"德行好，就将造福一方。"一把手"大德有亏，则将祸害一方。选错了一个人，代价是非常大的，这对用人机关来说也是重大决策失误。选拔干部有民主推荐环节，参与投票的人，都应有这个觉悟，认识到把一个人品有问题的人推上重要岗位，掌握重大权力，将意味着什么。到时候，受损失的，并非某一个人，而是某个更大范围内的所有人。官员的腐败看似与你无关，其实都是大家共同为这个后果买单。

管好"一把手"，监督环节很关键。如今对干部的监督渠道很多，但最管用最有效的是上级监督。上级机关要经常关注下级"一把手"的思想、工作、作风、生活动态以及社会评价，发现问题及时指出、纠正。班子成员的同级监督也很重要。大家相处时间多，互相之间的了解也更深，谁的品行怎么样，多少是能看出一些的。尤其是在具体决策过程中，班子成员应当坚持原则，守住底线，对于不符合纪法规定的意见，坚决说"不"。这既是对事业负责，也是对"一把手"负责，同时还是对自己负责。其他监督也不应缺位，它们各有各的用处。多种监督共同发力，方可确保公权力在正常的轨道运行。

管好"一把手"，自律环节不可少。除了来自外力的管理和监督，"一把手"还要有自我约束的自觉。光靠外力，难以做到万无一失，毕竟谁也不可能24小时跟在他后面。对手握权力的人来说，要让自己不出事，真正最可靠的，还是自律。时时自我警醒，时时牢记纪法高悬，充分认识到监督的重大意义，充分认识到贪腐的严重后果及其在价值上的"无意义"，就可能息了那些不当念头，远离那些歪风邪气，用"无招胜有招"的境界保护好自己。

管好"一把手"，靠组织，靠群众，也靠本人。"一把手"不正，危害面太大。"一把手"出事，牵扯面太广。"一把手"有问题，大家都奉陪不起。管好"一把手"，是权力健康运行的重中之重。

2023年9月5日之夜于瑞金

# 公权面前慎"帮忙"

人生在世，谁都难免请人帮忙，谁也难免被人求助。特别是对有个一官半职的人来说，遇到人家找你帮忙的情况就更多，而且，权力越大，岗位越重，被人"麻烦"的机会越多。

刚参加工作时，我觉得能帮上别人一点忙，是很有几分荣耀的。对人家提出的要求，不管有没有能力办成，总是先接下来，努力一把再说。不过，那时无职无权，人家对你说的，其实都是些不值一提的琐事。事情办成之后，自己很快就不记得了，人家更是忘得一干二净。当然，我帮忙本来就不图什么回报，更不求现成的酬劳，只是想体现一下自己的存在价值，满足一下虚荣心而已。因为，像我们这种出身农村的正宗"草根"，以前一穷二白生活艰难，实在难得有机会为别人效劳。

记得有一次，听到一位在本地颇有声望的领导与相熟的老乡闲聊。该领导是长辈，用浓重的乡音说道："千万不要去帮老板的忙！这些人哪，哪怕你帮了他99次，第100次没帮他，他就立马怪你怨你，背后'捅'你，一点人情也没有。"当时我觉得很奇怪，这"帮忙"的事，有那么复杂吗？因为自己是个职场新人，一个老板也不认得，自然对此难以理解。

后来，工作阅历渐丰，虽然没当上什么像样的官，掌握什么像样的权，但没吃过猪肉却见过猪跑，由于工作性质的原因，官员与商人之间的关系倒是见得多了。这一来，就算是明白了，原来，那位前辈所说的，就是官员和商人之间不要乱帮忙，关系要清爽些，否则，你中有我，我中有你，自然就会因为利益上的纠葛而日久失和了。

而接触的人与事多了之后，我也深深感到，"帮忙"这样的事，还真不是随便的事。尤其是对于行使一定公权力的人来说，对待"帮忙"，一定要慎之又慎，千万不可随便当了"热心人"。

很多年前，老家有个半生不熟的人，也曾找上门来，要我帮他找人办点小事。那年头，有些事，找到了熟人，就办得利索些；没找到熟人，则可办可不办，甚至就不给你办。碍于情面，我还真硬着头皮帮他办成了。但没想到，帮过两次之后，这个求助者从此一发不可收拾，什么事都给你弄过来，甚至别人的事也承揽下来。我不耐烦时，他还振振有词："我在城里又不认识哪个，不找你找谁？"好像上辈子欠了他的。后来，我终于忍无可忍，直接拉黑其人。想想古人说的"升米恩，斗米仇"，还真是有道理啊！

后来，有知情人士对我说，这个到处找人帮忙的人，其实是当地农村有名的掮客，经常找一些公职人员，为其他人办事，而他则从中收取当事人的"感谢费"。说这话的人还告诉我，也就你一个人傻乎乎地白干，他不但不感谢你，还在老家说你比较傻呢！

真是让人哭笑不得。当了一回傻瓜倒也罢了，现在想起来，我还倒抽一口凉气：好在我一向奉行"帮忙不吃饭，吃饭不帮忙"的原则，帮他纯属"助人为乐"，否则，你要是得了他蝇头小利之类的好处，你想拉黑还没那么容易。更重要的是，像这种只信"关系学"的人，只图谋利而不择手段之人，在今天这种形势下，出事的概率是相当高的。哪个糊涂的公职人员和他混在一起，说不定哪一天就被卷进去了，到时只怕悔之晚矣。

对于那些德不配位的人，确实不能利用公权去帮他。不管是体制内的求职、晋升，还是体制外的拿项目、做工程，德不配位之人，都是风险多多，谁帮他其实就是在害他，而最终，帮他的人也可能被他给坑了。比如，一个品行欠佳的人，被某个有能耐的人物扶持上位，待得他掌握相当权力之后，定然要做出后果严重之事来。那时，一查到底，涉案人员谁能幸免？这种情况，在近年来查处的案件当中比比皆是。

又想起一件事。两个关系很好的同学，一个从政，一个经商。后来，官员同学担任了某单位一把手，商人同学很高兴，因为他的业务刚好被这个部门管着。商人同学兴冲冲去拜访官员同学，以为今后可以在他那里大开方便之门。没想到，官员同学认真地告诉他，现在岗位不一样了，今后要慎重联系，没事互不打扰为好，以免瓜田李下。商人同学被当头浇了一盆冷水，气呼呼地走了，还将这个遭遇说给我们听。当时，我也对此颇不理解，觉得那位官员同学太不近人情。但若干年后，自己经历的事更多了，对此也有了新的看法。我觉得，对那些有权不肯"帮忙"的人，要给予充分的理解。如果他是对权力有了更新更深刻的认识，这样做，其实对大家都更好，并不是人们想象中的"一阔就变脸"。看看那些公私夹杂不清的行为导致的后果,就会明白这个道理。

帮忙本是私事,只要不违规违纪违法,大可由自己把握。但是,对于公职人员来说,在公权面前,还是不可一时意气用事,而应时刻想到,帮忙也是有风险的,甚至可能存在巨大风险。所以,公职人员一定得按规矩行事,不要随便就给人"帮忙",省得惹上一身的麻烦,最后被帮的人不仅不感谢你,还责怪你,厌恶你。尤其是,以公济私的事千万不可做,这可是"帮忙"的底线。

2023年9月20日之夜于瑞金

# 用权当学"老司机"

朋友老陈，20世纪末就是个持A照的司机。开了几十年的班车，后来改行开小车，算是杀鸡用牛刀了。按我的想象，老陈驾驶业务娴熟，开车应该比较"生猛"才对。然而，事实恰恰相反。坐老陈的车，得很有耐心。一般情况下，他能不超车的尽量不超车，不可超速的定然不超速，不该冒险的打死也不冒险。用他的话来说，开了几十年的车，胆子越开越小，所以方向盘在手时，一刻也不敢大意，绝不敢轻举妄动。

老陈这种表现，就是典型的"老司机"心态。因为经常在路上，看到的事情多，尤其是或亲历或亲见各种各样的车祸，所以，他们知道只要还在走着便一切皆有可能，知道行驶过程中的任何一个环节都不可掉以轻心。于是，经验丰富的老司机往往行车更谨慎，规矩意识更强烈，在旁人看来，胆子自然更"小"了。而那些开车不算太久的所谓"熟手"，则以为自己车技好，动不动就想露一手、抖一抖，不断"挑战自我""超越他人"，基本上没到吃亏时就不知道后果。

由此想到，对干部进行廉政教育，不妨引导大家学学"老司机"，让自己心存敬畏，谨慎用权。

我在纪委工作这么多年，要说最大的感触，就是与以前在其他部门相比，自己也像那些"老司机"一样，胆子"小"了不少。很多事情，在其他部门工作时，可能不以为然，觉得纯属小事，无需放在心上。但现在遇到同样的事，却总是要拿到相关条款套一套，看看是否存在不妥当之处，或者联想到相近的案例，好好比照一下有没有潜在风险。这已成了一种习惯，或者说是"职业病"。于是乎，"清规戒律"越来越多，处世方式悄然改变，社交应酬几乎没有，平时电话也难得响起，业余生活因此空前清静。我想，很多同行应该有同样的感觉。

为什么纪检监察干部相对更自律些？按我自己的体会来说，在纪委工作，最大的收获，其实就是自己深受教育。看到那么多人因为这个原因那个原因惹到麻烦事甚至"进去",如果无所触动,那简直太说不过去了。时常与最管用的"教材"面对面,受的教育当然要比别人多。对公职人员来说,没有比这更大的价值了。正因为如此,我很提倡让年轻干部到纪检监察岗位干几年。接受教育之后,再去其他岗位,他们的戒惧意识普遍可以增强很多。

以前听一些阅历丰富的领导说自己"战战兢兢,如履薄冰",一时不得其解,甚至以为是矫情。在纪委工作之后,见得多了,便慢慢理解了他们的心情。从政时间长了,面对权力与纪法,越来越明白"脱轨"的后果有多严重,越来越有敬畏感,越来越谨小慎微,这是睿智的。权力与风险是共生的,有权力就有风险,权力越大风险越大。只有想明白了这层关系,才能充分认识"权力是把双刃剑"的道理,才能发自内心地产生畏惧,并将之转化为约束自己行为的动力。

反观一些见识浅陋、暂时没怎么吃过亏的人,情况就大不一样。这种人,一朝大权在握,便不知天高地厚,忘乎所以,任性妄为,以为自己可以一手遮天,永远立于"不败之地"。他根本不知道,在纪法面前,再大的职位都是渺小的,再硬的"背景"也是不堪一击的。所以,他们从来没想过哪一天需要为自己的滥权行为买单。这种人,就像那些喜欢开"猛"车的驾驶员,大祸临头才可能略知悔悟。退一步说,即使你在位时,由于种种原因,一时没有出事,但你也要想到,每个官员都得面对转岗或退休。哪天你离开这个职位了,就没人给你做掩护了,踩红线、碰触高压线的行为,迟早要暴露。到那时,谁也没办法替你藏着掖着,也不会给你藏着掖着。

见识了众多因腐败行为而落马的官员,尽管他们情况各异,有些甚至手段不乏高明之处,但总的来说,还是"天网恢恢,疏而不漏",时候一到,最终难逃。我感于此,我觉得,对广大干部来说,确实有必要像那些"老司机"一样,越干越"胆小",用自己的"胆小"来保障自己的安全。明太祖朱元璋曾问过大臣们一个问题:"天下何人最快活?"大家说什么的都有,但朱元璋都不以为然。直到一名大臣回答"畏法度者最快活",朱元璋才表示满意。古人尚且有这等见识,今天的干部更应当认识到,在公权力面前,有所敬畏,永远比胆大妄为更值得!

2023 年 9 月 21 日之夜于瑞金

# 端正荣誉观

幼儿园的小朋友为了让老师奖励一朵小红花,把家里给的一百元零花钱交给老师,谎称是自己路上捡到的。这种行为大家怎么看?当然觉得小朋友傻,分不清楚小红花与百元大钞的价值谁大谁小。

小朋友心思简单,即使做得不对,也可以谅解。如果有必要,好好地开导,让他端正认识便是了。但这种事情如果发生在成年人身上,那就是荣誉观出了问题,不能只当作笑料,非得认真矫正不可。

别以为成年人不会有这样的举动。难以正确看待荣誉的人,在领导干部当中便不少见。与小朋友们相比,无非是他们更聪明,同样是为了获得小红花,一个是用自己的钞票,另一个则可能让公款买单罢了。

2022年被查处的贵州省政协原副秘书长王进江,曾经仕途顺畅,32岁副处级,35岁正处级,担任过遵义市红花岗区委书记,其时也算大权在握了。王进江落马后说过这么一句话:"在省里开会我渴望被表扬,在区里开会我想方设法在干部群众面前展现自己的'能力',满足自己的虚荣心。"寥寥数语,便可以看出,其人在位时,对"荣誉"是何等向往,并将为此付出多大努力。

事实上,像王进江这样"开会渴望被表扬"的官员还真不少。有些干部,干工作就是为了受上级表扬,将其视为最大的价值甚至唯一的价值,也不管这表扬是否有实际意义。这种人,整天琢磨着迎合上级的意图,一切围绕这个转,心中哪有什么人民立场、人民情怀。群众急难愁盼的事,根本入不了他的法眼;上级的个人喜好,则被他掌握得清清楚楚。他们做工作的出发点和落脚点很简单干脆,就是摘奖牌、挂红花、拿批示。为了让上级多表扬几句,可以放下一切工作,关起门来玩文字游戏。而一旦如愿获得了这些有光有彩的荣誉,就沾沾自喜,把它当作最大的政绩,躺在上面睡大觉、等提拔。而很多时候,这种干部还真吃得开、有市场。

这就不难理解,为什么我们经常遇到一些名不副实的尴尬事。某个荣誉加身的干部,你远远看他时,难免带着膜拜的心情。可当你走近他时,却发现完全不是想象中那个模样,简直失望透顶。某个地方或单位的某项工作,长期被视为典型。但是大家怀着景仰之情前往参观学习,却发现平平无奇,不过如此,甚至比自己单位的情况还有所不如。这到底是怎么回事?因为这些荣誉不是真正干出来的,而是"跑"出来的,"运作"出来的。

  我年轻时当记者,这种事见得不少。为此常常感叹,上级给荣誉、给表扬,真该谨慎些才对。如果随口就给人一顶高帽子,夸人者觉得没什么,却不知被夸者事后要利用这个大做文章呢。哪天被他把舆论搞大了,让那些表面光鲜的东西更加亮堂起来,说不定反而把大家给绑架了,进而形成不良导向,负面作用不小。

  看重荣誉不算什么错。为荣誉而战,这是一种奋进的姿态,当然没问题。但是,如果做事的目的只是为了荣誉,为了荣誉甚至可以不择手段,不惜代价,那么,这种荣誉观就有问题了,说白了就是想用它兑换个人利益。如果身为领导者,按这个思维走下去,迟早要出岔子,轻则劳民伤财瞎折腾,重则让地方经济、社会发展大损元气。

  在这种荣誉观支配之下衍生的"政绩工程",便是如此。这些年,在旁观者看来莫名其妙的各种奇葩事还会少吗?2019年初,住建部通报,当时还是国家级贫困县的甘肃省榆中县,投入资金6200万元,在间距不到500米的两个地方建设了两座高大的秦汉仿古城门,以及一座大型雕塑和两个远离居住区的景观广场;陕西省韩城市在西禹高速韩城出入口景观提升工程建设中,刻意追求"鲤鱼跃龙门"的形象效果,建设超大体量的假山跌瀑、人造水系及亮化工程,总投资达1.9亿元。类似的"面子工程",一段时间内屡见不鲜。让人印象更深刻的可能是,贵州省黔南布依族苗族自治州独山县委原书记潘志立,在独山县财政年收入不足10亿元的情况下,盲目举债近2亿元打造"天下第一水司楼""世界最高琉璃陶建筑"。潘志立被免职时,独山县债务高达400多亿元。这些官员为什么昧着良心拍板决策,随意就烧了大把血汗钱?动机的背后,除了私利,便是"私名"。这种官员的心里,哪有"群众""良知"这样的词汇?

  我常常想,如果工作没做好,即使获得了上级的表扬、奖励或提拔,难道就不会脸红、胆怯、心虚?按照老实人的想法,名不副实,当之有愧,当然不好意思，这官也做得不踏实。但那些人可不是这样想的。他们的荣誉观已经完全扭曲，成王败寇的思想根深蒂固，为了达到自己的目的，铤而走险尚且在所不惜，哪里还管得了什么脸皮的事？

但是，不管什么时候，我们都要知道，群众的眼睛是雪亮的。弄虚作假、不计成本骗取荣誉的事，可以一时蒙蔽上级，但欺骗不了群众。工作做得好不好，群众的感受最深刻，也最真实。所以，要检验某些荣誉的真假，其实并不难，到群众中去，听群众评说，自然能找到答案。

假的东西总是难以长久。若要得到他人肯定，就该端正荣誉观，以真实为基，以务实为本，努力把事情做出高水平，赢得大家的公认。荣誉应当水到渠成，实至名归。虚假的荣誉，即使一时风光，终将被雨打风吹去。

2023年9月27日之夜于瑞金

# 听其言观其行更要究其实

贵州省政协原副秘书长王进江（曾任遵义市红花岗区委书记）是个"有心人"。据媒体报道，为掩盖自身的腐化堕落行为，王进江煞费苦心地为自己塑造"勤勉奉公"的形象。他经常跟红花岗区的党员干部讲："今天做的事情今后要经得起历史的检验，总有一天要秋后算账。"并且，他给自己定下不打麻将不赌博、不乱接触人、不随意收礼的所谓"原则"。

王进江在忏悔录中也写道："为了掩盖自己贪腐的真实面目，我勤奋工作，经常'5+2''白+黑'，在晚上开会或者周六周天开会，在抗凝冻、抗旱等抢险救灾当中，我都'深入一线''身先士卒'，给身边的干部群众树立爱岗敬业的形象。同时，我私下的另一面却是严重违纪违法，用手中的权力，帮助商人老板谋取私利，收受他们钱财。"（以上引文详见2023年9月13日《中国纪检监察报》第7版）

我想，一些群众对官员总是感到不太信任，其中一个重要原因，就是在干部队伍当中，像王进江这样的"聪明人"时常可见。他们的每一次"表演"，都在消费官员的信誉度。尽管这些人只是一部分，但在群众眼里，只要遇到了一两个，就容易把他们当作全部。广大干部被这些毫无职业操守的"演员"代表了，真是令人哭笑不得。

王进江的"表演"，当然不算什么特别出类拔萃。工作这么多年，类似的干部，我也是见得多了。前几年，有一个分量不在王进江之下的官员落马之后，很多与他熟悉的人都对我说："真是太感到意外了，他怎么会是这样的人？看不出来呀。"然后给我举了些事例。其中一位基层干部说，有一次这个官员去他那里调研，刚好当地的土特产上市了，他便往这个官员车上放了两盒。不料，该官员当即将他臭骂一顿，勒令其搬下去。另一位干部则说，该官员去某乡镇检查工作，当地在食堂接待时多上了几个菜，这名官员当场就拉下脸来，将负责接待的干部拉到一边，怒斥他铺张浪费。正因为如此，在一些干部眼里，这名官员纪律意识极强，身上不可能会有什么大问题。

我听了一笑了之。自我要求严格的领导，当然是有的，但显然不会是他。曾有和他比较接近的干部私下议论，此人平时特别喜欢弄权，私心重得很呢。仅凭这一点，就知道事情不会那么简单。一个人如果确实做到一尘不染，我想，在权力、利益等方面也会有相应的表现才对。所以我说，像这种人，恐怕是胃口不一般，不收两箱脐橙，只收两箱金条——要收就收大的，根本看不起小的，于是干脆在基层干部面前装一装，博个名声。

还有一个官员，伪装得更好。他曾经一路获遍荣誉，光环加身，一副正气凛然的形象。不料，因为一名更高级别的官员出事，拔出萝卜带出泥，终于让他现出原形。而这时，他刚刚获得重任，主政一方（当地群众庆幸：还好，在这里尚未"大显身手"）。像这种官员隐藏得如此之深，简直要让人倒吸一口凉气了。

以前我们常说，识别一个人，听其言更要观其行。现在看来，"听其言"固然是不可信的，说一套做一套，满嘴豪言壮语两手很不规矩的人太多了，基本没谁会这么单纯地听听就信了。而"观其行"，也未必那么可靠了，因为很多官员，从行动上来说，也越来越讲究。他们表现出来的，完全就不是那么一回事，离真相还有不小的差距。上述几名官员，表面上看，那就是一心扑在工作上，清正廉洁讲原则，几乎无懈可击了。在一定时期内，如果没有露出狐狸尾巴，旁人哪里能轻易见识"庐山真面目"？

听其言，观其行，更要究其实。语言说明不了问题，大家能见到的行动也说明不了问题，还是要深究其内心到底是怎么想的，其背后到底是怎么做的。以权谋私者，不管他说得多好听，也不管他装得多高明，其最终总是要"动真格"的。贪腐之类的事，一个人不可能单独完成，而只要两个人以上做的事，便有可能出现破绽。天网恢恢，疏而不漏，真相总有一天浮出水面。当然，这事不可能一蹴而就，需要一个过程，但只要久久为功，紧盯不放，就会大有收效。

所以，对公权力的监督，一刻也不能放松。每一个环节，每一个角落，每一个细节，都不能忽略。唯有如此，才能让那些人即使费尽心思，也难以胡作非为，把权力用来做交易。尤其是在工程项目、资金拨付、选人用人等方面，更应当成为监督的重中之重。可以说，管好了这些大事，腐败的空间就所剩不多了。

2023 年 10 月 7 日之夜于瑞金

# "无知"不是"无畏"的借口

很多干部违纪违法之后,喜欢为自己找一个"不知道相关规定"之类的理由。其中很多人当然是狡辩,指望以此达到"不知者无罪"的效果,让自己逃避纪法的处罚(这种想法未免太天真了)。但也有一些人,确实因为基本不学习,对相关条规一无所知,以致踩了红线、碰了高压线还不自知。

假装不懂的"表演"这里就不说了,也不值得说。说说那些真正"无知"的行为。这种现象并不少见。和各种各样的人打过交道就知道,有些人的认知,确实超出正常人的想象。

曾经处理过一名基层执法人员利用职权让管理服务对象为自己个人大宗消费买单的事。被人举报后,这名执法人员满脸不服,认为这种事情天经地义,纯属自己私人"攒"下的人情,甚至认为纪检机关是"多管闲事",故意为难他。事后了解到,他所在的这个基层单位,从来就没组织过相关的学习,大家按照自己的喜好各干各的,尽管别人越管越严,这里却因为是相对独立的单位(不归属地管理),长年"涛声依旧",真是"春风不度玉门关"。

还有一名老干部,退休前担任过某部门主要领导职务,退休后一直在某企业兼职取酬。等到被人举报,他才知道这种行为违纪了。刚找他谈话时,这名老干部很不理解,大呼冤枉,认为自己靠劳动获得报酬,根本没什么错。直到我们拿出相关条文给他看,他才平定了情绪,继续大谈自己确实不知道有这个规定,而且这么多年也从没哪个人给他指出过这个问题。当然,他明白自己的行为违反规定之后,诚恳地认错了,这种"亡羊补牢"并不算晚。

某些违纪违法人员为什么"无知"?主要原因,当然是平时不学习。相当一部分干部,心目中从来就不把学习当回事,一门心思谋的是"实惠",哪管得上有哪些现行规定,或者又出了什么新规。他们完全按世俗处事,依"惯例"作为,就算违规违纪违法行为被人发现了,还振振有词地说"以前就是这样干的"。

对这种人,不管你怎么苦口婆心教育,他都未必能真正听进去。唯有到了该付出代价的时候，才可能有所触动，有所悔悟。

而另一部分人，则是在学习上有盲点，平时忽略了某些原本很重要、但在他看来不重要的学习内容。"书到用时方恨少"，因为当时觉得某些条条框框和自己无关，所以从不关注。到了后来，岗位变了，要求不一样了，但自己没有"水涨船高"跟进学习，于是出现身体与灵魂脱节的尴尬事。

正所谓"无知者无畏"。不管是哪种情况，很多人因为不懂纪法，不知规定，不计后果，胆子自然就壮了，只有他想不到的事，没有他不敢干的事。及至出事，除了那些原本有一定自觉意识的人，通过"补课"之后，尚能积极修复存在的问题；相当一部分人则是一脸懵懂，不知反省，反而怪这怪那。他们要么怪单位没有组织学习，要么怪别人没有事先提醒，但就是不怪自己，仿佛自己的无知是多么的无辜。

当然，出了事，怪谁都没用。因为"无知"从来就不是"无畏"的借口，我们没有任何理由用"无知"来做挡箭牌。

道理很简单。一方面，学习是公职人员分内之事。在制度设置上，学习便是公职人员的必修课。尤其是很多重要法律法规和文件出台，相关部门是必须组织学习的。一个单位对学习抓得不实，固然是有责任的，但作为个体，对于某些重要规定不自觉学习，本身也是一种失职。这种错误，只能由自己买单，不能转给别人顶包。

另一方面，所有用于约束人的纪法规定，都是公开的，都是不搞"不教而诛"的。作为公职人员，只要没有脱离生活，只要不是故意回避，只要不是完全不在工作状态，就不可能对与自己相关的规定一无所知。即使有些内容确实记不清楚，在你想知道的时候，也是可以随时查询的。如果你不愿意去了解，那完全是你个人的责任，怨不得别人。

随着社会生活日益丰富，各种制度、规定越来越多，不可能要求每个人都能随时熟记于心。但是，一些基本的要求，应知应会的知识，在入职之初就应当掌握。而在工作当中遇到的拿不准的事，如果你有所敬畏，主动想到要为自己"避险"，那么，多查询，多咨询，很多问题自然就能迎刃而解。总之，身为公职人员，一定要记得，"无知"不能为自己违规违纪违法开脱。只有心存戒惧，认识到权力的"双刃剑"特性，主动加强学习，掌握相关规定，厘清行为边界，才能确保行稳致远。

2023年10月10日之夜于瑞金

# 提防"心态失衡"

权力是双刃剑。正因为如此,公职人员面临的风险点不少。我们常常说,要警惕被"围猎",要防止各种诱惑,要克制物欲的膨胀,等等,这些都是官员出事的重要因素。还有一种情况则可能容易被人忽略,那就是心态失衡的危险。

这些年,看到不少熟悉的人倒在贪腐问题上,其中便不乏因心态失衡而走上歧途的。试举两例。

一名处级干部,很年轻时便担任过重要职务。后来转到一个看似更有前途的单位,没想到,原地踏步十几年,一晃就失去了年龄的优势。直到他东窗事发,认识他的人才知道,原来,这些年,他因为长期没有得到提拔,早就不似当年那般充满朝气,而是精神懈怠,暮气沉沉,整日沉湎于玩乐,成了典型的"躺平"干部。不仅如此,他还把怨气发泄到工作上,为了寻求弥补,无时无刻不在想着利用职权为自己捞取好处。也正因为"好处"谋多了,人生的一切不仅归零,而且变成了负数。

还有一个是某基层单位的干部。因为勤勉工作多年,依然是个科员,某日,想起自己当年带的"徒弟",一个个成了自己的领导,甚感"意难平",觉得自己得不到"权",就不如多得些"钱",于是深度挖掘岗位"优势",找到了一次次"变现"的机会。可惜好景不长,后来还是毫无悬念地出事了。

如果对落马干部进行统计,可以发现此类事例为数不少。那些一帆风顺的官员或许难以理解这些人的心情,但从旁观者的角度来说,我觉得,提醒干部们防止心态失衡,还是很有必要的。有的干部,目前发展形势不错,不存在这个问题,但谁也不能确保他一路春风得意。所以,即使仕途顺畅,提前打打预防针,也是有价值的。至于濒临"心态失衡"边缘的干部,更有必要时刻警醒。

心态一旦失衡,便可能导致性格扭曲,看问题难以保持理智。我们经常看到一些官员行为古怪,旁人难以理解,这就是性格不正常的表现。从一定程度来说，这是一种病态。比如，有些人合法收入不低，但占有欲特强，总想着雁过拔毛；有的人费尽心思大捞特捞，但守着一屋子的钱财，就是不舍得用；有的人明明可以举手之劳帮助人家把事情办了，却非得百般刁难，见不得人家好；等等。其中很多情况，就是当事人心态失衡，觉得社会、组织亏待了自己，所以迁怒于他人，要想方设法让别人也没那么好过。

心态失衡的人如果手上掌握了一定的公权力，大概率事件便是报复性贪腐。他们觉得自己已经吃了大亏了，不能就这样白白吃亏，于是把心思全用在追求个人物欲方面，指望搞个"占补平衡"。人一旦萌生了这个念头，即使旁人苦口婆心劝诫，也难以奏效。

心态失衡的问题比较普遍，但患了这个"毛病"的人，很可能并不自知。待得病入膏肓，大错已然铸成，只能悔之晚矣。所以，这个问题，还是把它当作"未病"来治会更好些。

最好的办法，就是看淡得失荣辱，形成正确的价值观。这好像是站着说话不腰疼，其实不然。如果看长远些，这一点并不难做到。人和人之间的很多事情，是没有必要去比的，也根本没有可比性。每个人从出生开始，便决定了各方面会有差异。走着走着，大家拉开差距也是正常的。但如果你正视这个差距，学会知足常乐，学会在大千世界之中找到自己的位子，很多烦心事，就不是什么事了。心态好的人，无论在什么处境，都能自得其乐。不必举什么名人的事例，生活中，这样的人并不少，只要你留意观察就知道。这种人，才是真正的智者，才是真正的胜利者。

防止心态失衡，要让自己培养健康的追求，尽可能有一定的业余兴趣。某些人之所以"失衡"，就是因为目标太单一，把升官发财之类当作人生的唯一乐趣。其实，社会是多元的，可以给人带来乐趣的事情太多了，何止升官与发财？眼界放开阔些，便会发现，很多领域各有精彩，只要你有那份情怀，完全可以大显身手，收获快乐，并由此摆脱很多无端的烦恼。所以，我一向认为，一个人除了有工作，还应当有生活。一些沉淀在工作中的问题，可以让生活来稀释它。

对普通人来说，心态失衡并不是讳莫如深之事，不必刻意回避这个话题。把它大大方方地拿到台面上来谈论，或许更有利于驱散心头的阴云。我就经常对同事们说，防止心态失衡，是很多人需要做的事。包括我本人，如今便到了面临这个危险的时刻，因为自己在职务级别上也是原地踏步十几年了，也看着越来越多的"后辈"一路飞跑遥遥领先了，职场生涯剩下的时间也不多了。但把这个问题想通了之后，对此便坦然了；这个危险，也许就悄然化解了。

2023 年 10 月 17 日之夜于瑞金

# 守住晚节

人们常说某些年纪大而犯了错受到处罚的官员是"晚节不保"。这种情况当然不少。有些官员，前期兢兢业业，安分守己，但到了退居二线甚至退休以后，却心态大变，一改以往的作风，走向了另一面。这些人伸手之后，自然还被"捉"了，否则，人们也不知道他们的晚节没保住。

2023年10月7日《中国纪检监察报》第7版便刊发了这么一个案例。湖南省湘西土家族苗族自治州政府办公室原二级调研员龙银珍，临近退休疯狂敛财，最终落了个身陷囹圄的下场。龙银珍家境贫寒，是典型的"农家女"出身，用她自己的话说，小时候"能吃上一碗大米饭就很开心幸福了"。20岁那年，龙银珍正和父母在田里插秧，村支书通知她到乡政府参加招聘干部面试，从此改变命运，从基层干部一步步干到了市直单位正处级"一把手"。龙银珍回忆："刚开始时，无论在哪个岗位上工作我都不敢懈怠。"然而，快退休时，她开始惶恐不安，想着"退休之后如何才能生活无忧，富足享受"，于是，贪念油然而生。也正在这个时候，她意外地兼任了湘西州"智慧湘西"领导小组办公室主任。于是，利用管项目的机会，龙银珍大肆敛财，成立"影子公司"，甚至幻想着变身"上市公司老总"，过上奢靡享乐的晚年生活。可惜，这些最终成了一场噩梦。2023年3月，龙银珍因犯贪污罪、受贿罪，被判处有期徒刑13年，真是晚景不堪了。

需要说明的是，与公权力有关的所谓"晚节不保"者，他们在早期定然是有"节"的。那些从参加工作开始便琢磨着如何利用岗位条件实现私利最大化的人，是没资格说"晚节不保"的，因为他们根本就无"节"可言。这种人堕入深渊，是一种必然。他们的落网，只会让人们拍手称快，一点也不值得同情。而"晚节不保"者，就有所区别了。看在他们前期努力工作的份上，人们往往对其结局表示遗憾。从龙银珍的案情来看，她的初心倒没什么大问题，真正的问题，就是出在后期。所以，她基本可以算得上一个没保住晚节的干部。

为什么那些干部年富力强时能抵制各种诱惑，战胜各种挑战，到了一定年纪，"船到码头车到站"时反而改变立场，放弃原则，在不当利益面前败下阵来？这是很值得公职人员警醒的现象。

晚节不保者，往往是因为受外界干扰，以及年龄老化、职务调整等现实问题的影响，导致"三观"发生了重大改变，于是随波逐流，放任自我，渐失节操。说到底，还是定力不足、修炼不到家所致。就如龙银珍，一想到现实问题，很快成了一个疯狂逐利之人，可见先前的防线筑得并不牢固。

在大量的案例面前，公职人员不能做围观者，而应由人及己，通过那些晚节不保者的下场，不断吸取相关教训，让自己认识到守住晚节的重要与不易，避免重蹈覆辙。

这些教训，应当让我们时时心存戒惧，认识到人在职场，"危机"无处不在。权力也许让人感到美妙，但权力同时是有风险的。与权力结缘的诱惑五花八门，无孔不入。一个人手中有权时，很容易不能正确认识客观世界，由此迷失自我，放纵欲望。这个时候，尤其要注意保持清醒的头脑，让自己在权力带来的喧嚣与炽热中冷静下来。要经常算算"眼前账"与"长远账"，想清楚"利害关系"，对权力始终保持敬畏之心，不敢越雷池一步。

保持晚节，要常温"初心"，不变颜色。一个人工作数十年，如果较早走上领导岗位，掌握权力的时间便比较长。很多干部，刚参加工作时满腔热情，胸怀天下，想的是做一个受人欢迎的好官。但是，随着地位的提升，权力的扩大，有些人走着走着就走岔了。常常问一问初心，想想"从哪里来，到哪里去"，知道自己的来路与归宿，就能防止自己步入歧途，始终行走在正道上。须知对掌握公权力的人来说，唯有行正道才是安全的。

一个人要想节操不变，就得把自我修炼当作一辈子的事。《诗经》说："靡不有初，鲜克有终。"万事开个好头不难，难的是坚持到最后。一失足成千古恨，一着不慎前功尽弃的现象历来不少见。规避这种情况，需要自己无论何时何地何境，都不可放松自我要求。要把学习当作终身的事，尤其是常常惦记着纪法"紧箍咒"，时时清扫心灵。要把信念当作关键的事，山崩地裂不为所动，坚决不让杂音入耳。要以坚韧不拔的毅力保持定力，对各色诱惑无动于衷。如此这般内外兼修，炼就"金刚不坏之躯"，才能成为最终的赢家。

行百里者半九十。越是临近退休或者进入暮年，越要慎终如始，珍惜以往的名节，不在底线面前让步，不在品性上面降标，不给人生留下任何遗憾。

2023年10月20日之夜于瑞金

# 不是才子莫吟诗

几年前，有个做小生意的老乡突然找我，说村里马上要换届了，他想回去弄个村干部干干，希望我和乡里的领导打打招呼。这事要是换在十年前，我可能还真会想办法帮他推荐推荐。但现在形势不一样了。在纪检监察机关工作十年，阅历告诉我，这样的忙，帮不得。因为我知道，这个老乡平时的做派，根本不像立志"为人民服务"的人。于是，我毫不客气地回复他："当干部这样的事，就别去想啦，这个职业还真不适合你。你做生意时便是个小奸商，我还不知道你当干部想图个啥？无非就是幻想利用权力捞取好处罢了。"

这个老乡倒也并不讳言，嘻嘻笑过之后，说道："正是呢！如今生意不好做，我看这几年村里要做的事不少，项目一个接一个,回村里'发展',肯定划算的。"

我认真地告诉他，事情哪有你想象的那么简单。抱着这个想法去行使公权力，谁帮你，其实就是害你。刚当上时你觉得爽，以为帮你的人够意思；但待得东窗事发，牢底坐穿时，你就会在心里天天咒骂那个帮你当上干部的人了。所以，与其以后被你骂，不如现在就让你不高兴。

老乡当然不高兴了。见事情毫无转机，也就气鼓鼓地走了，从此几年没再联系。

最近，这个老乡却又偶有电话联系了。不过，只是闲聊而已，没有再提什么帮忙的事。说到当年想做村干部的事，没想到，他也想通了。原来，这些年，看到一些认识的干部出事"进去"了，这个老乡还是有所触动，终于认识到自己没当上村干部未尝不是好事。因为他心里非常清楚，如果当上了，如果有机会以权谋私，他是定然不会"客气"的。连他都能想清楚这个问题，这倒是个可喜的现象，从另一个侧面印证了强力反腐的成效。

我一直认为，私心太重、满腹物欲的人，是不合适掌权的，否则必然出事。人需要自知之明。权力带来的诱惑太多太大，如果觉得自己过不了这一关，最好自觉远离权力，以免被这把"双刃剑"给伤了。

可惜，很多人就是不明白这个道理，只看到了权力诱人的一面，没看到权力伤人的一面，对公权力趋之若鹜，甚至为了得到它而不惜一切代价。最终的结果，自然好不到哪里去。

插播一个案例。湖北安齐国有资本运营集团有限公司（后更名为黄冈国有资本投资运营有限公司）党委书记、董事长伊立恒，是一名"80后"干部，曾是黄冈市最年轻的县处级领导干部之一，31岁即走上了领导岗位，41岁却因贪腐问题落马。据报道，伊立恒做官的出发点就不对劲，把"当官发财"作为价值追求，起步时便没把握好方向。一个"初心"不纯的人，偏偏31岁就做上了团风县委常委、回龙山镇党委书记，他的结局，可以说在这时就已经埋下了伏笔。5年之后，伊立恒又担任了麻城市委常委、组织部部长。职务更重要了，他想到的只是"权力更大了"，却丝毫未意识到用权的风险也更高了。待得担任安齐国有资本运营集团有限公司党委书记、董事长之后，连伊立恒自己都明显感到"力不从心、德不配位、才不适岗"。无疑，这样的干部，干得越长，后果越严重。但不知那些一路推荐、使用他的领导有没有考虑过这个问题？（相关报道见2023年9月14日《中国纪检监察报》第4版）

见多了官员因出发点不正而倒下的案例，越来越认识到，对一个干部来说，"德才兼备，以德为先"是何其重要。德行不够的人，你要关心他，就别让他掌握公权力。否则，这不是帮他，而是害他。当然，可能当事双方一时难以体会这层意义，也许要若干年后才能领悟，可惜那时往往已是为时晚矣。作为旁观者，我们一定要善于从别人的教训中提炼出一些具有普遍意义的道理来，防止踩着别人的歧路掉进同样的陷阱。

金庸有一个短篇武侠小说《鸳鸯刀》写得妙趣横生，妙处之一就是作品中的周总镖头遇事动辄来个"江湖上有言道"，前后引用了20多句俗话。其中一句印象深刻："路逢险处须当避，不是才子莫吟诗。"我不知道这句话的原始出处在哪里，觉得引用到选拔干部方面也是比较合适的。这里不妨套用一下："不是才子莫吟诗，不是君子莫掌权。"《周易》有云："德薄而位尊，智小而谋大，力小而任重，鲜不及矣。"的确，不是那样的人，就别干那样的事。如果非得强求，最终尴尬的还是当事人自己。而且，事情如果闹大了，可远远不是脸面尴尬的问题。

2023年10月23日之夜于瑞金

# 口水粘贴的"感情"

M君聊过一件闲事。他还是个普通科员时，就认识同住一小区的邻居W，一家小企业的经营者。那时双方的关系虽然不算特别紧密，但也不会生疏。多年前的一个休息日，M君有急事要去单位一趟，走到小区门口，恰逢W正要开车出去。M君问了一下W的去向，刚好离他的单位不远，只不过需要绕个几百米而已。M君便表示希望搭一下W的顺风车。不料，W却说，现在打个车也很方便，建议W还是到门口打车去。说罢，一按喇叭，扬长而去。

此后，M君与W就有了些隔阂，在路上见了，最多点个头而已，一句话也不想多说。大约十年之后，M君在仕途上顺风顺水，屡获提拔，居然做到了某局局长。而W的业务正好是M君所在的局主管。于是，W立即对M君客气了许多，三番五次约他吃饭。自然，M君每次都婉谢了。

M君明白，W如今的热情，并非因为他们是同一个小区的邻居，而是因为他屁股下面坐的那个位子。如果哪天他不再坐这个位子，W对他的态度，定然不会比以前好多少。既然如此，何必应付这种虚假的"感情"？

M君的遭遇，相信很多人都有似曾相识之感。那年换届，我刚到某地任职时，有个当地的干部数次说要请我吃饭。我当然不可能答应这种事，但那个干部颇有毅力，继续发出邀请。有一次，我干脆向他直言："只要我们有工作关系，我就不可能吃你的饭。你真要讲感情，等我调离这里了，没有工作关系了，有缘相逢时再请吧。"这个干部一听，脱口而出："你都调离了，我还请什么？"我大笑，说道："你看，话说到这个份上，我终究是要调离的，所以这饭还是不吃为好，省得浪费大家的时间。对不？"

人们常说，世人多"世故""势利"。这话有一定的道理。带几分"势利"的人，可谓比比皆是，无论在哪个领域都有。"势利"和身份无关，和地位无关，和能力与学识也无关。品行如此，无论他从事哪一行，干到什么程度，都脱不了这层俗气。

因利益之交而衍生的"感情"，旁观者清，当局者迷。其他人清不清或许不甚要紧，但对于公职人员尤其是领导干部来说，就不得不看清这一点。为官者如果看不穿基于利益之上的所谓"感情"，那迟早有一天要吃亏，甚至栽一个大跟斗。人家好端端的凭什么突然对你这么"好"？无非是冲着你所坐的那个位子来的，冲着你手上所掌握的权力来的。这种从天而降的"好"，表面上柔情无限，但目的性太强，手段也可能太狠，如果不提前防一手，说不定哪天就会被这种"温柔一刀"杀个措手不及，刺得鲜血淋淋。

  遗憾的是，很多人就是看不破这种"感情"的虚伪性，或者说，他们不愿意看破。于是，我们不断地看到很多官商之间"亲而不清"的关系。一些官员和老板勾肩搭背，称兄道弟，都是为了双方的"利益互补"。有的官员热衷于别人的吹捧，喜欢在酒席上找感觉。再往前走一步，就是不仅不设防，还甘于被"围猎"。很多官员就是因为交友过滥（其实，严格意义上，所交之人根本谈不上"友"），最终惹上一身的大麻烦。直到铸成大错，他们才幡然醒悟，可惜这时候已迟了些。若干年前，本地有一个落马县长就曾经说过，自己以前在某个实权岗位时，门庭若市；后来调到了一个相对务虚的岗位，很快门可罗雀。过了一段时间，重用到了更有实权的岗位，那些久不露面的人又冒出来了，动辄说路过他单位门口，进来"讨杯茶喝"。而他因为某些私利，对这些人"不计前嫌"。最后终于毁在他们手上了，才认识到最可恶的就是这种"朋友"，最害人的就是这种"感情"。

  用农村土话来说，这种直奔利益而来的"感情"，其实就是用口水粘贴的，一点也不牢靠，随时可能脱落。检验感情关键看平时，看你尚未显山露水时，尤其是身处低谷时。你落魄时，有人关心你，那是真关心。你发达时，朋友遍天下，可惜不知有几个是真朋友。所以，一个人确实不需要太多的"朋友""哥们"，得志时的"前呼后拥"往往是一种假象，经不起风浪的吹打。患难之交才见真情，不给你添乱的朋友才是真朋友。身居领导岗位者，对此尤其要有清醒认识。

2023 年 10 月 30 日之夜于瑞金

# 知我者谓我心忧

H先生某次接到一个素不相识的老乡的电话。来电者不知是想套近乎呢还是脑子出了什么状况，自报家门之后，就直接对H先生说："你这些年当官可是捞饱了！"气得H先生勃然大怒，忍不住也动用了"国骂"。H先生这样的干部，向来以谨小慎微、固守原则著称，谁要说他人缘不好，我定然是同意的，但要说他会"捞钱"，我怎么也不相信。别看这些年贪腐分子倒下一大批，似乎一时还很难抓完，但另一方面，不"捞钱"不"跑官"的干部其实也是很多的。可是，在某些庸俗之徒的想象中，当官哪有不为自己谋好处的道理？当官哪有不找靠山不送礼的可能？在他们眼里，当官的简直就没一个好人。他们为什么有这种想法？我想，内心就是一面镜子，很有可能，首先是因为他们自己便是那样的人，只不过目前没机会做坏事而已。按这种人的想法，如果他有掌权的机会，那是定然要大捞特捞的，不捞白不捞，不捞是傻瓜。这也是某些人长期受庸俗文化浸染的结果。庸俗文化不消灭，庸俗之徒数量多，社会就总是难以实现风清气正。

老家有几个同辈人就是这样看问题的。以前每次回乡下遇到了，都能听到他们的抱怨，说村干部某某捞饱了，一年少说也有几百万上千万元，所以一家人都不用干活，过着衣食无忧的好日子。而另一个资历稍浅的村干部则捞得更少些，但几十万元一年也是没问题的。总之这些人没干过一件好事，一年到头就是往家里搬钱。我忍俊不禁之余，问他们，一个穷村，哪来的这么多钱？莫非这些年，天上不下雨，改为下钞票了？然而，他们根本听不进去，还是坚持这个口径。只因他们坚信事实便是如此，所以从来不讲逻辑。与他们沟通，基本别指望达到什么效果。这些年少有见面了，不知他们的观念有没有什么变化？

在地方任职，我也经常遇到一些指望本人利用职务便利打"招呼"的人。这些人，可能和你毫无交情，却拐弯抹角找到某个与你半生不熟的人，要么开门见山，要么曲线迂回，不是请你染指工程项目，便是让你插手人事安排。

更有甚者,为了理直气壮地干预我们的工作,让你与他达到"情感认同","苦口婆心"地教育你要"少整人,多栽花",言下之意就是要你在工作中"高抬贵手",对某些贪腐问题改变立场,放弃原则,无视职守。其中一些人想法极其幼稚却自以为高明,那些荒唐之言,让人听起来实在反感。比如,有的人认为,"有权不用,过时作废",得赶紧抓住机会,好好为自己谋点好处。这种人,永远不会理解别人的正义之举。还有的人则赤裸裸地表示:"事成之后,我一定会感谢你的,尽可放心帮我!"把人际关系完全理解成了利益交换,以为满世界都是见利忘义之徒。

喜欢算计的人,总认为大家都在算计,于是以自己之心度他人之腹,时刻对他人提防得紧紧的,甚至对谁的话都不相信。结果,就可能想多了,想复杂了,把正常的事想歪了。曾经向某单位提出若干工作建议,他们听得唯唯诺诺,表示立马执行。随后,却来问我的部下,领导那些事,该怎么给他办才好?让我的部下莫名其妙之后,恍然大悟;恍然大悟之后,大跌眼镜。原来,人家以为那些工作,是我个人所需,要做,也是给我做呢。还有的干部,你安排他做某项工作,他第一反应就是你想从中谋取什么好处,然后,掂量一下这事对他有多少好处,再决定是否去做。这种人,基本上是不给好处不办事的,他从不相信有人会好好地考虑公益事业、公众利益。

做人难,做干部更难。做个普通人,不想和别人多打交道,还可以选择回避。做干部的,面对大众,由不得你不理会。大众想法不一,众口难调,各种误解误读便屡见不鲜。某个特定的时空,甚至可能出现劣币驱逐良币的情况。比如,某个系统,来了个腐败分子当"一把手",那便直接污染了一方政治生态。这个时候,"清者自清"便显得尴尬而艰难。一粒老鼠屎坏了一锅粥。"老鼠屎"多了,粥便可能被"污名化"。

不管置身什么环境,做好自己最重要。即使"潜规则"盛行,也要坚信自己的判断,坚守自己的原则,坚定自己的信念。古往今来,被人一时误解的人就不少。"周公恐惧流言日",这个委屈够大了吧,人家也忍受了,这就是干大事的人。"不畏浮云遮望眼",心底无私天地宽,别人一时不理解,也不能因此改变了自己的心性。

我们倡导,不管什么时候,都应洁身自好,不随波逐流。但同时也要看到,如果大环境不好,坚持正义的人就会孤独,这样的人就可能会越来越少。所以，越是环境欠佳，越需要多一些正义的声音，让正义者抱团取暖，增强信心。真正的勇士，当有"虽千万人吾往矣"的气概，即使遇上无星无月的黑夜，也要做那只散发微光的萤火虫。

*2023年11月9日之夜于瑞金*

# 摒弃庸俗文化

贪腐之类的消极现象为何屡见不鲜？其中一个原因，我觉得和社会上流行的庸俗文化不无关系。庸俗文化有种种表现，试列举如下。

凡事信奉"关系至上"。这种人，做什么事情都只信关系，不信实力，不信道义，不信公正。古时即有"衙门八字开，有理无钱莫进来"的说法。旧时官场的庸俗之气，流毒无穷，影响了一代又一代人。于是，时至今日，不少人依然相信这一点。基于这种认识，这种人遇事烟酒铺路、红包开道，坚信金钱的力量可以击败一切、所向无敌。他们认定了"伸手不打笑面人""礼多人不怪"，走到哪里都不空手见人，靠此信条走遍天下。某地有个说法：当地人有事不习惯走正规渠道，只想到请托找关系。有人开车违章面临二百元罚款，绕个大圈子总算找到相关人员"摆平"，事后为了感谢这一干人，特地设下酒席，一举花费一千多元而在所不惜。信奉关系至此，早已算不清楚大账小账了，心头只剩下一本糊涂账。

不给好处决不办事。这种人，与前面那种是难兄难弟，以"人不为己，天诛地灭"为信条，无利不起早，一切向钱看。他们如果有机会给别人帮忙，出发点定然是为自己捞取好处。这种人，别说主动帮助他人，就是他分内之事，也是雁过拔毛，兽走留皮，敲诈勒索是其第一能事。纪检监察机关经常查处的"小鬼难缠"案例，主角就是这类人。对他们来说，"当官不发财，请我都不来"，初心不纯，出发点就有大问题，一旦手上有点小权（如果是大权就更不得了），不整出点事来才怪。

特权思想严重，热衷于搞"特殊化"。这种人，强意识地把自己与群众对立起来，以"高人一等"自居，平时目空一切，眼睛长在头顶上（只能看到他用得上的人）。他们如果手中有权，必将之运用到极致。这种人，毫无规矩意识、纪法意识、平等意识，只有"自我中心"意识。他们价值观扭曲，只以成败论英雄，为达目的不择手段。网上时不时冒出的炫富炫权炫奢靡生活者，其行为便是受这种观念驱使。

明哲保身，多一事不如少一事。这种人，事不关己，高高挂起。遇事得过且过，能不管的就不管，能不做的就不做，能推给别人的就推给别人。这种人，说穿了就是私心太重，过于趋利避害，生怕因为一点点付出而让自己的利益受到哪怕一丝一毫的损伤。这种人，有好处一定往前走，有责任一定往后躲。什么时候该进，什么时候该退，他心里一清二楚。如今备受诟病的"不担当干部""躺平干部"，说的就是这种人。他们哪怕不出手以权谋私，但以其尸位素餐，同样耽误社会发展，危害性未必低于某些腐败分子。

报喜不报忧，只拣好话说。这种人，最善于察言观色，揣摩上意。在他们心里，从来没有原则，没有正义，没有实事求是意识。为讨得上司一时欢心，哪管他事后洪水滔天。浮夸风、统计造假、虚构政绩，等等，就是这种人创造的得意"作品"。他们所做的一切，就是为了保住头上的帽子，进而换得更大的帽子。对上司来说，这种人纯属来"挖坑"的，要是信了他，重用他，总有一天将把你陷进去。对下属来说，这种人让你左右为难，迎合他，难免事后受连累；不配合，也许现在就要穿小鞋。对一个地方来说，摊上这么一个领头人，只能留下一个烂摊子。这种人的所作所为，表面上看无关经济问题，其实对一个地方的祸害，同样不亚于经济上的贪腐。

干得好不如说得好，说得好不如喝得高。有些领导，遇事看表面，辨别干部能力的高低，不是看实绩，而是看口才。于是，光说不练、表现能力强的，就成了人才；埋头苦干、没时间"表演"的，则成了庸人。更有甚者，把酒量之类当作衡量能力的重要标准。常听得一些干部评价别人："某某某可以，某次接待某某一行，他一个人干翻了三个，让对方从此不敢小看我们。""某某某不错，什么时候喝酒都敢于'拎壶冲'，是我们单位的一张王牌。"这些年，上上下下抓得严，"酒桌文化"大大收敛，但以酒为媒展现"能量"的现象并未绝迹。只要上有所好，这种"人才"就不会断层。可想而知，这种用人导向，将形成什么样的政治生态。

庸俗文化的表现当然还有许多，一时难以举全。管中窥豹，可见一斑。更多的情形，大家可以在生活中多多留意，细细分析。

庸俗文化由来已久，根基深厚，市场不小。它毁人"三观"，带坏社会风气，如果不加以遏制，容易形成劣币驱逐良币的态势，甚至导致"黄钟毁弃，瓦釜雷鸣"，当引起重视。个体总是容易受到环境的影响。长期置身于不良的文化环境之中，便可能形成情感上的认同，如入鲍鱼之肆，久而不闻其臭。

摒弃庸俗文化，需要以上率下正作风。领导干部职务上去了，思想境界也应该上去，否则便可能德不配位。领导干部以身作则，比喊什么口号都更管用。小时候在农村，便经常听得人们说起："门看门，户看户，老表看干部。"这是群众对领导干部的鞭策。领导干部是什么作风，一个地方就有什么政风、民风。现在的干部受教育程度普遍较高，理应自觉性更高、做得更好才对。

摒弃庸俗文化，需要强化制度树新风。让制度管人管事，堵塞走"捷径"的漏洞，让某些想投机取巧的人找不到下手的机会，倒逼这些人走正道。在制度面前，乱作为是错，不作为也是错，只有正确作为、积极作为才是应有的选项。如果谁硬要和制度过不去，就得让他付出相应的代价，让他们知道制度不是稻草人，制度是长牙带电的。

摒弃庸俗文化，需要涵养正气扬清风。就像毒品容易让接触者上瘾，庸俗文化的腐蚀性很强，一旦入心入脑，便让人沉湎其中不可自拔。对付它的办法，就是用更强大的力量来驱逐它。要在全社会大力弘扬包括廉洁文化在内的健康向上的文化，使之成为主流观念，深入人心，被人们广泛接受，自觉自愿见贤思齐，选择做一个有品位的人。

摒弃庸俗文化是一个任重道远的过程，需要一代又一代人的努力，需要久久为功，点点滴滴，从每一个人做起。不管它如何根深蒂固，不管它如何影响深远，只要正义的力量日益壮大，只要向上向善的人群越来越多，庸俗文化终将越来越没有市场，进入历史的垃圾桶。

2023 年 11 月 13 日之夜于瑞金

# 贪念一起，后患无穷

四川省纪委监委"廉洁四川"公号近日披露了宜宾市城市公共交通有限公司原党委书记、董事长王建贪污受贿、做"两面人"的贪腐细节。在担任"一把手"的 6 年多时间里，王建收受了各种贿赂上千万元。报道说，王建的父亲自我要求高，而且对子女言传身教。父亲在世时，王建还能压制住自己贪欲的火苗。2013 年，王建的父亲离世。2015 年，他在担任市公交公司"一把手"后，很快就迷失在各种"围猎"腐蚀中。自从收下"第一次"，很快就有了第二次，最后就来者不拒，心安理得，思想上彻底崩溃。很有戏剧性的是，2019 年 1 月，王建亲自领学了《中国共产党第十九届中央纪律检查委员会第三次全体会议公报》，组织观看了廉洁警示片《蝇贪之鉴》，而就在当周，他就单笔收受了不法商人张某 30 万元现金。

王建的情况比较有普遍性。很多手握公权者走上不归路，情形和他差不多，归根到底都是因为没有及时果断扼杀心中潜藏的贪念，让它得到了"成长"的机会，渐至成为内心的"主导"，让自己越来越无法自控。

千百年来，关于贪欲，人们有着深刻的认识，名言警句也很多。我觉得，说得最好的，当数《韩非子·六反》里面的那句："贪如火，不遏则燎原；欲如水，不遏则滔天。"很多官员出问题，就是因为像王建一样，没有控制住贪婪的念头，让那些不正当的欲望逐渐释放出来，最终无法收拾，酿成大错，让自己前功尽弃，人生变成"负数"。

贪念一起，后患无穷。不管你是正人君子，还是凡夫俗子，也不管你是领导干部，还是普通职员，只要心里有了这个想法，危险就悄然逼近。贪腐之事并不是谁的"专属权利"。它和身份无关，和级别无关，和权力大小也无关。只要心中有贪念，一个临时工、一个门卫也可能栽倒在金钱面前。打个比方说，某个大机关的门卫，如果心里起了邪念，他就可能把前来上访的人当作财源，给几十块钱，就悄悄把人放进去；多给一点，就提供更精准的信息服务；等等。说到临时工，这些年，交管部门、城管部门都处理过利用手上有限的职权大谋不当之利的人，有的涉案金额还不少，让大家不断刷新认知。

所以，只要手中有点权力，心中有点贪念，就可能与腐败沾上关系。对公职人员来说，手中有权力是不可避免的，有权力才能更好地做成事。那么，最关键、最需要重视的，就是遏制心头的贪念。

贪念一起，行动便难以自制。古人说："利旁有倚刀，贪人还自贼。"利益的诱惑太大，你要么别天天惦记着它，只把它当作生活的日常；如果你哪天把它看成天下头等大事，一天到晚计较着它，那么，整个人的精神世界将立马发生转折性变化。为什么平时我们容易产生"越有钱的人越小气"之类的感觉？我理解，一个收入够维持生活的人，往往习惯把钱用在该用的地方，让钱财为生活服务；而一个人一旦以攒钱为目的，那么，他就不肯让一分钱流失出去了，于是便越有钱越不舍得花，越有钱越想着多赚钱，变成了活着是为了钱财。

曾经有个落马县长在忏悔录中说，他每天最快乐的事，就是夜深人静时，看看自己的财富比昨天增长了多少。他也有与王建类似的行为，刚在法庭旁听某县委书记的贪腐案庭审，回去后就忍不住又收了老板的钱。直到接受审查调查，才知道自己原来还是逃不脱与那名县委书记相同的命运。像他这种利用公权力为自己攫取财富的行为，就如柳宗元所说的："豺狼死而犹饿兮，牛腹尸而不盈。"贪婪到至死不悟，哪怕到了生命的最后一刻，也不肯收手不愿收场。

唐代诗人张继《题严陵钓台》诗云："古来芳饵下，谁是不吞钩。"清代诗人秦应阳的《飞蛾》一诗则说："飞蛾性趋炎，见火不见我。"正是因为利益的吸引力太强大，我们尤其要对此保持警惕。不义之财，即使一时获取，也是守不住的。要么东窗事发，做了一场"保管员"，要么在事发前滋长子孙骄奢淫逸之气，从根本上毁了一两代人。从长远看，这种账其实并不是盈利账，而是亏损账。

《幼学琼林·卷三·人事》有一句话说道："欲心难厌如溪壑，财物易尽若漏卮。"贪念一起，就像无底洞一样，永远难以满足；钱财再多，也容易挥霍一空，就像底部有漏的酒器，留存不了。多想想贪欲壮大的后果，多想想身外之物的意义，压根儿不动这个念头，就不至于对物质产生太强的占有欲，对很多事情也就释然了。

2023 年 11 月 27 日之夜于瑞金

# 第三辑

# 为学须实

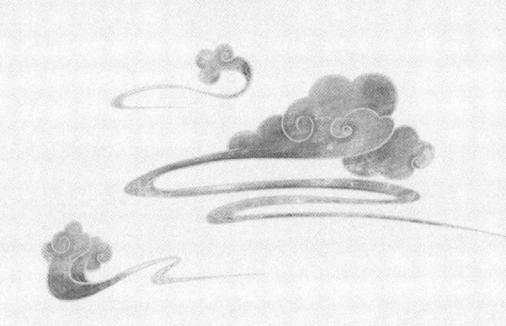

# 果真没时间看书？

　　这些年，上级部门在每个村都设了农家书屋，都安排了一大批很值得一读的图书。然而，不少农家书屋的书籍，虽然整整齐齐地立在书架上，但长年无人问津，连村干部都懒得动它一下。对此，我很是感慨：几十年前我们在乡下生活时，渴望读书却无书可读；如今阅读是如此的便捷（甚至不需要任何经济上的付出了），大量的图书反而遭受如此冷遇，真是暴殄天物啊！

　　村里人少，而且多是文化程度不高的"3899部队"（以前是"386199部队"，现在儿童大多被带到城镇读书了，少有在村里的），这当然是重要原因。但再怎么说，在村里，需要读书的人按理说还是有的，起码村干部便是一个群体，可为什么与书为邻的他们也不读书（指的是普遍现象而非绝对数）？

　　某次下村，当我提到这个话题时，一名村干部理直气壮地对我说："我们天天都这么忙，哪有时间看书？"

　　一听这个理由，我也理直气壮地反驳他："真的是因为太忙而没时间看书？那么，县委书记比你忙吧，更高层的领导比你更忙吧，难道你们觉得领导干部都不看书？"

　　这个话题没有继续下去，因为我知道，这事并不能怪某一个人——"没时间读书"不仅仅是个别人的借口，它应该是人们不读书的"公共借口"。

　　当然，真正读书的人，都知道"工作忙，没时间读书"之类根本就不是理由。

　　说远方的事，说知名的人，大家可能会觉得没有可比性，说服力不强。那今天就拿我自己来"现身说法"吧。我和广大村干部或其他基层干部一样，都是芸芸众生中的一员，都要靠工作养家糊口。所以，这么多年来，我一直处于工作状态，而且并不是你想象中那种闲得无聊的岗位。起初，在新闻单位工作15年，记者编辑都干过，白班晚班都上过。同行们应该颇有体会，这种单位过的是什么日子，起码不能算清闲吧。后来，转行到市委政策研究室从事文稿工作，在那个特殊阶段，为了某些材料，在办公室干个通宵也不算个稀奇事。再后来，转战纪检监察机关，懂大势的人都知道，这个时期的纪检监察机关是什么工作节奏。一路走来，我经常感叹，换的单位，真是一个比一个忙；换的岗位，则是一个比一个累。但我可以毫不夸张地说，不管在哪个单位，哪个岗位，我都没有长时间绝缘读写的经历：读书是一定在坚持的，写作是一定没有放弃的。证据就是我每年在工作之外发表的那些文字以及出版的那些书——如果不阅读，哪能写出这些东西？

也经常有人奇怪地问我："你怎么会有时间写东西？"这一问，当然比"你怎么有时间看书"还要更进一层。看书都没时间的话，还谈何动笔？可是对这个问题，我同样觉得奇怪：怎么会没时间呢？大家的时间都是每天24小时，不存在谁比谁更多或更少呀。

后来仔细一想，为什么同样干着一线的工作，别人觉得没时间读书写作，而我居然颇有时间，我觉得无非是因为这么几点。

一个原因是，我没有打麻将之类的爱好。很多人的时间去哪了？相当一部分，被牌桌占领了。我并不是反对娱乐，其实我也喜欢玩，但我的休闲内容很单调，顶多是休息日到乡村来点田野采风，或者偶尔打打不带任何"经济效益"的"拖拉机"。如果此时（码字或看书时）有人邀我出去同乐，我也会立马把电脑关了，或把书合上，拔腿就跑，玩一把再说。你看，我并不是说要把日子过得像苦行僧那般。但就算如此，我还是有时间看看闲书、写写闲文。可见，时间果然像海绵里的水，挤一挤还是有的，就看你愿不愿意挤。当然，与长期打牌玩麻将的人不同的是，我认为，娱乐活动不能天天有，如果一有空就玩得天昏地暗，那就玩物丧志，可能真会一点时间也没有了。

另一个原因是，我少有吃喝之类的应酬。很多人的另一部分时间，可能被酒桌占领了。我也算担任了一个基层领导职务，按别人的理解，应酬接待会多一些。吃饭确实比较花时间，特别是如果还要喝酒，那更是耗时甚久。我之所以能省出一些时间，就是因为不喝酒，即使私人应酬，也不需要太多的时间。更何况，因为不喝酒，请你吃饭的人自然也就少了。在这方面，我承认，比很多人赢得了一些时间。

当然，更重要的原因，我觉得还是自己有计划有意识地安排了读书与写作。我基本随时要备一本想看的书，要么放在案头，要么放在床头，总之是随时可以看到的地方。这样，只要一有空闲时间，就可以利用起来，好好看一点，看完一本之后再换一本。如此，一年下来，怎么也可以看完若干本书。写东西也是，每年都不能让它留下空白，随时想到几个题目待消灭，这样，日积月累，自然就有了一些文章。再利用出书的目标倒逼一下，也就更不敢太偷懒了。

想明白了这些，就知道了，到底有没有时间读书，完全取决于你自己。只要你心里装着读书这件事，再忙也会有时间；如果你心里根本不想提及这事，则再闲也会没时间理它。时间面前人人平等，大家的时间是一样的，就看你如何分配。但时间也是有尊严的，你对待它的态度不同，它给你的回报也会有区别。

不管怎么说，对于大多数人而言，"没时间"这样的理由，是不适合用来为自己不读书开脱的。读书固然需要时间，但更需要兴致，更需要毅力，更需要感情。如果你对阅读实在没有兴趣，自然就不会有这等毅力，不会有那份感情，那么，阅读的时间，当然永远不会属于你。

2022 年 3 月 26 日之夜于瑞金

# 写作是一种权利

参加一个小型座谈会，一位不怎么知名，但颇有"大师"气度的评论家义正词严地发言说，曾有业余作者发来稿件请他指正，他看过之后，严肃地告诉对方："你就不应该去写东西！一般人的作品，我是根本不看的！如果写不到某某作品程度的，都不应该写，因为写了毫无意义！"按他的意思，这世界，只有几位文豪级的人物才有资格写作，其他人就不应该去动这个非分的念头。

听了这位"大师"的一番话，心里不禁拔凉拔凉的：原来，我辈平时业余不好好喝酒打麻将，而是不知天高地厚学码字，竟然犯下了滔天罪行啊！回去后得赶紧把那些好不容易凑出来的文字删了，彻底毁灭证据才行。

正这样想着，忽地又起了另一个疑问：不知这位"大师"的水平是不是全国第一？如果不是，那么，按这个逻辑，他自己写的东西岂不是也要被比他更高档的大师给否定了？再按这个逻辑推论下去，一个一个被否定之后，这世上岂不是只有某个最厉害的人才有资格写作了？

这么一想，对这位"大师"那种睥睨群雄的超级自信，便有点怀疑了。

后来又发现，和这位"大师"的做派差不多的人，在写作圈还有不少。某位写手，大概在圈内有一定成绩，常常以一种很不屑的口气说别人的作品："这样的东西有什么意思，不如直接扔进垃圾桶算了！"还有一位，则喜欢以大咖的身份教训那些初学写作者："你们的作品，别在某某报（刊）这种级别的媒体发表了。要发就发某某大刊，省级以下的报刊根本就不可能让你出名！"

我想，这些人在居高临下说那番话时，都没有考虑过上述逻辑。

对这些人的这种行为，不妨称之为写作圈的"话语霸权"。他们仗着自己在别人面前有一定的成绩，有一定的优越感，于是不把别人放在眼里，甚至还想粗暴地让别人失去写作的权利。

基层作者、草根写手在他们面前，是否从此熄灭心头的冲动，对文字敬而远之？我看不见得。社会发展至今，写作早就不是某个群体的专利，它是所有人的一种权利，就像说话、吃饭、睡觉、呼吸等一样。写还是不写，完全由你自己决定，根本不必看他人的脸色。

其实，文坛就像自然界，有挺拔参天的大树，也有参差不齐的灌木，还有与世无争的各种花草，但总体上，长得高大的不多，长得矮小的常见。在形态上，文坛也是典型的倒金字塔结构：能写点东西的人很多，水平很高的人则是少数，达到制高点的人更是极少极少。这个时候，立在塔尖的人应该怎么看待下面？如果怀着一种高高在上、瞧不起下端的心态，那么，可以这么说，他必将从塔尖倒栽下来——因为，下面的人就可能心灰意冷，不愿意跟他玩了，都纷纷撤退了。而失去了塔基，塔尖还能存在吗？

所以，聪明的塔尖人，别忘了是塔底的人们成全了你。如果没有他们做坚实的基座，这座塔哪能耸立这么高？塔顶的人，实在没有理由制止塔下的人前来添砖添瓦。就像如果森林只剩下大树，整个生态就未必安全。

从读者的角度来说，也需要不同层次的作品。五个手指尚有长短，亿万读者又怎么可能同一种口味、同一个品位？别忘了，每个人的文化程度、理解能力、审美视角等都是千差万别的，你认为堪称经典的作品，在许多人眼里也许不知所云；你认为乏味无趣的文字，在一些读者眼里也许津津有味。阅读本来就没有统一标准，也唯其如此，读书这事，才会显得这般丰富有趣。所以，写作既可能是贵族的豪华盛宴，也可能是平民的家常便饭；作品应当允许有不同风格不同层次，阳春白雪与下里巴人共存，高雅文学与通俗作品并行，以满足不同层次读者的阅读需求。

另外还需要提醒的是，和其他技术一样，写作之事，也有业余和专业之分。专业的文学创作者，他们的标准和要求与业余写作者自然是不一样的。外行看热闹，内行看门道，各有各的味道。没必要为了专业标准而把看热闹的人驱逐了。文学是"人学"，本来就是为广大读者服务的，热闹一点，比冷冷清清的曲高和寡、孤芳自赏要好。所以，没必要以"专业标准"来要求业余写手。

写作并不是文学圈的特权。对许多人来说，写作或许只是为了表达，无关艺术；他甚至只是为了写给自己看看，并没想过与人分享。不管出于何种目的，任何一个人都有写作的权利。写得好不好，艺术性强不强，是水平问题；

要不要写，写什么内容，写给谁看，是人家的权利问题。在不违法的前提下，只要他想动笔，谁也没资格剥夺别人的这一权利。就像大自然，大树固然要成长，小草也同样要生存。大树长得再高，也不能因为自己的强大而剥夺小草的生存权。

2022年4月6日之夜于瑞金

# 钓鱼协会与钓鱼

因为写点东西，难免遇到一些同样写点东西的人。发现一个颇为令人不解的现象：很多人，喜欢以是否加入某级协会作为评价一个人作品或者成就的重要甚至主要、唯一标准。比如，谈论某人的作品，首先看看他是哪一级协会的会员，拥有哪些头衔；组织一个座谈会之类的活动，习惯按中国某某协会会员、省某某协会会员、市某某协会会员等原则给参会人员依次摆座位，如果是同一级协会会员，则按加入该协会的时间先后为序；安排文化圈的人吃饭，也按这个"级别"讲秩序。有的文友初次见面，不忘先互相问问对方是哪一级会员，然后，"级别"高一点的会员便难免心生些许自我优越感，觉得自己更牛气。

我这人在写作方面纯粹业余加草根，因此常用"不群不党，无门无派"来自我调侃。有时遇到熟悉的写手，人家得知我出过十几本小书，也会好心地问："你完全可以加入省作协甚至中国作协呀！怎么还不加呢？"有些便要热心做介绍。而遇到不熟悉的写手，听说你连个村作协会员都未必是，立马便作"老师傅"状，有意无意地告诉我："我在某年就加入市作协了，争取三年之内加入省作协！"曾经遇到过一个忘了大名的某协会会员，起初恭谦有礼，但得知我身上一个"会员证"也没有时，说话的口气立马就硬了好几分，提起我的作品也没先前那么客气了。更有甚者，有一次，某位从县里到市里刚刚找到"组织"的"诗人"，正在给聚会的众人派发他在县里一家印刷厂自费印刷的诗集，听说我什么会员都不是，便单单不把他的大作送给我，估计是怕我看不懂，糟蹋了他的一本好印刷品。

看到人家把成为某级会员当作写作的终极目标，把加入某级作协当作衡量一个人作品档次的重要标准，甚至直接把中国作协会员理解为"国家级作家"，把省作协会员理解为"省级作家"（那么，村作协会员自然就只是个"村级作家"了），我有时便忍不住表达一下自己的不同看法。为了更好地理解某某写作类的协会与写作的关系，我想，还是举一个更通俗的例子来说明吧，比如说钓鱼协会与钓鱼。

大家知道，钓鱼协会那就是一个群众组织，由某个范围内喜欢钓鱼的人组织起来的。例如，省钓鱼协会，会员一般来自全省范围；市钓鱼协会，会员自然主要在全市范围。当然，你不是那个地方的人，只要有条件参加活动，加入他们的协会也是没啥问题的，反正不领工资，不增加财政的负担，别人也就管不了那么多。人员问题搞清楚了，那么，在技术上，是否加入钓鱼协会的人，钓鱼的水平就一定比协会外的人更高？没加入钓鱼协会的人，是否就不会钓鱼，钓不到鱼，或者钓的鱼更小？这个问题，只要你知道钓鱼是怎么回事，就应该很容易理解吧？

没错，加入钓鱼协会，和钓鱼水平高不高，并没有绝对的关系。很多喜欢钓鱼但钓技不怎么样的人，协会也可能会吸收他；有些钓技高明但不想加入协会的人，一样可以正常钓鱼，而且该钓多少就钓多少。不管是池塘里的鱼，小溪里的鱼，还是水库里的或者江里海里的鱼，它们愿不愿意上钩，显然不会考虑你是不是钓鱼协会的会员。换言之，你若是水平高、运气好，你就算不是钓鱼协会的会员，这鱼儿照样上你的钓；同理，你若是水平差、运气孬，你就算是世界钓鱼协会会员或者某地钓鱼协会会长，也可能一条鱼都没钓上。

你看，钓鱼协会与钓鱼，就这么个关系。明白了这层关系之后，你如果是市级钓鱼协会会员，就能在县级钓鱼协会会员面前有优越感吗？同样在水库边垂钓，面对一个钓到了一桶鱼的业余钓手，你这个两手空空的某级钓鱼协会会员还能继续高高在上指手画脚吗？某个业余钓手钓到了鲜美的鱼请你共享，你会因为他没有"会员证"而拒绝品尝吗？

所以，关于为什么不加入某些写作类的协会，我是这样解释的：这些协会和钓鱼协会一样，本质上是一个群众组织，是由一群有着共同爱好的人自愿组织起来的，它并不是一个人有没有资格写作、有没有能力写作的先决条件。也就是说，并非所有的有着共同爱好的人，都必须加入这个组织。是否入会，悉听尊便，并无对错之分、高下之别。加入某个协会，只是一种形式，目的是更好地开展交流活动，取长补短，而不是排座座，分果果，拿着会员证撑门面。对写作者来说，只有作品才是真正的成果，某级会员、某协会理事、某学会会长之类，都是一个暂时的头衔而已，和创作成就完全是两码事。

若干年后,文坛江湖是否还有你的传说,靠的一定是你留下的作品,而不是那一沓会员证、任命文件、获奖证书什么的。

2022 年 4 月 27 日之夜于瑞金

# 点滴皆成读书氛围

本质上,我是个不喜欢热闹的人,一到闹哄哄的场所就头昏脑胀,无所适从。尤其是以前偶尔遇到吃饭闹酒的场面,面对那些脸红耳赤热火朝天的人,我辈本来就嗓门有限,微弱的声音根本就没机会发出来,那真是如坐针毡,度秒如年,只好努力寻找机会趁早逃之夭夭。

但也有一种活动,只要有机会我就积极参加。那就是各种小团体、小书店、小单位搞的读书活动。

最近这几年,我应邀参加过数次这种活动,有时还即兴做了主讲。因为写长篇小说,对与赣州结缘颇深的文天祥关注多些,所以,单是针对文天祥与赣州的话题,就讲了好几次。当然,也分享过读书心得之类。听众虽然不多,但只要有几个人能记住其中几句内容,我想,自己讲的这一两个小时就值得了。这些活动的主办方,要么是小本经营的小书店,要么是读书类的公益组织,要么是基层的各种群团,所以,作为参与者,做讲座也只能是完全公益的,讲课费自然不存在,饭也是没人管的,主办者最多提供一瓶水——当然,有时我自带水杯,连这瓶水也给人家省下来了。虽然没有任何经济效益,但我觉得,这种事情有意义。

当然,参加这些读书活动,主要目的并不是为了讲点什么,或者让别人记住点什么。真正的出发点,还是希望通过点滴之力,为全民阅读营造点氛围。因为,这个社会太需要读书氛围了。

尽管"全民阅读"活动在全国已经开展很多年了,"书香社会"也早就不是什么新词,各地各单位都组织了不少读书活动,推出了许多鼓励读书的措施,但在我们身边,有阅读习惯的人所占的比例似乎还不是太理想。据有关调查称,2021 年,我国成年国民人均纸质图书阅读量为 4.76 本,高于 2020 年的 4.70 本。人均电子书阅读量为 3.30 本,高于 2020 年的 3.29 本。2021 年,11.9% 的国民年均阅读 10 本及以上纸质图书,较 2020 年的 11.6% 增长了 0.3 个百分点;有 8.7% 的国民年均阅读 10 本及以上电子书,较 2020 年的 8.5%

增长了 0.2 个百分点。从这个调查来看，虽然数字有所增长，但增幅有限，人均读书量并不算大。也就是说，我们的阅读氛围，还需要进一步浓厚起来，让越来越多的人爱上读书。

读书需要形成氛围。为什么有的地方读书人少？因为大家身边多是不读书的人，你选择了读书，你就是另类，你就不合群，你就很容易孤独。这就将导致"劣币驱逐良币"的恶性循环。同样的道理，有些群体之所以读书蔚然成风，是因为这个群体的人如果不读书，将无法跟上团队，无法与人对话，随时可能淘汰出局，于是大家不得不竞相读书，常读不懈，也因此越读越爱、越爱越读。这就是环境与读书的关系。环境影响个体，个体也同时影响环境。

大家知道，网络对传统阅读产生了巨大的冲击，表现最明显的当数报纸的阅读状况。现在看报的人确实少了。那些曾经一纸风行的媒体，如今已是一纸难觅。在我工作的这个小城市，办公室留有报纸、每天还会习惯翻一翻报纸的干部，找不到几个，我算其中一个，这已经让很多人感到惊奇了。连一些报社的编辑、记者都不看报，自家的报纸出来，差错那么明显也不知道，因为根本没看。作为曾经的报人，我对昔日的同行说，如果咱自己都不看报，还能指望谁看？报纸只能更加淡出人们的视线，继而走向消亡。所以，营造读报氛围，就得从我们自己做起。你不把报纸的价值挖掘出来，不带动别人看，别人就更加觉得读报毫无意义，连原本的兴趣、信心都丢了。别小看你影响的那一两个人，也许，他又影响了身边几个人，进而影响一批人、一代人，终于让这种习惯传承下去。

读书当然也是这个道理。如果大家都不读书，图书市场也就萧条了，书店开不下去，出版社经营不下去，写书的人也越来越少，想买书越来越困难，久而久之将无书可看。想想这些后果，我觉得，作为写作者，首先有义务有责任营造阅读氛围。我们带头看书，热心参加各类读书活动，在全社会营造良好的读书环境，带动更多的人成为阅读者，这应当成为一种自觉。

虽然不算太乐观，但也不必悲观：这些年，在娱乐方式多样化的情况下，读书活动还是多起来了。尤其是图书馆之类的曾经"冷门"的单位，也在人们的视线中越来越活跃（起码我们赣州是这样，这些年，图书馆活动不断，人气比早些年旺多了）。事在人为，建设书香社会，人人都是环境，点滴皆成氛围。只要大家共同努力，以身作则，从小处着手，持之以恒，时常保持读书的姿势,从每一次活动做起,从身边的人开始影响,就一定能让阅读薪火相传,就一定能实现书香致远。

2022 年 6 月 21 日之夜于瑞金

# 圈子化与粗鄙化

常常听人说，如今文学不景气了，越来越边缘化。究其原因，有人认为是这一届读者出了问题，不爱读书；有人则认为是现在的作家不行，写的东西没法看。两种说法，都有一定的道理。我感觉，在一定程度上，当前文学创作呈现两个极端：一是传统文学圈子化，自娱自乐，排斥大众读者；二是网络小说粗鄙化，直接拉低读者审美水平。

传统文学依然靠纸质载体传播为主。由于种种原因，现在的报刊、图书发行量越来越小，这是不争的事实。别说和20世纪八九十年代文学最风光的时候相比（那时的刊物、图书，动辄数十万、上百万发行量），就是和十年前甚至更近的时间相比，也是每况愈下。当年风行报刊亭的杂志，很多仍有十几万、几十万的发行量。现在呢，以我常订的几份杂志为例，打听了一下，已经只有万把份甚至几千份的订数了。还有一些纯文学刊物，则成了以内部交流为主。当然，报刊亭也无从找起了，有时偶尔想起去报刊亭找杂志的事，竟然恍如隔世。

图书的情况同样不乐观。十几年前，我们这种无名作者的小书，被出版社相中，也可能开机就是一两万册。而现在，据熟悉的出版社编辑透露，一般的图书，几千册就算好的了，以万计算则是凤毛麟角（"畅销书"的标准也就是万册而已）。甚至，一些获得某某奖项的图书，发行量也不过如此。更多的作品，只是印个千把册，由作者自己拉回去处理。于是我就不禁想，一本书的读者那么少，影响能大到哪里去？某些名头大得吓死人的奖又能说明什么问题？

可是，发行的窘境，却似乎并不影响作家们享受文学盛宴。在圈子里，永远都是繁荣景象。评论起作品来，都是立意高远思想深刻，都是重大创新非凡突破，总之形势一片大好，让人觉得当今文学果然达到了一个新高度。可惜的是，这又似乎是个只有"著名作家"不见"著名作品"的时代，真正在读者当中产生较大影响的作品并不多见。

更让人费解的是，时下的很多作品，不管是小说、散文还是诗歌，不论在写法上还是内容上，确实离读者越来越远。说得不好听，很多东西，读者要么看不懂，要么不想看。不知是错觉还是事实，我总是感到，有些作家，就是不喜欢好好说话。本来一句话能整明白的东西，他非得给你绕出一百句来，没把你绕晕则不罢休。那些絮絮叨叨的语言，常常让人不知所云，怀疑作者是不是在说梦话。也许，在文字面前，他是高明的，我辈是低能的。但是，他不顾受众心理，不管读者感觉，那么，最终只能"曲高和寡"，绕给自己看。从一些文学刊物也可看出，他们的话语体系，并没有考虑普通读者，这些文字，是给专业人士看的，并不给圈外人看。于是，传统文学的圈子化现象便越来越严重，传统写作者也因此把自己封闭得死死的。这就不难理解，为什么圈内喝彩不断，圈外却置若罔闻。

相对于传统文学，网络文学倒是热闹得很。在路上、车上、电梯里，处处可见"低头族"。很多人捧着手机，便是在专心致志地看网络小说。由于它们时不时从网页上主动进出来，我也曾经怀着好奇心点击过几次。这一看才知道，原来，很多网络小说，都是一个套路：要么一个受尽欺凌的穷小子忽然获得了超人的力量，从此快意恩仇，报复性对待社会（完全是"暴力为王"法则，毫无现代文明规则可言）；要么是一个落魄倒霉的基层小干部因为某种因素，意外走了桃花运而且财色权通吃；要么就是一个被人无视的傻子突然开了窍，从此行走人间无往而不胜……总之，不仅文笔粗鄙，不讲章法，而且毫无逻辑，更谈不上什么思想性、启迪性、价值性。说穿了，那就是一个个不切合实际的白日梦而已，不知读了之后，能收获什么？

按照某些网络小说的套路，文学的认知功能、教育功能、审美功能统统可以一边歇着去，剩下一个无厘头的娱乐功能就行了。小说的结构、语言、逻辑、思想统统都要作废，爱怎么写就怎么写，根本不需要自圆其说，更别说模仿、剽窃这些突破底线的问题了。其实，文学固然可以天马行空，但同时也是"法而无法"——它的前提还是有"法"的。就算是《西游记》这样的神话小说，人家也要遵循基本的客观逻辑，你看孙悟空虽然有七十二变，但到了饭点，还是得老老实实拿着钵子去化缘，而不能随便变个馒头出来给大家吃。

若是读了点文学理论，对某些所谓的网络小说可能就会直接看不下。问题是读过文学理论的人毕竟少，更多的读者，未必明白那些浅显的道理，难以辨别作品的优劣。这些东西因为来得快，而且极其通俗，读起来完全不用过脑，于是，很多只追求感官刺激的人，便认准了这类文字。养成习惯之后，他们更加远离书籍，只愿意在网上看那些东西。长此以往，我真担心人们的整体阅读水平、鉴赏能力要被这种"作品"拉低。

　　一方面是圈子化，冷傲拒绝圈外的读者；另一方面是粗鄙化，直接"秒杀"文学的标准。任由这两种情况蔓延，文学如何走向繁荣兴盛？人们真的不需要文学了吗？答案当然是否定的。不管社会发展到哪个地步，文学都将与人类共存，优秀的文学作品始终是人类的精神营养。同时，文学作品也应经得起社会的检验，时间的检验。

　　既然时代并没抛弃文学，那么，传统文学如何避免孤芳自赏，让圈子外的人也来阅读？网络文学如何提升质量，让作品达到应有的要求？不管哪种样式，如何把作品的雅与俗结合得更理想些？这就是写作者需要切实解决的问题了。

2022 年 11 月 29 日之夜于瑞金

# 最是书香润家风

朋友 W 君一次闲聊时说，他儿子成年后，有朋友给小伙子介绍对象，结果，此事被其妻一票否决了。原来，W 君夫妇与女方家也算熟悉，他们曾经造访女方家里。W 君的妻子留意到他们家偌大的房子，竟然没有一本书。而 W 君家是书香门第，其妻认为这个家庭与自家不能"门当户对"，恐怕两个年轻人以后志趣不投，便没同意这门亲事。

我笑言，W 君的妻子能从这个角度看问题，可见眼光不一般。如今在为子女择偶时会考虑书香问题的，不知有多少？

之所以这样说，是因为，现阶段，平时不读书的家庭依然很多，攀比地位、财富的倒不少见。很多人，如上述那个女方家庭一样，房子虽然宽敞豪华，但一本书也不存；浑身上下珠光宝气，就是没有一丝书卷气。好些年前，我听得一个熟人和大家聊闲天，说起家里迁新居了，四五个房间，到处都是电器。本来设计了书房的，但家里没一人需要，所以直接改为健身房。他还颇有些"嘚瑟"地说，因为一家人都非常喜欢打麻将，而"书"与"输"同音，所以全家人听到"书"就烦，坚决不带一本书回家。听他这般说，我当时心里颇有几分悲凉感。我想的是，为什么这样的家庭，偏偏赚钱那么容易，房子换了一套又一套？

但不管怎么样，我心里对那户讨厌书的"富人"毫无羡慕之感。我觉得，如果人生可以交换，我宁愿继续做一个粗茶淡饭的读书人，而不愿意过那种虽锦衣玉食但只有物质享受的奢华生活。

不是说看不起不读书的人。实在是，社会发展到今天这个程度，一个人身上缺乏文化气息，很难让人肃然起敬。放在以前倒也罢了，读书人比例不高，文化程度低的人多着，衡量一个人有没有品位，不能以是否读书而定。很多没上过学的人，虽未必"知书"但同样"达礼"，做人做事都不差。在农村，我们的上一两辈，这样的人并不少见。我觉得，那是传统文化滋养的结果，让人们有了一套符合大众利益的行为准则。也就是说，其中还是因为文化的功效。

如今时代不一样了。现在的年轻人，都受过教育，理论上都是读书人。在这样一个文明社会，如果身上没有一点书卷气息，平时没有一点阅读习惯，他的思想、眼界、格调、情趣会是什么样子？估计不容乐观。而家里连书都找不出一本，这样的家庭，要说文化素养、文明程度能高到哪里去，恐怕有点悬。

读书的重要性无须多言。尤其是，随着社会治理的日益规范，一个人的发展，将越来越依靠自身掌握的文化知识，以及由此形成的思维能力。以往那种"乱打乱发财"的现象将会越来越难出现。人生如长跑，没有真实本事，很难长时领先。就说以前那些暴发户，如果始终没有文化作为支撑，也不过风光一时而已，他们的财富来得快来得易，但很难守得稳守得久。这也是"富不出三代"的根本原因。说到底，文化决定了一个家庭的家风，并决定了它的"家运"。文化从何而来？读书是主要渠道。缺乏文化、缺乏书香的家庭，家风品质不可能太高。

除了"发展"问题，从"过日子"的角度来说，人们的情况也与以前有了很大的区别。我们已告别了物资匮乏的年代，在生活上应该有更高的追求，也就是说，精神生活的重要性日益凸显。基本物质需求满足之后，人就不再是物质的人。这个时候，还只停留于物欲，便可以说仍处于社会生活的低级阶段，失去了相当一部分更有意义的人生。

雨果说："书籍是造就灵魂的工具。"威尔逊则说："住宅里没有书，犹如房间没有窗户。"别小看几本书，它对家风的形成起着重要作用。读书靠的是养成，装是装不来的。就像有些老板喜欢在柜子里放几本假书，以为可以装点一下门面，让人觉得自己有文化，其实是画虎不成反类犬，往往让人看了心里窃笑。对书有感情的人，自然会藏书。一个家庭有了书籍，便是家风最好的滋养。书香世界将潜移默化塑造人、改变人。如果有条件，家里能安排个书房当然是最好的。没有书房，起码可以给书橱、书柜留一个位置。

读书人家未必有多富裕，但精神上一定比别人富足。在物质生活已经"小康"的情况下，精神富足，可以让人活得从容，活得平和，活得自信。虽然我们反对门户之见，但在书香方面计较一下"门第"，还是无妨的。最是书香润家风，对于读书人来说，应该自觉示范，真心爱书，与书为伍，努力让越来越多的家庭得到书香的滋润，进而在全社会形成浓厚的读书氛围，以此提升全民文明程度。

2022 年 12 月 15 日之夜于瑞金

# 敝帚自珍，只因言为心声

作家王跃文多年前曾经写过一篇短文《二块七与十几万》，说某地方领导调京之后，忽然想起要出文集，便电令旧部搜集往日"著作"。旧部翻箱倒柜，很快整理出书稿。看该文集目录，其中五篇都叫《政府工作报告》，七篇题目是《在经济工作会议上的讲话》，四篇题目为《在农村工作会议上的讲话》，其他文章题目稍有区别，却也大同小异，都是《关于某某的调查报告》之类。

这位领导出书，为什么竟然要让数千里之外的旧部为他寻找"著作"？看看那些题目就知道了，因为这些文稿都不是他亲自写的，他只是使用者，用完就扔了，只有想起可以出书赚名获利时，才又记起它们。

对很多人来说，文稿只是一种敲门砖式的工具而已，需要的时候就急急跳，好像对它有多重视；把"门"敲开之后则随手抛弃，根本没想过要腾出一小块地方留存它。说穿了，就是因为并非己出，对它们毫无感情，打心眼里没把它们当回事。

不看重与自己相关的文稿，一种情况如上述那位领导，由于都是秘书或其他人代笔，自己只是照念一下而已，并没往心里去，所以念完就作废。可以说，大多数做领导的人，都是这种做派。文稿对他们来说，纯粹是"工作需要"，否则，在他们心中，这些东西便一文不值。包括他们在报刊发表的"署名文章"，也是为了向上级表态或完成考核任务而已，自己连样报样刊都懒得留一份。这也是某些讲话稿或"理论文章"空洞无物、了无生气的重要原因。使用者自己都不把它当回事，它还能有什么活力、生命力？

还有一种情况，文章虽然是自己亲自动手写的，但其内容只是应付式的，与自己所思所想所作所为毫无关系，所以用过了就算了，自己也觉得没有收存的必要，自然也就不留了。这些文字，有的属于任务性的，必须交差，比如学习体会、总结材料之类。有的则是写作者为了一时利益，投其所好，假话连篇，哄别人高兴高兴，写完之后自己也不记得说了什么。总之，这时的为文者，只是一个无聊的"文字搬运工"而已，压根儿没把文字当作自己真情实感的表达，更别提把文字当作承载思想的工具。这样拼凑出来的东西，谁也不当回事，留与不留确实没什么区别。

俗话说"敝帚自珍"。按一般人的心理，自己的东西，再不好，也会珍惜，毕竟它可能来之不易，其中难免带着一份感情。对于文字，我觉得尤其如此。"言为心声"，如果是自己用心写出来的东西，就算写得很不咋地，我也做不到像上面所说的那些人一样，毫不在乎，不屑一顾。再怎么说，也是辛苦熬出的心血，是自己内心的映照，岂能说扔就扔？

几十年来，我对文字就是这个态度。我写的东西较杂，有的属于工作，有的属于生活。工作上的文字，虽然有些完全是任务性质，其本身甚至可能形式大于内容，用过了就用过了，留下来未必有多少意义，但只要在报刊上发表过，我还是习惯留一份作纪念。比如以前当记者，写过不少会议报道、工作通讯，这些文字时过境迁，确实是"易碎品"，发表当天就作废了，以后再也无人提起。但作为与这些文字相关的人，我坚持将每一份报纸都收藏起来。这种工作类的稿件，有1200多件，占了我书房不少空间。虽然基本谈不上什么价值，但我把它们当作老朋友看待，并不嫌弃。至少它们是某段岁月的见证。

与工作无关的文字，我更是倍加珍惜，那真是自己的一份心血。写作是我最大的业余爱好。形成的文字，都可谓是自己内心的真实表达。即使当初写得肤浅稚嫩，只要在报刊上发表了，我都要认真地把它收存下来，底稿更是原原本本地留着，甚至还想办法让它们汇编成集出版成书。这些文字，水平虽然不高，但它证明着自己某个阶段的真实想法、真切存在。人总是在走向成熟，曾经幼稚也很正常，没必要因为后来成熟了就否定过去，甚至抹去以往的痕迹。鲁迅先生在《集外集》序言说道："我惭愧我的少年之作，却并不后悔，甚而至于还有些爱，这真好像是'乳犊不怕虎'，乱攻一通，虽然无谋，但自有天真存在。"我也是这种想法，只要是自己真心想说的话，留着就有意义，为什么要改来改去，甚至故意遗弃呢？

敝帚自珍，只因言为心声。这同时也可以提醒自己：文字有灵魂，落笔要慎重。不管是职业写作还是业余写作，都要对自己的文字负责。认真对待自己写下的东西，就要言行合一，表里如一，无论是说话还是做事都要讲原则、守底线。如果利用自己的文字驾驭能力去讨巧、去投机、去钻营、去欺骗，那么，这些文字作为证据留下来，终究要让你的声名付出代价，总有一天会让自己为此愧疚不已。

2023 年 1 月 3 日之夜于瑞金

# 与书何关

一名级别不算低的地方大员,平时经常自我标榜有两大"爱好":一是读书,二是陪爱人散步。后来,此人因贪腐问题落马,剥开画皮,才知道,他天天声色犬马、花天酒地,根本没时间接触书籍,更没时间陪爱人散步。原来,读书在他眼里,只不过是一块遮羞布。所谓的"爱好",完全是拿来骗人的。读书之事,居然也会无辜"躺枪",真是令广大读书人无语得很。

更有甚者,媒体经常报道,某地某官员落马,曾经是名作家或者诗人,出版著作若干,云云。但凡遇到这种情况,各种媒体最关注的,往往是其人的"作家""诗人"身份,还要在标题当中特意突出,对他的种种贪腐行径反而忽略了。而很多网民,也被引导到这个关注点上,声讨官员写作几乎要盖过声讨其腐败。

我的朋友当中,自然有担任一定领导职务的,自然有同时也爱好读书甚至写作的。包括我本人,虽然只是个低级别的基层干部,但也算个喜欢阅读的人,还出版过十几本小书。每每看到这种报道,与一些爱好读书写作的干部朋友交流起来,大家便不免苦笑,似乎自己成了一个另类,说不定在外人眼里,也是潜在的腐败分子呢。

有的干部因此对写作讳莫如深。他们即使继续写着点东西,也不敢拿出去公开发表,生怕惹人注目,被谁盯上了,或者被不熟悉的人误会为披着文化外衣的贪官污吏。

我却很不信这个邪。读书与写作,竟然会让人变坏?在我看来,这简直是世上最荒诞的笑话。

读书,只会让人变得更聪明睿智,善良大度。当然,这里不讨论某些"毒书"的问题,因为在真正的读书人心目中,并不会把那些带毒的文字当作"书"来看。正常情况下,一个人多读书,只会使自己的修养越来越高,能力越来越强,使自己越来越靠近文明、融入文明。至于有的人虽然读了书,但还是成了一个坏人,定然不是因为读了书,而是另有原因。就像一个孩子吃饭,只会使自己越长越大,越来越健壮。至于有的孩子因为种种原因,身体出现不适甚而早夭，那肯定不是因为吃了饭，而是出现了其他情况。不难假设，如果他不吃饭，身体出现的问题将越来越多、越来越严重。

写作，只会使人思维越来越清晰，思想越来越深刻。用心写作的人，往往能做到"文如其人"，知行合一。那些"文非其人"的现象，我认为，是因为写作者并没有用心在写，他只不过是依托自己的文字驾驭能力，在谋求某种利益罢了。也就是说，他是在有意识地骗人。这种行为，与写作还是有距离的，顶多算得上"码字"。写作本身，只会让自己更幸福更通达，不可能把自己带入一个罪恶的深渊。如果某些写作者成了作恶之人，我认为，这也不是写作之过，而是写作背了锅——其人在利用写作而已。

从查处的那些有所谓读书、写作爱好的官员来看，这些人，多数并非真心热爱读书、写作。如前述那个把读书标榜为"两大爱好"之一的官员，事实已证明其纯粹是在忽悠，他根本就不读书。而那些热爱"写作"的落马官员，也不妨去细究一下，他那些文字究竟是不是自己写出来的？或者，看看他那些文字，到底是不是发自内心去写的？如果仅仅是以书的形式展现出来，请不要简单地把这种行为称为"写作"。很多年前，曾经有个官员送了一本其个人"著作"给我。乍一看，不禁对他肃然起敬，翻开后，才知道都是些单位的工作总结、宣传报道而已，想来此举不过是沽名钓誉。后来，此人不幸落马，不明真相者还在感叹其"有才无德"，真是颇有几分滑稽。随便弄一本印刷品就叫"有才"，人们对"才"的标准也未免太低了。说到底，不管是读书还是写书，发生在他们身上的这些事，与书有何关系？

我还是坚持认为：真正热爱读书、写作的官员，出事的概率只会更小，不可能更大。读书也好，写作也罢，都是一种健康的生活方式，其本身不可能给人带来坏处。尤其是读书，本来应该是我们需要大力提倡的行为，岂能以这种方式受到某些贪官的侮辱？现在我们需要做的是，把某些官员的所说所演，与他的真实行为清晰地区分开来，不要人云亦云，纵容他们别有用心地对一些良好的行为"污名化"，以至让他们为自己找到一个堂而皇之的开脱理由。

2023年1月15日之夜于瑞金

# 旧书如老友

听得好几位乔迁新居的朋友说，搬家时，把家里的旧书全作废品处理了，只带了一些新书过去。这些朋友，和我年纪相当，基本上认为事业已到头，再等几年就退休，不需要坚持学习继续充电了，所以，业余也就不怎么看书了。那些旧书，特别是当年起步时的业务书籍，在他们看来，已经没有任何价值了，留着也是累赘，不如借这个机会清理减负。至于少许留下来的新书，也不过是考虑到以后可能家里有谁还用得上，所以暂时不扔而已。

其实，很多人喜欢把旧书清理掉，哪怕并不搬家。有些是经常买书的人，书柜容量不足了，便以旧易新，让旧书给新书腾位子。这种情况还可以理解，毕竟读书人没书房、有书房的人不读书这种现象比较普遍。读书者清贫，不读书者反而富裕，这简直是个没法评说的话题。为了读书而忍痛割舍旧书，实属无奈之举，改变这种状况，唯有让读书人有条件改善自己的居住空间。另一些则是本来就不怎么藏书的人，他们对书基本没什么感觉，家里空间再大，也未必有书籍的容身之所。对他们来说，看过了的书，都可能随时贬为废品（他们能看一看已经算很不错了），区区旧书更是不在话下。

因为处理旧书的人多，旧书市场便总是不缺货源。话说回来，卖到旧书市场的书算是幸运的，它们还可通过这个渠道流通下去，总比直接化为纸浆好多了。

我也算是一个爱书之人，对旧书还有更深一层的感情。多少年来，新书固然不舍得扔了，旧书更是不肯抛弃。从某个角度来说，早年收藏的业已发黄的旧书，是我们求知途中的老朋友。一个人"好读书"的习惯，往往是小时候养成的，其中就可能少不了那些旧书的功劳。书籍给我们打开了认识世界的一个重要窗口，并在很大程度上决定你将成为一个什么样的人。我们的学生时代，读物不多，偶尔找到一本"闲书"，那真是如高尔基所说的，"就像饥饿的人扑在面包上一样"。这种如饥似渴的阅读经历，在图书品种繁多的今日，估计已少有人能够体会。那时的图书来源，主要靠互相借阅。为此，爱读书的人常常省吃俭用也要买上几本书——自己手上有书,才增加了向别人借书的"资本"。此时拥有的图书,虽然至今已老旧不堪了,但它们就如患难朋友,最显真情。

记忆中,我藏书是从连环画开始的。还不怎么识字时,便喜欢收藏连环画,到了后来,自然而然喜欢上了其他图书,并希望手上的书能越来越多。早年在乡村上学时,只要有机会进县城,我都会想办法到书店买一本书。那时的书店,图书品种实在少得可怜,有时瞄个一年半载,也只见那几种书。物以稀为贵,每新添一本藏书,都如获至宝,没事时便拿出来看看。后来进城工作,这些书我依然没舍得处理,就是那些破损不堪的连环画,也专门用个大纸箱把它们保存起来了。有时想起昔日的阅读时光,但觉恍如隔世。现在看来,有些书并不高深,但在阅读的过程中对我的影响不小,正是因为它们,使我很早就喜欢上了写作,梦想着自己的文字也能变成印刷体,甚至形成一本书。

最令我回味的购书情景,也是购买旧书。记忆最深刻的有两次。一次是读中学时,某日,县新华书店运了一车旧书到学校来,放在一间教室里出售。对我们乡下人来说,那真是平生仅见的盛事,面对书的世界,大家几乎震惊了。这些书,因为出版时间久,价钱显得特别低廉,即使按原价,也是非常合算的。可惜囊中羞涩,虽然动用了积蓄许久的"小金库",但经反复比较之后,仍只购得一本《倒序现代汉语词典》。数年之后,在城里读大学,某年国庆期间,市新华书店清仓,大量的旧书按三五折出售,时间还维持了好些天。旧书本来就便宜,折扣又低,真是重大利好消息。那些日子,我有空就往新华书店跑,淘金人一般在书堆里寻找。那时依然贫寒,所幸有点稿费可自由支配,不至于影响生活,于是陆续买了几十本书,我的藏书量瞬间暴增。记得其中一本《高山下的花环》,只花了几毛钱,但觉捡了一个大便宜。学校有一位老师也加入了淘书的队伍,每次扛一蛇皮袋回去,让人看了好生羡慕。只是,从此再也没遇到这等美事,倒是新书越出越多,书价也越涨越高,让人心动的书却并不多了。

旧书和新书相比,印制工艺自然相差太远,显得简陋、单调、土气。但那只是形式上的差别。在内容上,旧书未必就陈旧落伍了。物质方面的事情,今人往往胜古人,文化方面则不见得。也许人们的整体文化素质提高了很多,但高峰则未必超越了前辈,否则,为什么我们依然把《红楼梦》视为长篇小说的扛鼎之作？很多书，其价值并不随着岁月的流逝而贬值，多少年过去依然是精品，而且是经过了时间检验的经典。还有一些书，则因为出版时间久远，市场上已很难找到，对于读书人尤其是刚好有需求的人来说，它们更显珍贵。

  旧书如老友。它们在我们刚起步时，就与我们相伴，给我们乐趣，给我们鼓励，给我们力量，为我们加油。如今你也许事业有成，也许觉得当年的力量已微不足道，也许认为那些旧书再也发挥不了作用，但是，那段岁月依然是值得回味的，那些经历依然是弥足珍贵的。知根知底、风雨同舟的老友最值得信赖，一个人不管地位如何变迁，往往能在"发小"面前保持纯真。在我看来，同样的道理，对待旧书，不管自己如何"成熟"，不能忘却了那片初心，淡漠了那份感情，空间再紧张，依然得给它们留一席之地。

2023 年 2 月 1 日之夜于瑞金

# 在阅读中实现自我升华

在"全民阅读"连续十年写入政府工作报告、已上升为国家发展战略的今天，身为公职人员，没有理由不把读书当成一份工作责任、一种自我要求。关于读书的好处，可以从无数个角度去解读，相信每个人都会有自己的心得体会。公职人员尤其应当从提高自我修养、升华精神境界的角度去认识读书的价值。

读书对一个现代人来说，是极其重要的生活方式。有这么一种说法："不读书的人，天和地都是狭小的，他充其量只能活一辈子；多读书的人，天和地都是广阔的，他能活上三辈子：过去、现在和将来。"这个说法非常真实、形象、生动。读书，有效地拓宽了人生的边界，使我们的生命质量翻倍。不读书的人，只知道吃喝玩乐，他的生活内容始终没能超越普通动物，也就是只有物质世界，缺乏精神世界。而读书，为我们的人生打开了无数扇门窗，恰如陆机所云"精骛八极，心游万仞"，每个人都可以在浩瀚的书海找到无穷的乐趣，体验不同的人生，收获非凡的成果。

读书让我们虚怀若谷。什么人最容易自以为是、狂妄自大？当然是不读书的人，"无知者无畏"嘛。某些干部由于从来不学习，不知道个人力量的渺小，因而毫无敬畏之心，不敬畏组织，不敬畏群众，不敬畏纪法，不敬畏自然。这种人，一旦掌权，定然践踏规则，任性妄为，终将给社会带来不良后果。读书越多的人，则越觉得自己浅薄，越觉得自己卑微，于是自然而然低调谨慎，勤勉躬谦。为什么知识越多的人反而越觉得自己无知？苏格拉底解释了原因："人的知识，就好像一个圆，知道的知识越少，这个圆就越小，与外界接触就越少，然后就感觉自己的世界里什么都懂。知道的知识越多，这个圆就越大，与未知的外界接触就越多，就越来越感觉自己的无知。"对此我深有体会。比如说，学生时代读历史，以为看了几本教科书就懂了历史。后来多读一些方家著作，才知道历史根本没那么简单，光是"宰相"一个词，就够你解释大半天，我们以前所知的，连皮毛也谈不上。其他方面的知识也是一样的道理。

所以，读书越多，越能发现自己的不足，本领恐慌也由此而来，说话便不敢太武断，行事也习惯多思虑。倒是越无知的人说话越绝对，因为他不知道世事有多种可能，往往不止一个答案。读书使我们时时接受新知，时时保持清醒。要把工作做好，必须多读书，才不会想当然信口开河，凭意气盲目决策。

读书让我们见贤思齐。一个人思想境界的提升，需要榜样的力量。对基层干部来说，也许我们在生活中接触的都是平常人，大家的境界看起来都未必高到哪里去。物以类聚，人以群分。如果长期与平庸之人在一起，我们的精神世界也容易变得平庸，思想境界总是上不去。这就是环境的影响。当客观环境难以改变时，靠什么来避免平庸化？最佳途径，就是读书。歌德有一句名言："读一本好书，就如同和一个高尚的人在谈话。"物质条件也许一时间依然有限，精神面貌却可因此发生巨大变化。古往今来，书中留下多少圣贤事，不读书，也许你根本不相信世上还会有那等人物，不知道人还可以活得如此出彩，当然就不可能为自己设定一个格局更大、层次更高的目标。比如，通过阅读，我们看到早期的一批中国共产党人，其生活原本衣食无忧，甚至处于上流社会，但他们却能毅然舍弃已有待遇投身革命事业，这就是理想信念的力量。在他们身上，我们便知道"胸怀天下"并不是一句空话。谁要是不理解，只能说自己的境界还不够。还有历史上无数清官廉吏、忠臣义士，他们的事迹照耀青史，用生命诠释了何为"崇高""伟岸"。这些闪光的篇章，在潜移默化中令人心生敬意，见贤思齐，自觉净化心灵，校准航向。

读书让我们修身致廉。全面从严治党逾十年，廉洁文化建设也有了越来越丰富的内涵。对广大公职人员来说，"廉"是履职必过的大考。廉洁之念源于内心。只有解决了内心的问题，才能真正认识到廉洁的意义，自觉摒弃贪心杂念。读书是一种实实在在的修行，直接有益于修身正心，直接决定一个人的风度气质。修养达到一定程度，一个人就能脱离低俗，超然物外，世事洞明，宠辱不惊，从而增强定力，抑制诱惑，崇廉尚洁，恪尽职守。真正的读书人，有正确的人生观、世界观、价值观，眼明、心静、气清，知荣辱、识廉耻、辨是非，比普通人更能看透名利得失，用理智约束自己的行为。一体推进不敢腐、不能腐、不想腐，文化的力量不可或缺。尤其是实现"不想腐"，需要用廉洁文化从根本上塑造一个人，让他的心灵充盈浩然正气，而读书正是题中应有之义。好书如益友，坚持阅读，从书中广泛汲取营养，时时自省、自警、自律、自励，将文化的力量转换为自身的能量，如此久久为功，定能远离庸俗，坚守清廉，在精神上实现自我升华。

2023 年 4 月 21 日之夜于瑞金

# 究竟该读什么书

闲翻微信朋友圈,偶然看到一个视频,说某知名大学的教授给人开出了一份"不必读书单",罗列了一大批他认为没必要读的图书。自然,对此赞成者有之,持不同意见者也有之。有人庆幸自己尚未接触书单里的某些书,有人则为自己已经读了其中的若干本而不安,也有人认为这纯属一家之言,不必当回事。

关于读书的问题,很多人喜欢问别人要书单,希望别人推荐可读之书。而给人推荐"不必读书单",倒是少见的,也难怪这个视频被那么多人转发。

我却觉得,读书之事,还是因人而异为好,既不必跟着别人读"必读之书",也不必跟着别人拒绝某些"不必读之书"。每个人的阅读水平、认知能力、职业要求、兴趣爱好是不同的,甚至差别还大得很,哪有什么统一的读书标准?教授是专职做研究的,很多书对他来说可能需要反复研读,另一些书则可能对他的工作毫无用处,所以他有选择的自由。但这种选择对于普通读者来说,能是一回事吗?如果水平没达到相应的层次,却盲目跟在别人背后,读别人眼中的"经典",也许会消化不良,不知所云;至于跟风远离别人眼中的"不必读书目",则可能错过了属于自己的风景。

读书固然要见贤思齐,要博采众长,要向别人学习良好的读书方法,但另一方面,也不要受别人太多的干扰。特别是对具备识别能力的读者来说,更应保持一定的独立性。一个成熟的读者,该读什么,不该或者不需要读什么,应该做到自己心里有数。拿到一本书,要不要看下去,最好凭自己的判断去决定。这也不是多难的事,一般来说,看了开头或内容提要,就大致可以选择读还是不读。

鞋子是否适合自己的脚,要自己穿了才知道。读书也是这个道理。一本书是否对自己有价值,要自己读了才知道。读书和吃东西差不多,每个人的口味不尽相同。人家觉得味道好的,你不一定感到可口。人家觉得不好吃的东西,也许是你的最爱。更何况,还有很多新书,别人大概也没怎么看过呢,岂能因为他没有推荐，你就不去碰它？

　　有些所谓的名家，看问题其实也是很主观的。很多书，他根本没怎么看，就凭感觉喜欢或者不喜欢，并把这个意见推销给别人。比如，有的人对金庸很反感，说他的作品垃圾得很，所以他从来不看。那么问题来了：既然从来不看，又如何得知人家的东西垃圾得很？这样的人，我就遇到过好几个。你说他没水平吧，人家又是著述颇丰的作家；你说他高水平吧，说话又不讲逻辑。每每遇到对某本书一棍子打死的人，我就会问他：既然这本书不好，具体表现在哪些方面？如果他说不出个所以然，只能说些放之四海而皆准的批判词，只能说，他们是那种自我感觉良好又喜欢跟着感觉走的人，他们的观点只能代表自己，未必值得推广。像这种情况，就别轻信为好，还是自己看了书再说。

　　抛开信口开河的情况，就算认真发表意见，每个人看问题的角度也不一样。一本书的信息量也许是很大的，谁都可能从中读出新意，别人忽略了的视角，没准与你有缘呢。所以，即使人家认为不值得看的书，如果你有时间，有好奇心，也不妨看一看，说不定会有意外的发现，有相应的收获。事实上，很多名著并非一问世就被广泛认可，也是经历了一番沉浮才产生巨大影响的，这就是时间的力量。因此，别人认为不必要看的书，不等于其他人也不必要看，不值得看。比如那位教授说的某个时期的作品不必阅读，我就不以为然。从文学鉴赏的角度看，或许某个时期的作品已经过期了，没有借鉴意义；但从了解一个时代的面貌这个角度，这些书也许是一个侧面的见证呢？轻易全盘否定，未免草率了些。

　　对大多数人来说，他的时间远未达到必须精准选择图书阅读的程度。能引导他看书，就很不错了，还谈得上挑三拣四、好高骛远？在这种情况下，我觉得，只要能唤醒人们的阅读意识，让大家都喜欢亲近图书，就是一件令人欢欣鼓舞的事了，哪里需要告诉人们这个不必读那个无须看？我倒是担心，如果动辄宣传"不必读"书目，正好为某些厌恶书籍的人找到了不读书的理由，让阅读氛围更加冷清，让愿意读书的人越来越少。

　　究竟该读什么书？这个问题犹如小马过河，老牛说的未必对，松鼠说的也未必错，小马自己走一遍才算数。除了有毒读物，我觉得，只要大家养成阅读习惯就值得肯定，至于读古代还是现代，中国还是外国，文史还是科技，大作家还是无名氏，尽管自便。要相信，一分耕耘一分收获，读书之事，只要用心对待，总会有所回报。

2023 年 6 月 5 日之夜于瑞金

# 把书放在触手可及之处

最近找本单位一些年轻干部谈话，无一例外都要问到他们学习尤其是读书的情况。很多年轻人坦陈，工作之余读书有限，主要原因是觉得没有时间。

我从不认为"没有时间"可以当作一个人不读书的理由。要说起来，大家都可能各有各的事，谁也未必比别人清闲，难道人们都因此不读书了？事实上，想读书的人，再忙也有办法安排读书时间；不想读书的人，时间再多也不会用来读书。所以，是否读书，基本无关时间。

读书首先需要自觉意识。真正的读书人都不是"逼"出来的。如果一个人领悟了读书的意义，他自然要想方设法去读。看看古代流传下来的那些关于读书的成语就知道了，自觉性对一个人的阅读将产生多大的动力："囊萤映雪"，晋朝的名臣车胤与孙康，都因家境贫寒点不起油灯，车胤夏夜捕捉萤火虫照明读书，孙康则在冬夜用雪地的反光来读书；"悬梁刺股"，汉代的孙敬和战国时期的苏秦，为了防止读书时打瞌睡，一个用挂在屋梁的绳子系着头发，一个拿锥子狠刺自己的大腿；"负薪挂角"，汉朝的朱买臣和隋朝的李密同为穷人，一个砍柴回家时一边背着柴一边看书，一个给人家放牛不忘带几本书挂在牛角上，牛吃草他啃书。还有，西汉学者匡衡为了能借邻家的烛光读书，在墙壁上凿了个洞，于是有了"凿壁偷光"的佳话；三国时代的东吴大将吕蒙，以前不怎么读书，后来在吴主孙权的再三劝说下，手中随时拿着书，一有空就抓紧读，于是有了"手不释卷"的美谈……只要认识到了读书的价值，哪怕困难再大，也能下定决心，排除万难，坚决向书籍靠拢。如今的学习条件比任何时代都要好，怎么反而没有办法读书？这怎么也说不过去吧。我相信，只要有想读的意识，一切都不是借口，一切都不是问题。

有了读书的自觉，还得为自己设定一个读书的目标。也就是说，可以要求自己每年大致要读多少本书，取得怎样的效果。有计划有安排，才可能有实实在在的成绩单。如果只是想读书，但总觉得今天太忙，明天再说，那么，日复一日，到了年底，便会发现一年又要过去了，可想读的书，几乎没怎么翻开过。有目标的状态和无目标的状态相比较,就会知道自己原来还是可以多读一点书的。

最关键的是,实现目标还应有过硬的措施。空有目标,没有办法,结果依然可能归零。所谓的措施,也就是如何解决"没有时间"的问题。在这方面,古人也有相关的说法。汉朝学者董遇有个"三余论":冬者岁之余,夜者日之余,雨者晴之余。言下之意,这些都是读书的好时光。北宋文学大家欧阳修更有一个"三上读书法":马上、枕上、厕上。他把这几个时间段都好好利用起来了,读书自然不是问题。现代人生活内容丰富,远非古人可比。工作量大了,好玩的事多了,活动的范围也广了,出门的话可以一年四季畅游环球,不出门的话一部手机便足够消磨一辈子的光阴。这样看起来,读书的难度似乎增大了。但我觉得,要解决读书的时间问题,这事并不复杂。其中一招很管用,便是把书放在触手可及之处。

比如在办公室,可以把需要读的政治理论类、业务工作类书籍放在办公桌上。一个人工作再忙,每天总会有片刻空档期。在这个时候,闲下几分钟了,随手拿起桌上的书,好好地看几页,既是一种休息,又是另一种工作。它让你从繁忙的工作中暂时解脱出来,让思维进入了另一个天地。也许,这几页书,突然和你工作上的某个堵点相遇了,刹那间碰撞出了灵感的火花,取得了意想不到的效果。即使没有发生这种情况,日积月累,也将逐渐有所收获。这些年,我利用这种碎片化的时间,读完了不少"规定动作"范围的书目,感觉每天都过得特别充实。

在家里也同样是这个道理。在书房或卧室,随时准备要读的一本书,只要有了空闲,便翻一翻,看完一本再换一本。不管你要做家务还是娱乐健身,饭后、睡前总会有这样的空余时间。如此一年下来,怎么也可以读完几本书。当然,在家里,可以根据自己的兴趣爱好尽情阅读"闲书",多方汲取文化养分。一个人读书太单一,也容易造成"营养不良"的问题,广泛涉猎,大有裨益。

即使在旅途中,也同样可以在手提包里放上一本并不怎么占空间的小书。不要时刻惦记手机、依赖手机,适时把视线从手机屏幕转移到书上,或将发现别样的精彩。一个人独处的时候,往往也是读书的最佳时间,此时,身边这本小书也许可以成为你最好的伙伴。只要你有心,一路上总会有时间与它对话的。

把书放在显眼处，随手可取到，让它时时提醒你不要错过了日常中的阅读时光，"没有时间"的问题便不再是问题。当然，这个做法贵在坚持，要有看到这本书长久没动就心里不踏实的想法。这样，就会倒逼自己挤出时间去看完它。读完之后，要记得及时换一本新书放在这个位置。这样形成了习惯，选中的书便慢慢被消化了。如果三天打鱼两天晒网，书放在那里只是摆设，那再好的计划最终也将落空。

2023 年 7 月 3 日之夜于瑞金

# "帮我写篇文章"

久未联系的 M 同学忽然打我电话。在我看来，同学也好，老乡也罢，都是上天安排的，其实未必有什么特殊的感情。谁要做你的同学或老乡，又不是自己可以选择的，你有什么办法？因此，同学或老乡之间没有联系是很正常的。"朋友"就不一样了，那是自己后天找的，自己可以决定的。所以，寒暄之时，我就在想，M 同学素来与我仅仅是同学而已，并未到"朋友"的份上，这次突然想起我，大概会有什么事呢？

M 同学在外地一家事业单位上班。他所在的城市与我毫无渊源，他的工作与我没什么关联。M 同学并没有读书写作的兴趣，在工作之余也和我谈不上什么共同话题。如今大家的时间都是宝贵的，要说他专门腾出几分钟来问候我，我是怎么也不会相信的。

果然，该说的套话说完之后，M 同学亮底牌了。他说："有个小事要麻烦你一下。我正在准备申报某某荣誉。根据有关条件，如果在报刊公开发表过一篇文章的话，分量更足，把握更大。没办法，只好请你这个才子帮我写篇文章喽，我到时找路子发表一下——不过时间要尽快。"

我一时哭笑不得，问他："为什么要我写？你自己怎么不写？"他爽朗一笑，说道："我哪有时间写文章呀？这种事，也就你最合适了，当然找你呀！"

我努力控制情绪，说道："原来在你这个干大事的人眼里，我的生活是这么的空虚，以至要麻烦你来安排事情给我做了。你一个每年可以随时休假的人，跟我这个连双休都不能确保的人比时间，真是够有底气了。这件事，依我看，还是你自己最合适。"

M 同学没有听出我的不快，还在笑嘻嘻地说道："你不就是喜欢写文章吗？这事对你来说，小菜一碟了！你也知道，我从来就不爱动笔，怎么可能去干这种事呢？"

我不想与他继续纠缠，正色说道："既然自己不喜欢，何必勉强别人，又何必强求这样的荣誉？并非每个写文章的人都如你想象的那么清闲、那么随便。这事到此为止，不再说了！"

挂了电话，不禁悄然叹息：唉，因为写文章的事，又得罪一个人了！

的确，我不是第一次遇上这种事情。从大学时代开始，就经常遇到嘴一张，叫我帮忙写各种文章的。他们有一个共同点，对写作这行为毫无看重之意，对文章这东西也很是不屑，认为就是个随手可扔的敲门砖而已。有人甚至如此作豪爽状："文章发表以后，稿费还是归你。"好像这已是莫大的恩赐。偏偏我这人信奉"言为心声"，十分讨厌做这种捉刀之事，也看不上这种弄虚作假骗取荣誉之事，所以毫不犹豫一概拒绝。多年前，我在新闻单位上班，写稿是我的工作，有些人不理解写作者的原则，信口叫你帮忙造假，倒也可以理解。后来，进机关和下县里担任一定的领导职务了，那些同级别的人连自己使用的文稿都要别人去写了，竟然还有人不假思索就开口让我给他写个人所需的文章。我想，自己真是成也文章败也文章呀，只要还在写文章，大概就会被人归为无聊之人的行列。

这些人为什么动辄叫人家代笔？一方面，在他们看来，写作就是一件极其随意之事，根本不需要付出精力和心血。所以，其心里是很不在乎这事的，甚至认为自己给谁一个任务，还是给了人家锻炼的机会（我刚参加工作时，有一次应某单位之邀，采写了一篇工作通讯，该单位联系我的那位科长就是这样说的）。另一方面，请枪手的人，认为文章就是用来达到某种目的的，天下文章一大抄，与其自己抄不如让别人替自己抄，请人代笔这种行为也就毫无羞耻可言。有的人只要有机会，为了利益完全可以不择手段。他们大言不惭地拿着别人代笔的"作品"招摇撞骗，别说一两篇东西，如果有必要，请人写几本书也是不在话下的（我相信这种现象定然存在）。

很抱歉，关于写作，我就是这么机械，既要维护写作者的尊严，也要维护文章的尊严。写作不是工厂的生产流水线，想写多少就有多少；写作也不是小孩子捏橡皮泥，想怎么写就怎么写。换了我，如果自己写不出，即使别人诚心诚意送一篇作品给我（甚至只是替我写其中一段），我也不接受，因为那不是我本人的东西，受之有愧。同样的道理，要我将自己写好的东西奉送给别人，对不起，我也没那么大方，哪怕这些文字再低劣。对我来说，写作就是这么一件有原则有底线的事，要么不写，要么认真写。如果要我违背内心去码字，或者摒弃写作者应有的立场去为沽名钓誉破坏公平之类的行为推波助澜，我宁愿选择出卖体力，去工地打土方或拉大板车。这些虽然辛苦，但总比出卖灵魂要高尚。所以，为了相互不红脸，也为了让我少得罪人，"帮我写篇文章"之类的要求，就别在我面前提起了。

2023 年 7 月 11 日之夜于瑞金

# 读书勿成"读书秀"

不可否认，这些年，读书的硬环境是越来越好了。城里除了原有的图书馆，还冒出了大大小小的一些书吧（相当一部分属于公益性质的社区图书室），极大地方便了想读书的市民。以阅读者身份出现的人当然也不少，很多人甚至将组织阅读做成了一种职业。从那些形式多样的读书活动来看，喜欢读书的人似乎大大超出人们的想象。

读书氛围浓厚，当然令人欣喜。不过，透过热闹的表象，却也不难发现，有些与读书相关的行为，其实和真正的读书还是存在很远的距离，与其说是读书，不如说是"读书秀"。

曾经旁观过某些读书活动，看起来声势浩大，参与者众，舞台道具、仪式样样不少，又是组织朗读又是表演歌舞还有各种乐器才艺展现。然而，细究之下，便可能有这么一种感觉：不管是表演者还是观众，其实很多都不是冲着读书来的。他们甚至对读书本身毫无兴趣，无非是借这个幌子搞点娱乐活动而已，大概也顺便帮主办方完成了一个读书活动的任务。这种只图形式不重内容的读书活动，投入与产出难成比例，而且置读书于喧嚣之中，未必值得提倡。

也有些人，虽号称喜欢读书，但只是浅阅读，典型的"读报读题，看书看皮"——当然，现在报纸的读者每况愈下，恐怕连每天"读题"的都找不到多少了。他们看书的目的，只是为了某种社交的需要，往往简单看看内容提要，然后就以读过某本书自居，似乎自己的内涵就提高了若干个百分点。初次与这种人交流，倒也可能让人误以为这是个"博览群书"之人。但如果深谈下去，就会发现其实他连这本书的皮毛都未曾了解到。很多热衷于参加读书活动的人，甚至组织读书活动的人，便是这样，并不真读书，醉翁之意不在酒也，无非是沽名钓誉、拓展"人脉"而已。

还有的人，确实会耐着性子读完一本书，但他看的都是实用类的书，内容主要是如何处理人际关系，如何在职场谋求快速升迁，如何一年赚到100万，或者所谓的"心灵鸡汤"之类。他们只想以快捷方式从别人那里获取某些实用经验，却全然没想过这些"经验"未必真有用。这种读书，过于直白，失之肤浅，也不算真读，与传统意义的"阅读"还是有区别的。

一些与书有关的场地也显得形式大于内容。比如，有的阅览室，书架做得古古怪怪的，看起来颇有"造型"，但根本不宜放书。有的图书馆，与主业无关的项目太多，美其名曰"创新"，可是偏离了主题，异化成了咖啡厅、茶庄、游乐园之类。在一些酒店客房或企业老板的办公室，还经常看到一些另类的"书"，装帧设计甚是豪华，一本本全是大部头，让人乍一看，不禁肃然起敬。然而，如果你一时兴起，想抽出一本拜读一下，就会很失望地发现，它只是一个轻飘飘的壳子，长着书的外表而已，其实一页纸也没有。我一直弄不明白，如果人家是个真心喜欢书的人，为什么不直接弄几本真书摆上去，起码看着踏实一点？如果人家不喜欢书，放些瓶瓶罐罐、花花草草也行呀，又何必摆个冒充书籍的玩意儿在那里？也不怕别人看了心里发笑。现在的图书虽然不便宜，但远远未到让有钱人都买不起的地步，何况，做一个仿书壳子，成本恐怕也不会太低。

把读书弄成"读书秀"，对营造阅读氛围没有多少积极意义。作秀者本身，虽然可能暂时取得自己想要的虚名或浮利，但这并不能使自己行稳致远。对社会而言，则容易滋长功利主义、投机主义等方面的思想，让人更加心浮气躁，难以宁静。

书要真读，方有实效。读书的态度必须认真。书籍是需要受到尊重的。你不尊重它，它便不会转化为知识、转化为思想供你所用。既然选择了某本书，就认认真真把它读完，这样才可能有所获，有所悟，有所思。随便翻翻、一知半解、断章取义，是难以获得真知的，甚至还导致误读。

书香社会需要真正的读书人。无论科技发展到什么程度，读书都不会过时，读书也不可替代。读书可以走捷径，但它无法偷懒耍滑。读书可以讲技巧，但它无法省略过程。人文素养的积累，靠的是真真切切的阅读量。"叶公好龙"式的作秀，只能图一时热闹，收获一堆易碎的泡沫。

2023 年 7 月 17 日之夜于瑞金

# 从头读到尾

读书忌浮躁。人一浮躁，就心烦意乱。这时，再好的文字也只能入眼而入不了心，甚至连入眼也显得特别艰难。所以，多数读书人是计较环境的。宁静的环境，平静的心绪，这种状态下，才是最好的读书时机。克服浮躁，就要让自己聚精会神，耐着性子将一本书从头到尾读下去，读完它。如果起了偷懒的念头或走"捷径"的想法，那么，读书的效果多半是要大打折扣的。

学生时代读武侠小说，因为"闲书"难得，好不容易从同学那里谋得一本，人家那边催得紧，不可能由得你从容地读下去，只好一目十行地浏览。有时实在没有更多的时间了，总想着以最快的速度读完它，干脆跳着看。看到最后，虽然形式上翻完了，但内容到底如何，其实并不怎么说得上来，因为省略了太多情节，碎片化的东西难以撑起完整的印象。

还有一种情形是，一部小说有上下册、上中下册甚至更多本，因为阅读的心情过于急切，从别人那里拿到后面的某一本，也顾不上前面的还没看，便迫不及待读下去。待得看完一本，又抢另一本看，根本不管顺序如何。这样一来，最终虽然也算是把这部小说看全了，但情节颠三倒四，让人记忆混乱，怎么也难以说出个所以然，效果其实很不理想。

现在的年轻人当然无法理解我们的做法。那是阅读饥荒的年代，一方面是渴望阅读，另一方面是无书可读，只好饥不择食，捡到篮里都是菜，抢到书就赶紧读，哪管得上什么情节连贯不连贯，内容深刻不深刻，方法对头不对头，姿势优雅不优雅？

如今图书随处可见，别说买书不是问题，免费获赠图书的机会也时常可遇，大大小小的公共图书馆（图书室）到处都是，连每个行政村都设了农家书屋，想读书实在是太容易了。然而，凡事来得太容易，往往可能被人不当回事，读书亦如此。因为阅读是件轻而易举的事，很多人反而不读书了。至今，我们的人均阅读量，也不是很可观的数字。

看过一些人所谓的"读书"，也就是随便翻翻而已。他的案头也放了一本书，但每次拿起来，并没有明确的目标，只是随便翻几页，然后就放下，自然也不做什么标记。下一次，也许又翻到了这几页，但并没往心里去。就这样反反复复地翻，一年一年过去了，他这本书，还放在老地方。你也不能说他全然不看书，其实他偶尔是会看一下的。但这本书就这么神奇，似乎什么时候也翻不完（确实也没读完）。这样看书，不仅效率低下，收获也未必如愿。

对这种情况，我认为，一定要适当调整读书的方式。办法很简单，就是按照顺序，强迫自己从头到尾一页一页看下去。哪怕是其中不精彩的部分，也不要随便跳过，目光从字面上过一遍再说。

从头到尾读下去，一本书的脉络便比较清晰，逻辑也不至于让你感到混乱。这样做，至少可以让自己对一本书有个大致的了解。是优是劣，基本清楚，不至于有遗珠之憾，也不至于让自己产生错觉，要么贬低要么抬高。

由于种种原因，我们读书时也许会遇到阅读障碍。这也是导致一本书卡壳看不下去的重要原因。但即便如此，我也不主张跳跃式阅读。如果选择了这本书，就不妨尽量读完整。多花点时间，读完之后，不管其质量如何，起码知道它对自己来说到底有没有价值，也让自己有了评论它的资格。

我曾经花了很长的时间，把梁羽生作品集读完。这一套书，一共73本。开读之时，我就决定按书的顺序读下去。其中一些作品，可读性很不理想。但为了尽可能地了解其作品全貌，我还是强忍着，一页一页地看完它们。最后，我对梁羽生的作品就形成了自己的看法（为此专门写了一篇文章）。还有一次，我读一位不熟悉的本土老作家的大部头作品，也是读得比较辛苦。好几次，我想放弃不读。但因为它的本土性，加上以前没有读过该作家的作品，为了更多地了解那一代人的心路历程，以及他们的认知程度、思想状况、叙述方式，我还是坚持读完它。读毕掩卷，我觉得，自己总算对该作品有了一定的发言权，不至于凭感觉瞎说，也不必跟着别人起哄。很多人喜欢大舌头般对一些作品胡乱点评，但别人又不买账，不就是因为其人并没有认真读过这些作品吗？

不管读什么书，养成从头读到尾的习惯，就能真正读完一本书，真正了解一本书。如果随手翻一翻便扔开，那将永远看不完一本书，而且看了也相当于没看，因为难以留下印象。最好能在阅读的过程中做做标记，写写感悟，加强印象，深化理解，当然这也许是更高一层的要求了。按这个方式，读完一本是一本，日积月累，久久为功，总是会有所收获的。对一名普通阅读者来说，我们不敢奢望读过的每一本书都能深深烙在脑海，但读了总比不读好，记了总比不记好。退一步说，从头读完之后，哪怕一点印象都留不下（如果是这样，说明这本书可能与你不对路），但至少可以磨炼自己的意志，强化自己的习惯，这何尝不是另一种收获？

2023 年 8 月 28 日之夜于瑞金

# 圈里拼命喝彩，圈外无人理睬
## ——再谈文学的"圈子化"现象

去年写了一篇短文《圈子化与粗鄙化》，谈到了文学的"圈子化"问题，觉得意犹未尽，这个话题还可以再说一说。

从图书销量来看，当前文学作品的关注度当然无法和几十年前的情景相比。即使是获得了文学大奖的作品，其发行量也不算特别可观，尤其是所谓的"纯文学"作品。但是，从文学评论来看，呈现的却是"形势一片大好"的景象，似乎名家辈出，佳作不断，一浪高过一浪，作家们不断攀登着新的高峰。随便看一个作家的简介，也是来头不小，不是"著名"，就是"实力派"。

两相比较，真可谓"圈里拼命喝彩，圈外无人理睬"。圈内的大家大师数不胜数，圈外的人却对此毫无感觉，反差未免太大了些。

我认为，这个问题，还是先得从圈里为何拼命喝彩说起。

文坛喝彩声为何此起彼伏？主要原因，我觉得是传统的文艺批评异化成了"文艺表扬"。批评和创作是文艺事业的两翼。文艺批评本应客观评价作品，促进创作繁荣，也就是有一说一有二说二，优点和缺点都不回避。但是，由于种种原因，有些评论变味了，不重视客观公正，只剩下说好话的功能，于是，这种批评的价值便丧失了。

比如讨巧的好人主义。一些做评论的人，吃着这碗饭又怕得罪人，于是把圆滑世故的那一套做派引进这个圈子，不管什么作品，好话先说一大堆，你好我好大家好。他们奉行"多栽花少种刺"的处世方式，只顾"美言"，不提意见。于是，在他们眼里便全是优秀作品、传世文章。我曾经就一些业内风评极好但我看不出任何高明之处的作品向有关专家请教，结果，专家往往顾左右而言他，回避这个话题。有时我不识相地再次追问，专家还是打太极拳，要么不透露自己的观点，要么说些放之四海而皆准的套话。我想，连小范围之内，都难得听到真实的声音，批评果然不容易啊！而白纸黑字公开发表，批评者就更得三思而后行了，如此一来，不变成单一的表扬才怪。

比如盲从的跟风行为。有些读者的文艺鉴赏水平不高，一般情况下不敢轻易表达自己的观点。这个时候，便以专家说的为准，专家说好，他们就认为好。大家都像《皇帝的新装》所说的那些围观者一样，做起了应声虫，不假思索，人云亦云，反正跟着多数人总不会出错。比如针对某些诗歌看不懂的问题，我请教过一位文学教授。他起先也和大多数人那样，评价这些作品质量很高。但当我请他详细解说时，又说不出一个所以然。继续深聊之后，我就看出了，他其实也没怎么看懂，只不过不好意思承认而已。文学教授尚且如此，其他人就更不用说了。经过多数人一附和，本来迷茫的读者就更加分不清楚良莠了。

比如逐利的庸俗现象。文艺批评本来是很纯粹的事，但某些聪明人将物质利益引进来了，其中便有了些恶心的行为。我们在小地方见识不多，但也听别人说过，有的"研讨会"，其实就是派发红包的盛会。那些热衷于此的"专家"，并不会轻易看别人的作品，谁想请他看，那是得付费的。拿了红包的评论，能有几分可信度？从事如此严肃工作的人，也干起了这么低俗的事，这样的评论如何能让人信服？这股歪风品位虽低，"威力"却不容小觑。

凡此种种，能评出什么真正的优秀作品？对我们"圈外"的普通读者来说，除了远离那些喧闹的声音，不理睬那些喊出来的作品，还能有什么选择呢？这就不难理解，为什么很多来头甚大的作品，最终却没几个人买账。

解决"圈里拼命喝彩，圈外无人理睬"这一对矛盾，我想，需要从几个方面着力。

提高质量。这是最首要的问题。作品不受读者待见，最关键的问题还是质量不够好。光是自我感觉良好当然远远不够，还得尊重读者的感受，让读者愿意看、看得下。写作者一定得放下架子，不能高高在上，以为现在的读者是那么好糊弄的，须知东拉西扯、故弄玄虚的结果就是让人望而生畏、敬而远之。研究受众心理，把故事或道理讲得让人容易接受，这样才可能拥有众多的读者。否则，就只能自认为"曲高和寡"了。

客观评价。评论界也要重视自己的品牌效应，不可轻易坏了自己的名头。如果虚假评论做得多了，难免形成"狼来了"的效应，让读者不再相信你的观点。到那时，假作真时真亦假，即使是推介真正的好作品，也难以引起读者关注了。为了一时便宜，舍弃真知灼见，其实并没有算清楚"大账"与"长账"，谈不上明智。

做好营销。全国人口 14 亿多，可大多数图书的销量为什么连过万都不容易？虽然与图书品种众多有关，但平均下来，销量还是很不可观。我想，这和作品的营销也是有关系的。写作者应该尊重市场。有些作家，写的东西和生活脱节，和读者阅读兴趣脱节，注定了只能孤独面世。出版者应当重视营销。很多出版社的发行能力有限，书印出来了，但没有办法让读者广泛知晓。在浩如烟海的图书当中，一本书要是根本没有机会进入大众的视线，如何谈得上受人青睐，流传久远？

作品的价值在于受到广大读者的欢迎。作者不能自我封闭，仅仅满足于获得圈子认可，在圈内打转。走出圈子，融入社会，文学才有更加广阔的天地，更加蓬勃的生命力。

2023 年 9 月 3 日之夜于瑞金

# 文艺批评忌极端

唐小林先生在今年第 4 期《文学自由谈》双月刊发表的《王彬彬为何无缘"鲁奖"》一文,对文艺批评界存在的一些问题进行了无情的批评。然而,读后却又觉得,这篇文章本身,也存在不少偏激之处。作者在批评别人的同时,正不知不觉陷入所批评的那个怪圈之中。

不可否认,王彬彬先生在文艺批评领域取得了不俗的成绩。但是,他的观点是否一贯正确,或者说是否应当成为读者阅读作品的唯一标准?答案当然是否定的。

王彬彬的很多论断,主观色彩太浓,甚至把话说得太死,在一定程度上影响其获得普遍认同。比如,他在接受记者采访时曾经公开表示,自 20 世纪 90 年代以来,中国作家的长篇小说总体上来说,就是花拳绣腿,"我对中国当代作家写长篇小说的能力有深刻的怀疑,他们没有这个能力。"如此一棍子打倒一船人,理性吗?一个时代有一个时代的文艺,社会的进步是曲折的,文艺的发展亦然,其中不乏客观因素的制约。但不管什么时代的作品,难免良莠并存,不必厚此薄彼,更不必厚古薄今——单以小说而论,20 世纪 90 年代以前的长篇小说,未必难以逾越,换个角度看,其局限性也很明显;此后的长篇小说,虽然可能少有震撼性的大作,但也不见得一无是处,受到读者认可的作品还是不少的。其实,谁敢轻易断言哪一部作品就一定能流传千古?这是需要时间来证明的,而且,这个时间可能很漫长,几十年、上百年恐怕还远远不够。

又比如,王彬彬的《文坛三户:金庸・王朔・余秋雨》一书认为:金庸、王朔、余秋雨最本质的相通之处,在于他们的作品都属"帮"字号文学——"帮忙"或"帮闲"。麻痹人们对现实的感觉,消解人们改造现实的冲动,是他们的作品共有的功能。那么,问题就来了:娱乐功能不是文艺的功能之一吗?按这个标准,文学只剩下"严肃"一条路可走,读者只能从受教育的角度阅读作品了?至于说到这三人的作品"麻痹""消解"云云,我宁愿当作是其一家之言；而且，这三位作家走红，自有其道理，我不相信那么多读者（其中不乏高级知识分子）都是弱智的，会不约而同选择"低劣"的作品。

王彬彬的批评文字并非句句在理，唐小林这篇文章在批评别人、为王彬彬叫好的同时，也难免出现一些个人喜好较明显的表述。比如，文中说到："当金庸的武侠小说被严家炎等著名学者追捧，并热炒出'金学'的时候，王彬彬就对这种风气进行了有力的批评。随着金庸先生的离世，'金学热'也偃旗息鼓，成为当代学界的一场闹剧。这也证明王彬彬当年的批判是多么有力，多么及时，多么具有前瞻性。""金学热"是当代学界的一场闹剧吗？我觉得，这个结论也许不能下那么早。至少，目前金庸的作品并未淡出读者视线，我相信它今后依然还会有不少读者。一些评论家认为研究金庸是闹剧，我倒觉得是他们自己太狭隘，习惯以个人口味代表大家。新华社一名年轻记者六神磊磊辞职专门读金庸，干得风生水起，其作品吸引的读者不知超过了多少作家。这当然还不足以说明问题。更重要的是，金庸作品并非如王彬彬所言："金庸小说中那些武功或高或低、品性或正或邪的角色……他们有时像神仙，有时像妖魔。他们是另一类动物，是金庸虚构出来的一群怪物。这样的动物从来不曾真正地存在过，也没有丝毫现实存在的可能性。"金庸作品的虚构，并未突破合理逻辑（如果可以从这个角度否定金庸，那么《西游记》《封神演义》之类更没有存在的必要了），而其作品蕴含的思想性尤其是反讽性，也不是那些从来没有认真阅读作品而又喜欢跟着感觉走的评论家所能看见的。至于说金庸作品"麻痹人们对现实的感觉"，真不知从何谈起。以我自己学生时代读金庸的经历来看，其中的侠义精神对一个少年人的性格养成，还是有相当直接的作用。此外，其隐匿在字里行间的批判性，更是与"麻痹"二字格格不入。

文艺批评当然不能一团和气，只见鲜花，只闻掌声。但也要防止走向另一个极端，那就是动辄全盘否定。如果是为批评而批评，为挑刺而挑刺，为抬杠而抬杠，那么，批评便失去了题中应有之义。"谁走红就批谁"与"谁出名就捧谁"都是不可取的。表扬不能说过头话，批评同样不能太绝对。文艺批评不能只有个人标准，还要考虑公众标准。实事求是，客观中肯，以理性的思维看待问题，既大大方方地肯定优点，也坦坦荡荡地指出不足，这样的批评才是健康有益的。如果对一个作家或一个时代完全否定，这种批评本身便值得怀疑。

  我甚至认为，相对于"文艺表扬"，全盘否定式的批评，破坏性可能还要更大些。如果都是否定，而无建设性的意见，对文艺创作不是什么好事。对读者来说，全盘否定令人无所适从，眼前只剩一片迷茫；对作者来说，全盘否定让人失去信心，今后再也不敢动笔。不管是读者还是作者，面对这样的状况，都将精神消极，陷入虚无境地。所以，对一个作家的作品进行批评，固然要有勇于直言的精神，但更应持心平气和的态度，做到恰如其分评价。否则，一味逞口舌之能，快意恩仇之际，自己也可能一不小心成了被自己批、被自己笑的那个人。

2023年9月10日之夜于瑞金

# 白首方悔读书少

与一位来自京城的新闻界前辈闲聊。这位前辈退休前是国内知名记者，作品很多，影响不小。即便现在，也依然行走不息，笔耕不辍。回忆往昔岁月，他颇为感慨地说道："想起年轻时很多时间用在喝酒玩乐上面，真是不值得。这时间用来读书多好！如今年纪大了，反而常常感到以前读书太少，现在读书的时间根本不够用。"

对此，我深有同感。自从过了45岁，我就觉得，心态悄然发生了很大的变化。对喧嚣热闹彻底失去兴趣，对不着边际的幻想常常一笑了之，对所谓的"前途"也越来越无所谓，反而对读书、写作之事越来越较真。尤其是过了50岁，更是觉得时不我待，想做的事，再不抓紧时间做，以后就更可能做不成了。

这几年，我的写作量明显比以前增加。特别是去年，一举达到几十万字，创了新高。在专业写手眼里，这个数字也许不值一提，但须知我只是个业余写作者，而且工作上各种事情应接不暇，白天基本忙忙碌碌，只能利用晚上的时间读书或写作。

一动笔就知道读书很不够。写作是对学习的一种检验，涉及的内容包罗万象，不仅仅是遣词造句那么简单。尤其是写长篇小说，词汇需求量太大，对知识面的要求太广。这时就深切地感到，自己不了解的东西太多了，虽然有想法，但心有余而力不足，述诸笔端时，总是词不达意，无法取得理想的效果。于是特别羡慕那些才华横溢的人。看人家下笔洋洋洒洒，故事浑然天成，一切如有神助，真是不服不行。其中固然有几分天赋的作用，但更多的，还是下了苦功夫读书，打下了扎实的基本功。书到用时方恨少，自己动笔时更恨当年读书太少。然而，时光不能倒流，年轻时不知读书的重大作用，待得明白时，往往已不再年轻。这就是人生的尴尬。为什么要多听听"过来人"说说体会，谈谈得失？价值就在这里，可以让年轻人少走弯路，提高人生的效率。

即使不写作，在处理其他问题时，读书的多与少，也会体现较大的区别。读书使人睿智。真正有文化的人，做事不会失水准。而读书少的人，做事往往缺乏系统思维、全局意识。因为他没有那么多间接的阅历，很多事情存在认知的盲点，思考起来难免流于表面，执行起来难免失之肤浅。而读书多的人，在很大程度上弥补了阅历的不足，经验自然丰富多了，心思自然也更缜密。

年轻时缺乏读书的紧迫感，很重要的一个原因是总觉得来日方长，有的是时间，不急这一两天。于是，很多计划都搁置着，甚至，书早就买回来了，但就是没有去翻看。哪知道，"明日复明日，明日何其多"，时光是以加速度前进的，年纪越大，越觉得时间跑得快。终于，一晃间，昨日已远。这个时候才知道，逝者如斯夫，很多东西已经无法重来了，美好的读书时光只剩下一个尾巴。

最近这些年，我在这方面的体会尤其明显。蓦然回首，才发现当年想看的书，还有多少根本就没看。而年轻时酝酿的写作计划，也是欠账多多，相当一些已经时过境迁，根本不可能实现了（比如，十多年前曾经想过写一部反映晚报都市报记者生涯的长篇小说，如今晚报都市报已停得差不多了，即使还在支撑的，也早就今非昔比。人们的生活日渐远离报纸，当年的情景写出来也没人感兴趣了）。那些没有时效性的设想，也因为精力有限，难以完成，只能"老大徒伤悲"。

读书的乐趣，只有常进书山览胜、常下书海遨游的人才能领略。再美好的风景，如果你无缘一见，也就谈不上任何感觉，更不可能徒生向往之心。只有真正见识了，品味了，才会深谙其中妙处，心心念之，难以忘之。正因为如此，年轻时曾经爱好读书但马力尚未开足的人，年纪大了之后，便会更加感到读书还是要在年轻时打下基础才好。年纪大了，受到身体等客观因素的制约，读书当然不如年轻时便利。至少，记忆力衰退是不争的事实，视力下降是不可逆的形势，还有颈椎、腰椎等都不愿意和你配合了，真是无可奈何，嗟叹多多。此时读书，事倍功半。但即便如此，对于心里埋过阅读种子的人来说，也不可能就此放弃，依然要为之做出最大的努力。

唐代颜真卿有一首《劝学》诗，可谓妇孺皆知。诗中说道："黑发不知勤学早，白首方悔读书迟。"小学生都背过这首诗，但他们能深切理解作者的良苦用心吗？我看未必。至少，感触不会太深，因为没到那个时候。很多事情就是这样，别人的教训，旁观者未必会往心里去。只有这种事发生在自己身上时，才有了切肤之痛，才会切实认真起来，在一定程度上"亡羊补牢"。为了避免重复这种感叹，在此再次提醒年轻的朋友们，"白首方悔读书少"，现在开始就要合理安排好阅读时间，让自己年岁渐长时少几分遗憾。

**2023 年 9 月 25 日之夜于瑞金**

# 读书好比吃东西

参加过某企业的一次读书会。外请的组织者来自一家以读书赢利的机构。活动参与者交流的所读书目，清一色和工作有关，和经济效益挂钩，无非是如何让自己把工作做得更好，让领导更满意，或者让所在的部门多赚钱。我问组织者，这些书的内容似乎太单调了些，为什么不同时建议大家读点"闲书"，读点轻松有趣的书？组织者告诉我，时间就是金钱，那些和工作无关的书，读了也没什么用，创造不了经济价值，所以没必要浪费时间。

我一时无语。似这般读书只读功利书，只重实用书，只看业务书的人，在身边并不少见。他们的行为，与我理解的"阅读"，在内涵上多少有些差异。我甚至认为，这不叫读书，这只是谋生的一种方式而已。如此读书，也许，很容易让人感到乏味，感到疲累，而且显得有几分俗气。

我这样说，并非认为读书是什么高大上的事，要脱离普通人的生活。相反，我认为，读书其实和吃东西一样，只是一种日常，它不是哪个群体的专利，而是全民的权利。文明社会，谁都不应该与读书绝缘。

如果一个人只吃饭，把填饱肚子当作终极目标，那么，他就根本谈不上什么享受"口腹之娱"，其行为只是在解决能量不足的问题而已。人生在世，在吃的方面，显然不能仅仅满足于吃饭，如果这样，生活与其他动物也就没有什么太大的区别了。要让自己的小日子过得更美好，在吃的方面，除了吃饭，当然还要多吃些其他食物，包括零食、水果什么的。只求填饱肚子而不计较其他，那是什么年代的事了？

读书也是同样的道理。只读实用型、工具型的书，那是远远不够的。只读这种书，书籍的营养吸收就非常有限。就像只吃饭不吃菜更不吃零食、水果的人一样，容易营养不良，形成这样那样的缺陷。人的食物应该多样化，作为精神营养的来源，读书也应该多样化。除了业务书，还有其他种种，都是不可缺少的。

怎么才能让自己"吃"下更多的东西，读下更多的书？首先要有意识多亲近书本，博览群书。很多时候，一个人喜欢吃某种食品，是因为吃过了，口感好，才喜欢上，然后会时不时产生想吃的念头。读书也是这样。你如果从来不接触书籍，根本不知道它的妙处，当然就对它没有感觉。但亲近之后，便能慢慢体会到其中滋味，便可能越读越有味，越读越想读。

接触多了，就能找到阅读的乐趣，培养读书的兴趣。一旦形成习惯，也许三日不读书，浑身提不起劲。我曾经有这样的经历。年轻时，有一段时间很是迷茫，少有读书，久而久之发现读书的欲望越来越低。直到某一天，去一位文化界朋友家里玩，看到人家一屋子的藏书，猛然间唤醒了阅读意识，当即借了几本喜欢的书回去看。结果，还书时，又忍不住挑了几本带回去。几个来回之后，便恢复了以往的阅读状态。写东西也是这样，长时间不写的话，就不会去想动笔。但如果一直写着，就不愿意停下，停下反而不习惯。

让自己真正喜欢读书（用一个网络表情包来说叫"愿我沉湎于学习不可自拔"），不要使阅读功利化。别老想着这本书可以用来解决哪个问题，那本书可以帮自己实现哪个目标。这种阅读，并非发自内心的喜欢，只是想着利用书籍而已。哪天你不需要用它了，或者退休了无须奋斗了，你就不会再接触书籍（还真看过不少上了年纪的人，将家里的藏书作废品卖了）。不要在阅读时过于"挑食"。很多人只看某一类型的书，也是有失偏颇的。阅读面尽量广一些，才能更多地吸收各种营养，让文化滋养自己的心灵，让思想走向成熟，让精神世界保持健康。不要急于求成。读书需要过程，学识渊博、思想深邃的人，都是经历了长期修炼的。如果你想一夜之间成为行家高人，无异于幻想一口吃成大胖子，也许适得其反，事与愿违。

我们吃了一辈子的东西，是哪一碗饭或哪一种食物让自己长大的？根本说不清楚。一个人的健康与成长，来自多种食物的不同营养。吃下的这些东西，几乎可以说都有不同的作用。读书也是如此。潜移默化之中，"有用""无用"的阅读，都在悄然影响着你，让你增长了知识，提升了素质，拓展了人生。所以，不必计较哪一本书有效果，哪一本书可能没效果，哪一本书读了也记不住，哪一本书可能看不懂。读与不读，结果迥异。只要认真读过，总会有所收获。

爱因斯坦说："用专业知识教育人是不够的。通过专业教育，他可以成为一种有用的机器，但不能成为一个和谐发展的人。"这话用在读书上也是相通的。只读与职业有关的书，太狭隘了；只读与利益有关的书，太现实了。

阅读应该相伴终生。各类书籍就如五谷杂粮、水果蔬菜、汤汤水水，只要胃口允许，都不妨适当接纳。

2023 年 10 月 12 日之夜于瑞金

# 文字汇聚神奇力量

周末,在赣州文化馆参加了一个特殊的读书分享会。与会人员,都是因为共同的兴趣、共同的追求、共同的情怀而走在一起。读书活动的主角,一位叫唐茂祥的老先生,大多数人在此之前不仅不认识他,甚至连他的名字也没有听过。但他在写作上的精神,却感动了在场的所有人。老人77岁高龄——当然,这并不算什么稀奇事,比他年纪更长的写作者也不乏其人。他的特殊在于,早在25年前,就不幸患了鼻咽癌,而近些年,病情使他既不能说,又不能听,还不能吃喝。在会场,他的鼻腔还插着管子,只能以表情或纸笔与大家交流。就是在这种情况下,老人陆续写下了三部长篇小说,逾百万字,尤其是最新的一部《大河上下》,更是主要在病床上完成。

一个70多岁的老人动笔写长篇作品,已够让人惊奇,而唐茂祥先生以这种身体状况,能达到如此可观的写作数量,就更让人惊叹了。这种精神,如果不是对文学爱得深沉,爱得炽热,那真是不可想象的。这些文字,也最能证明老人对文学的那份真爱。

在老人身上,我真真切切看到了文字汇聚成一股神奇力量,让他"以梦为马,书写传奇"。很多身体健康、精力充沛的年轻人,虽然也自称对写作有兴趣,但总是以种种借口不肯多动笔——哪怕是工作上有需要,也缺乏勇于吃苦的毅力。面对这么一个特殊的榜样,一切借口都显得苍白无力。

在这里,我们看到,文学是许多人潜伏在心底的追求。就像武侠小说中常有名不见经传的高人突然现身,文学领域也不乏这种情景。民间从来不乏写作高手。有的人,平时不显山不露水,但一旦埋藏在他心里的那颗种子被激活,就一发不可收,写作的态度超过许多专业作家。这么多年来,时常听说某个地方突然冒出一个功力不浅的写作者,有年轻的,也有年纪大的。唐茂祥先生就是这种情况,他本非文坛中人,一辈子干的工作和文学毫无关系。

十几年前,还有一位后来与我成了朋友的长篇小说作者,也是从市属企业领导岗位退下后,捡起年轻时的梦想,写起了小说,一部接一部出版,可读性挺不错。另一位朋友的父亲，文化程度不高，却以年近八旬的高龄，写下了一系列回忆性散文，结集出版之后，受到同龄人的欢迎，还带动了比他年纪更长的人也写起了回忆录……而更多的人，则可能只是有这种想法，或者也写了一些东西，但未必有机会呈现给外人共赏。我便经常听到一些文化程度并不高的人冷不丁地说，想把某某事情写下来，给后人留下一点东西。有这么多默默无闻的追求者，这也是文学之幸。文学因此魅力常在，青春永驻。

在这里，我们看到，写作可以成为一个人的精神支柱。唐茂祥先生面对健康的困惑，最终战胜了病魔的挑战，拿出了沉甸甸的成果，靠的就是精神上的力量。长篇小说耗时耗力，一般的写手不敢轻易尝试，而他已悄然完成了三部，可以说很多作家也没有写过这么多长篇。如果不是强大的精神力量，一位癌症患者，哪敢考虑干这种高难度的事？这种力量是神秘的，不可抗拒的，一旦迸发，威力无穷。人就怕失去兴趣，失去追求，失去激情，在困境中让精神世界垮塌下来。天行健，君子以自强不息。人生面对的坎坷也许是无常的，但如果有坚毅的精神作支撑，便能将一切不利因素皆付笑谈中。对一个有文学情结的疾病患者来说，以写作为精神支柱，就等于找到了灵丹妙药。

在这里，我们看到，文字或将拓展生命的长度与宽度。不说久远，单说有文字记载的几千年来，世上曾经有过多少人？这个数字肯定是无法统计的。而能留下名字的，都是因为文字，不管是自己写，还是被人写。尤其是那些优秀的写作者，文字铸就了他们的灵魂，文字传递着他们的体温。好作品能够经受起时间的检验，让它承载的内涵流传久远。文章千古事，得失寸心知。写作者应当善待自己的文字，它是甘苦的历程，是思考的印记，是存在的证明。这也是文字最大的意义。不管我们写得怎么样，只要写出来了，就是值得欣慰的。哪怕是它们最终未能实现"不朽"，但只要写过，便实现了表达，收获了愉悦。不读书的人，哪怕物质上过得再豪奢，也只能简简单单活一辈子，其生命在本质上是单薄的。读书的人，可以抵达千年万载的世界，活出万紫千红的精彩。写作更是如此，可以穿越千万重时空，演绎千百种人生。在这种愉悦与共情之中，写作者的生命因此丰富、绵长、厚重、立体。

拥抱文字是人生最美好的体验。在一位老人身上，我们再次见证，写作让人藐视苦难，淡忘病痛。写作让人热爱生活，日益自信。写作可能创造奇迹，实现梦想。写作，值得。

2023年11月6日之夜于瑞金

# 诗书勤乃有

自古读书靠勤苦。虽然也有过屈指可数的天才型人物，博闻强记、过目不忘，但那是可遇不可求的，人家的读书方式无法复制，就算你想模仿，最终也学不来。所以，找榜样，还是得找常规性的更靠谱。

读书无捷径可言。除了在方法上可以优化，最根本的就是要下苦功夫。唐代文学大师韩愈曾经给儿子韩符写了一首劝学诗《符读书城南》，其中说道："诗书勤乃有，不勤腹空虚。" 南宋诗坛泰斗陆游则在给小儿子写的《冬夜读书示子聿》一诗中说："古人学问无遗力，少壮工夫老始成。"你看，这么牛气的大咖，尚且认为读书要靠勤奋，还认真地把这个观点灌输给下一代。在读书人当中，持这个观点的是大多数。唐代诗圣杜甫在《柏学士茅屋》一诗中也说过："富贵必从勤苦得，男儿须读五车书。"北宋诗人汪洙有一首《勤学》诗表达了类似的意思："学向勤中得，萤窗万卷书。三冬今足用，谁笑腹空虚。"

要说读书，古人的条件可比我们差得远。那时，想找本书看，可远没现在这么方便。就算手中有书，如果要夜读，穷苦人家点个灯也不容易。在这种情况下，好读书的人总是能克服重重困难，留下种种佳话。北宋文坛领袖欧阳修幼年丧父，家境贫寒，母亲用芦苇秆在沙地上教他写字。年长后，家里没有书，就去别人家借书读，废寝忘食，不知疲倦。同时代的范仲淹，也是幼年丧父，过着"断齑划粥"的艰苦日子，致力苦读，冬天读书疲倦发困时，就用冷水洗脸。比他们稍后一点的另一个大名人司马光，也是个著名的读书种子。司马光家庭状况比欧阳修、范仲淹强多了，但同样是一生坚持不懈学习。为了不让自己多睡，他以圆木为枕头，惊醒了就起来读书，还给圆木取名"警枕"。由此可见，苦读与物质条件没有必然联系，只要有学习的自觉，家境好差都不是问题。想想这些人的读书状态就知道，他们能做出不一般的事业，并非偶然。

即便是我们这一代人，也经历过读书条件差的阶段。年轻时在农村，一书难求，偶然借得一本课外读物，欣喜之余，常常把它抄下来。这样的抄书经历，贯穿了我的中学时代。至今还留下了几十本手抄本，有的是整本书抄，有的是从报刊摘抄编辑。除此之外，还制作了一大摞剪报本，当然后来嫌其粗糙，没有保留下来。除了一书难求，还有个问题是"一师难求"。年轻时求知欲甚强，很多知识，光靠字面上是无法理解准确透彻的，很希望找到一个有学问的先生讲解一二。然而，在乡下，这样的人太难找了，只好靠自己瞎琢磨。至今想来，自己的文化底子薄弱，知识不成体系，和年轻时缺乏明师指教是大有关系的。

很多事情需要时间来检验其对错。年轻时，以为读闲书、抄闲书之举是荒唐事，根本不敢示之于众（只能悄悄进行，家长、老师、同学都不可让他们知道），但几十年后回首，却觉得，其实这些经历还是挺让人受用的。在没有更好的条件多读书的情况下，这样做不就是所谓的博览群书吗？一些考试时用不上的知识，在社会大学堂还是会有用处的，至少对开拓视野、启发思维有所帮助。读了书和不读书，看问题的角度和深度相差甚远。当年这些"不务正业"的阅读，给我今天的读书与写作打下了一定的基础。

如今条件好了，技术的进步使读书太容易，查资料更是易如反掌。于是大家不需要再购书了，也不再做笔记了，需要什么，网上百度一下就是。但由此也带来了一些新的问题，那就是我们越来越依赖网络。就像微信支付使我们身上不再带钞票，因为网络的便利，我们脑子里不怎么储存知识了，于是一旦离开网络，有时难免头脑一片空白。我不禁暗忖：万一到了没有网络的地方或者断电的时候，不知心里是否会产生一定的恐慌？由此感到，阅读便捷的今天，古代先贤们的读书方式虽然基本用不上了，但他们的学习精神，依然没有过时。尤其是对于从事文稿工作的人来说，还是要有这种勤奋的动力，让自己的头脑尽可能多一些储备。一个单位如果要检验文稿工作者的水平，不妨把他们关到一个没有网络的房间，不给任何资料，让他们写一篇文章，这才见真功夫。

欲得真学问，须下苦功夫。技术的进步不能替代个体的读书。缺少了身体力行的学习，就不可能具备过硬的本领。工具是工具，自己是自己，我们不能把自己和工具混为一谈。就像机器人再能干,但很多事情还是不能由它们代劳,比如吃饭睡觉,运动娱乐,学习思考。如果连这些都由机器人替你做了,那么,我们还有存在的必要吗?

2023 年 11 月 20 日之夜于瑞金

# "学习"不是一句空话

学习不仅仅是学生的事,对每个人来说,都应当是终身之事。尤其在世界瞬息万变的今天,学习的重要性尤其日益凸显。干部群体更应加强学习,把学习放在重要位置,否则,无法摆脱"本领恐慌"的困惑,难以跟上工作的节拍。但有些干部,却习惯把学习当作口号喊一喊,当作形式走一走,并不往深处去,离"入心入脑"还有一大把的差距。

不把学习当回事,终将使自己陷于被动,错过很多机遇,甚至犯下颠覆性错误。这话不是危言耸听。

不学习,不知形势。在全面从严治党已逾十年的今天,很多人(不管是干部还是商人)为什么还那么麻木,还在犯低级错误?其中一个重要原因,就是他们几乎从不学习,对当前的形势毫无所知,因无知而无畏。我们曾经查处过一名交警,通知他过来谈话时,发现他居然是浑身酒气开着车来的。问他为何执法犯法,公然酒驾?他回答:"我的同事们谁不认识谁,怎么可能会查我?"对纪法的淡漠,到了何等地步。对他采取留置措施之后,他承认,自己成天就想着利用手中小小的权力"变现",从来没有参加过什么学习活动,也不知道有这个规定那个禁忌。这种人,手上一旦有点权力,不出事才怪。还有一名女干部,也是连最基本的纪法常识都没有,甚至不知道自己受贿数百万元有哪些后果,被留置后,还闹着要早点回家,让人大跌眼镜。正是因为这样的情况见得多了,让我们深切感到,干部们的学习,不是多了,而是少了。干部不学习,如何对当前形势有正确理解、深刻认识?又何以加强自我约束,做一个不掉队不出局的人?而这,只是"形势"的一个方面而已。

不学习,无以自知。自己是个什么样的人,想成为什么人,适合干什么事,有哪些优势,有哪些短板,如果不学习,就无从准确了解。有些人为什么自以为是、目空一切?因为缺乏学习,既不知道别人的长处,也不知道自己的不足,于是取得一点小小的成绩就盲目自大,裹足不前。这种习性,从小处说,影响的是自己进步。如果身为领导，往大处说，则影响相应部门或地方的发展。曾经有个领导干部，为人狂妄，常说本地能力超过他的人还没出生，从来听不进别人的意见建议，更谈不上主动学习。后来因为严重违法被判重刑，认识他的人都说，对这个结局并不感到意外。对个人而言，越学习，越知道自己的定位，自己与别人的差距，自己的努力方向，就懂得见贤思齐，向标兵看齐。通过学习，可以正确认识自己，不断克服做人做事方面的种种不足，不断加强自我修养，做一个走到哪里都受欢迎的人。善于学习的人，往往是谦虚的、理智的、稳重的。这种人做事，靠谱。

不学习，难长本事。学习是进步的原动力。每个人的能力都不是天生的，而是通过后天不断学习提升的。能力强的人，首先是学习意识、学习能力强，一旦投入，就能够让学习迸发巨大的力量。不妨温习一下"士别三日"的典故。三国时期，吴主孙权劝部下吕蒙，平时要多读书，这样对自己有好处。吕蒙回答说，自己军务繁忙，恐怕没有时间读书。孙权批评他："你军务繁忙，但再忙也不能比我忙吧？当年光武帝统帅兵马的时候还手不释卷，曹操也自称是'老而好学'，更何况是你们年轻人！"吕蒙感到惭愧，于是开始认真学习，终日不倦。后来，鲁肃见到吕蒙，大为惊讶："我以前说老弟是一介武夫，没想到如今学识也如此渊博，已经不是当年的吴下阿蒙了！"吕蒙不无得意地说："士别三日，即更刮目相看。老兄知道事情也未免太晚了些吧！"学习，让别人从此不敢小看了吕蒙，也成就了吕蒙以后的功名。现在很多年轻干部喜欢学吕蒙的前半段，以"工作忙"为由而不学习。如果他们能学吕蒙的后半段，定然也能让人刮目相看。

学习可以改变现状，学习可以重塑自我。《三字经》有云："苏老泉，二十七。始发愤，读书籍。"苏老泉即大文豪苏东坡的父亲苏洵。他开始努力读书时年岁已大，但同样走向成功，成为"唐宋八大家"之一。不要懊悔已往的岁月，只要觉悟了，什么时候学习也不算晚。学与不学，情况完全不一样。不断从学习中吸取营养，让自己的能力与时俱进，一定能收获一份让自己满意的成绩。

学习需要付诸行动，千万别以为它是一句装点门面的空话。当今社会，各方面竞争越来越激烈，年轻干部尤其要认识到学习的价值，注重学习，加强学习。一日不学习，就可能跟不上队伍，就可能落后于时代。学习如逆水行舟，不进则退，不可松懈。让自己随时保持自信，不管在哪个岗位都胸有成竹、游刃有余、挥洒自如，就必须活到老学到老，将学习当作毕生的追求，把学习转化为制胜的利器。

2023 年 12 月 7 日之夜于瑞金

# 绝知此事要躬行

一位经商的朋友听说我写作很辛苦，非常关心地问我，有没有什么办法改善一下写作方式，比如，你只需口述，请人帮你记录就是了。我告诉他，口语和文字之间还有不小的距离，光是把口述记录下来，文字定然还是粗糙的，尚未达到"文章"的标准，最多算得上"夹生饭"，没法给人吃的。朋友又说，那就叫人家根据你口述的意思，写成文章。我说，作为个性化的文章（或者说可以称为"作品"的文字），还得自己亲力亲为才行，别人是没办法包办的。如果他能把文字处理得相当精准，那就不是我的东西了，成了他的作品。尤其是写长篇小说，如果人家可以根据你的概述写出一个长篇，他又何必把作品交给你，自己直接拿去出版不是更好？再说了，如果一本书是这样出来的，你强行署上大名据为己有，岂不问心有愧？别说人家有意见，就算人家心甘情愿替你写一本书，自己也会觉得没什么意思呢。

朋友听了，觉得有几分道理，便没再提请人分忧之事。过了一段时间，朋友又说，网上报道现在智能机器人写作挺好用的，要不以它代劳，这就不用担心欠人家的人情了。

机器人写作，的确颇受关注，据说水平已经很高，而且还将越来越高。网上很多文字（尤其是某些应用文）可能都是出自"机器人"之手，看看它们的模式就知道。不过，既然能看出模式，就说明目前机器人写作还远未达到写作高手的水平。不排除若干年以后，机器人写作可以完全达到人工水平。但是否从此以后，人们就不需要动手写作了呢？我不以为然。即使机器人水平再高，我相信，人们还是需要亲自动笔，而且，还会有许多人继续写作。起码我就是这样，要么不写，要写就得自己写。

道理很简单。机器人是机器人，我是我，凭什么它能干的事，我就不需要干了？就好比，在自然人当中，比我写得好的人不计其数，可读的好作品也不计其数，但我在阅读他们的作品的同时，依然要坚持写自己想写的东西。那么，机器人写得好，当然也就不影响我继续写。因为，写作这种事，除了是劳动，更是一种体验。而很多体验，是永远不能让他人代劳的。如果代劳了，也许意味着生活将失去意义。

写作是这样，读书也同样如此。很多书，仅听别人转述大概意思是不够的，只有自己亲自读了，才能享受阅读乐趣，才能汲取精神养分。否则，你的生活就可能缺乏了一部分有滋有味的内容。我们小时候，食物匮乏，读物更匮乏。为了解决阅读的问题，我曾经抄了好几年的书，做了几十本手抄本。这当然是一种笨办法，效率低下。如今，买书完全不是问题，可接触到的书籍浩如烟海，抄一本书的时间，可以用来读好多本书。而且，网络提供了查询资料的便利，想要找什么东西，瞬间便可以搜出来，不像以前要翻很多书。但这并不意味着读书可以偷懒了，可以投机取巧了。该下的功夫，还是得继续下。该读原文的，还是得继续读。该反复研读的，还是得按老办法研读。技术进步了，读书可以提高效率，但不能请人代劳。

几十年前在乡下读小学时，有一位老师经常这样教训人："某某某这样的人，老师坐在他肚子里也会撑死他。"老师的意思是，读书要靠自己努力，别指望走捷径。即使真有"捷径"，自己主观上不用功的话，哪怕把有知识的老师直接放进他肚子里，他也消化不了。别小看乡下人，他们的很多土语，土则土耳，讲述的道理并不比学术文章逊色。老师这么一说，反正我是信了，该身体力行的事情老老实实靠自己。

这些年，因为工作关系，每年总是少不了上几次廉政教育课。上这种课，我从不用人家提供的讲稿。原因很简单，廉政教育，只有和听讲者掏心窝说大实话，才可能取得一点效果。如果用一个别人东拼西凑弄出来的通稿，就流于形式了。自己未必入心入脑，怎么可能触动听众的灵魂？所以，必须用自己的语言，谈自己的认识，让人觉得真实可感。别说我们讲课的，就是某些"剧中人"也知道这个道理呢。有一年，我们拍摄警示教育片，安排一名正在服刑的落马官员谈体会。不料，他坦率地说，虽然这是对他的关心，但还是另请他人吧，自己现在不想回忆过去——如果为了完成任务，只说几句场面上的套话应付了事，拍摄起来缺乏真情实感，势必影响片子质量。这话让我们一时大出意料，但想想又觉得颇有几分道理，也就不再勉强。

汽车普及代替不了行走，电脑制作代替不了书法，万能的机器人也代替不了人的劳动。尤其是读书、写作之类的事，支撑着我们的精神世界，岂能交给别人处理。我们可以运用技术，但不能因此丢了基本技能。正是那些需要自己躬行的事，让我们的生命体现出了应有的价值。

2023 年 12 月 25 日之夜于瑞金